鸭绿江来信

张　丁　编著

中華書局

图书在版编目(CIP)数据

鸭绿江来信/张丁编著. —北京:中华书局,2025.7. —
ISBN 978-7-101-17091-7

Ⅰ.I267.5

中国国家版本馆 CIP 数据核字第 202599GS56 号

书　　名　鸭绿江来信
编　　著　张　丁
责任编辑　马　燕
封面设计　毛　淳
责任印制　管　斌
出版发行　中华书局
(北京市丰台区太平桥西里 38 号　100073)
http://www.zhbc.com.cn
E-mail:zhbc@zhbc.com.cn
印　　刷　北京新华印刷有限公司
版　　次　2025 年 7 月第 1 版
2025 年 7 月第 1 次印刷
规　　格　开本/920×1250 毫米　1/32
印张 10⅞　插页 2　字数 150 千字
印　　数　1-4000 册
国际书号　ISBN 978-7-101-17091-7
定　　价　88.00 元

编写说明

一、本书共收录家书五十六封，涉及二十一个家庭，均为中国人民志愿军指战员、战地作家等在朝鲜前线所写，写信时间几乎贯穿抗美援朝的全过程。

二、每组家书由作者照片、家书背景、家书原文及释文组成，并穿插家书手迹图片和相关人物照片。家书原文的排列以写信时间为序，每人的家书从一封到多封不等。家书记载了宏大战争背景下的个体经历、思想情感，同时也能看到当时的战争形势及战场情况。

三、这些家书是从抢救民间家书项目组委会和中国人民大学家书博物馆所征集的八万封家书中精选而出，其中部分家书是2023年由家书博物馆和中央广播电视总台军事节目中心共同主办的“您好，最可爱的人”公益文化活动的征集成果，均经过家书捐赠者或相关权利人授权，半数以上为首次公开发表。

四、为便于读者理解家书内容，编者对个别字词作了注释。因写信人文字水平各异，语言习惯不同，家书原文中有些词句略显不规范。为保持家书原貌，在不影响理解的前提下，对家书原文一般不作改动，尽可能原汁原味保持作者的语言特色。

五、家书原文中明显的错别字、漏字、衍字分别用〔 〕〈 〉[ ]表示。

六、家书原文中缺字、模糊不清和难以辨认的字用□表示。

七、家书原文中括号里的文字为家书作者本人的注释。

八、家书录文整理尽量保持原貌，与今天语言习惯及用法不同者，如“的”“地”“得”区分不严，“那”与“哪”、“象”与“像”、“其它”与“其他”等不分等等，均不作改动。

目录

1950 年 10 月 15 日，吴宝光、刘珠玉夫妇合影

很想看到你一封信

1950—1951 年

吴宝光致妻子刘珠玉（七封）

家书背景

这是志愿军第39军116师346团团长吴宝光写给妻子刘珠玉的七封家书。作为最早一批入朝的部队，吴宝光率部参加了第一次至第五次战役，这组家书就写于这一期间。当时志愿军实行的是运动战，没有稳定的后方，战事紧张，条件艰苦，通信困难。从作者所用信纸可以看出，前几封信都是随手撕下的便签，文字不多，落笔匆忙，言语中透着紧急，尽显战地特色。

吴宝光，1921年11月生于江苏省沭阳县一个农民家庭，在私塾和小学受过七年教育。1940年10月加入中国共产党，同年11月参加新四军。曾任新四军第3师10旅29团政治指导员、组织干事等职，多次参加反日伪“扫荡”和巩固苏北解放区的斗争。解放战争期间，任东北民主联军二纵5师14团营教导员，参加四平保卫战、“三下江南”作战、昌图攻坚战等。辽沈战役时，任第5师14团参谋长，参加义县战斗和锦州攻坚战。

1950年10月，吴宝光入朝参战前，吴宝光、刘珠玉夫妇合影

1948年秋，吴宝光在锦州战役中负伤，来到后方齐齐哈尔市市立医院疗

伤。当时19岁的刘珠玉刚参加工作，在医院护理前方下来的伤员，两人在此相识，建立了恋爱关系。不久，刘珠玉参军，来到了吴宝光的部队，从事卫生工作。1949年初，平津战役结束后，吴宝光与刘珠玉在随部队南下途中经组织批准，8月，两人结婚。

1950年春，第39军116师346团驻扎在河南省新郑县，吴宝光任副团长，刘珠玉任卫生队助理军医。6月，朝鲜战争爆发。7月底，第346团随39军北上进驻辽宁，做入朝准备，此时的吴宝光已升任团长。

10月16日，部队即将出发，此时刘珠玉怀孕近八个月，征得组织的同意，吴宝光安排妻子回原籍齐齐哈尔待产。三天后，包括吴宝光在内的第一批志愿军悄然跨过鸭绿江，入朝作战。

吴宝光率部参加了五次战役中一些重大的、关键性的战斗，其中包括11月初志愿军首次与美军交手的云山战斗。吴宝光作为主攻团团长，派出尖刀小分队穿插进云山城里中心突破，最后与兄弟部队攻占云山城。在电视剧《跨过鸭绿江》中，就有吴宝光给尖刀连

1951年，吴宝光在汉城前沿阵地

1951年秋，吴宝光、刘珠玉与儿子吴征合影

下达任务的场景。

1950年12月31日晚，志愿军和朝鲜人民军发起第三次战役，只一个小时就突破敌人临津江的防御阵地。吴宝光所在的第346团及347团作为主攻部队，一夜时间将敌人三十里的防御纵深全部突破，最先越过三八线，并打到汉城，渡过汉江。

战事稍息，部队休整期间，吴宝光终于有时间给妻子写一封长信了。1951年1月13日，他在信的开头就介绍了刚刚结束的第三次战役的情况，语气轻松，透露出胜利的喜悦。因为已经跟美军交手几次，他重点介绍了对美军的印象，那就是骄兵必败。同时，用一整段文字描述了战争给朝鲜国家和人民造成的“惨状”。从信末落款来看，这封信分两次写成：1月13日、23日晚。信的内容透露，当时志愿军刚刚打完第三次战役，占领了汉城，1951年1月5日即结束战事，可知此信的主体部分写于1951年1月13日。在这场战役中，吴宝光率第346团担任主攻任务，率先突破临津江，攻占汉城，立大功一次。

此后，吴宝光又率部参加了第四次和第五次战役。在家书中，吴宝光尽量淡化战争的残酷，同时为了让妻子放心，他随信寄来两张战地照片。照片很小，清晰度也差，但非常珍贵。照片摄于5月10日，背后还题了字:“站在一棵可惨的枯树下，干什么呢?”“健壮的身体，在朝作战中，已近六个月，但仍是如此，他永远健壮。”这显然是在向妻子报平安。

经过五次战役，我军伤亡很大，为补充兵力，志愿军抽调一批军事干部回国训练新兵。1951年6月，吴宝光奉命返回祖国，承担新兵训练任务。他去齐齐哈尔接回了妻子和儿子，一家人终于团聚。不久，吴宝光被中南军区任命为暂编第10团团长，驻扎在河南省陈留县，负责新兵训练，刘珠玉在团卫生队任助理军医。1952年6月，送走第二批新兵后，吴宝光被选送到南京军事学院空军系学习，四年毕业后担任解放军总高级步兵学校教员。1959年调入国防科委工作，从此一直奋战在国防科技战线，曾任国防科工委综合计划部部长。1985年1月离职休养。1997年10月因病于北京逝世，享年76岁。

刘珠玉的工作也很出色。1954年8月，她被选送到上海第一医学院公共卫生系学习，1956年从部队转业，1957年底毕业，分配在南京市卫生防疫站卫生科工作，任公卫医师。1959年随家调至北京，在西城区卫生防疫站任流行病学医师。1961年，在北京参加全国传染性肝炎防治试点工作，成绩突出，被评为北京市、区两级先进个人和三八红旗手。1977年10月后历任西城区计划生育办公室任副主任、西城区卫生防疫站党支部书记。1987年7月离休。她和吴宝光的两个儿子吴征、吴翔也分别参军、入党，在各自的岗位上做出了突出的成绩。

虽然工作几经变动，又经历多次搬家，吴宝光从朝鲜战场寄回的这组家书一直被刘珠玉精心保存。2021年是中国共产党成立100周年，7月1日，刘珠玉和儿子吴征、吴翔三人同时获得“光荣在党50

1951 年 4 月，吴宝光寄给妻子的战地小照

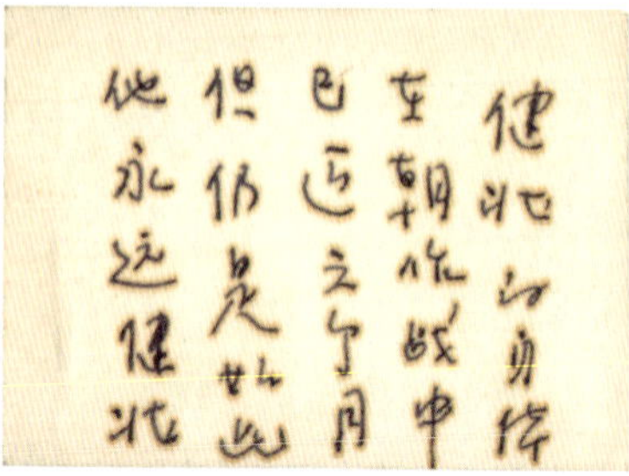

照片背面文字

1951 年 5 月，吴宝光寄给妻子的战地小照

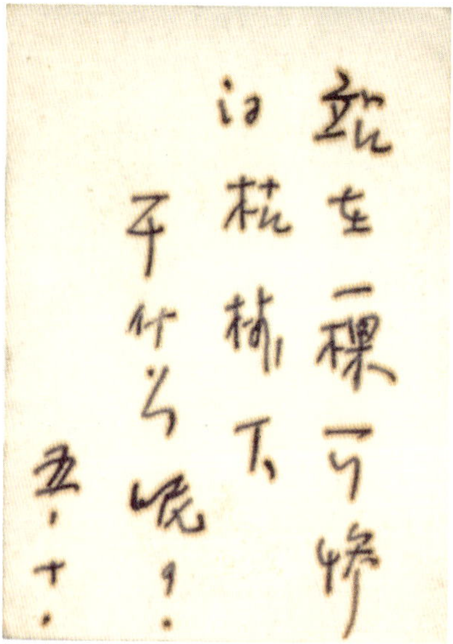

照片背面文字

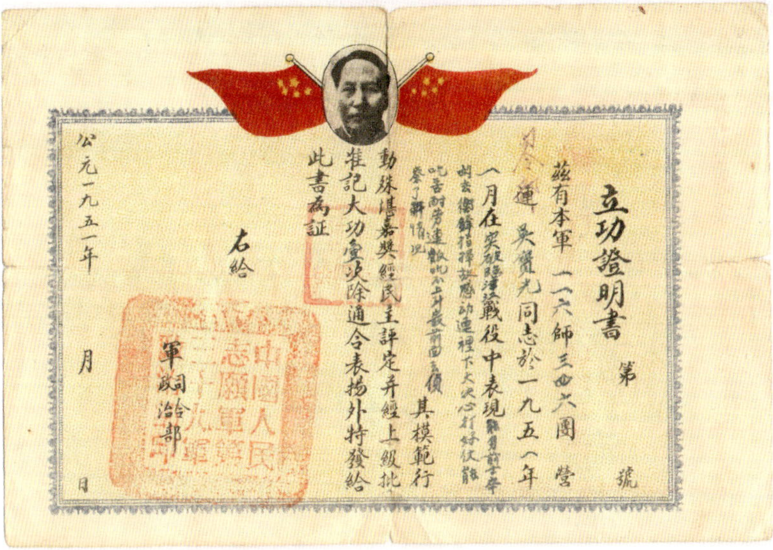
立功證明書

第 號

茲有本軍 一一六師三四六團 營

連 吳寶光同志於一九五一年

一月在突破臨津江戰役中表現

其模範行

動殊堪嘉獎經民主評定并經上級批

准記大功壹次除通令表揚外特發給

此書為証

右給

軍 政治部

公元一九五一年 月 日

吴宝光的立功证明书

年”纪念章。吴翔整理父亲的遗物，偶然发现这组家书，于是他采访母亲，查找战史、军史，以这组家书为线索，基本上弄清了父亲参加抗美援朝五次战役的经过，也一次次感受到这些发黄的旧纸中浓厚的家国情怀。

2023年是抗美援朝战争胜利70周年，中央广播电视总台军事节目中心和中国人民大学家书博物馆共同发起了“您好，最可爱的人”系列活动。6月11日，94岁高龄的刘珠玉老人从报纸上看到了这个消息，想到自己保存了七十多年的家书应该有一个好的归宿，马上就让儿子吴翔与人大家书博物馆联系捐赠事宜。6月30日，受母亲委托，年逾七旬的吴翔把父亲的这批珍贵家书无偿捐赠给家书博物馆。

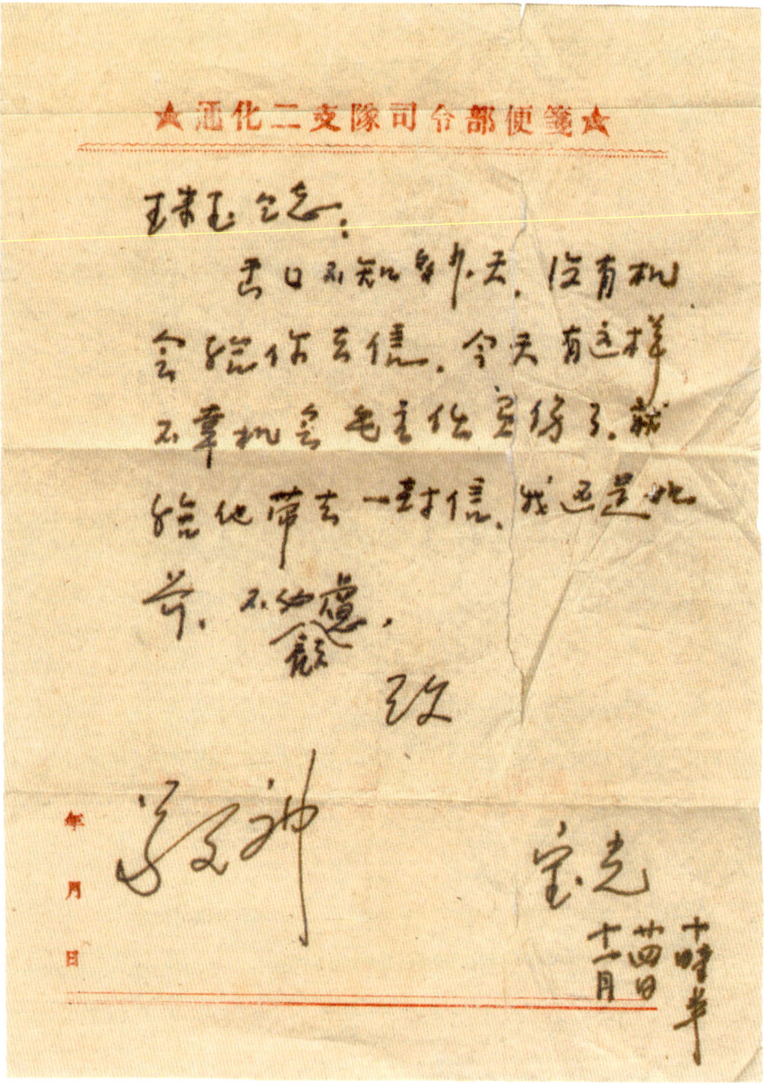

★通化二支隊司令部便箋★

瑞玉同志：

我已不知多少天，没有机会给你去信。今天有这样不常机会，毛主任要行了，就给他带去一封信。我还是如常，不必挂念。

致

敬礼

宝光

十二月廿四日 十时半

年 月 日

第一封

1950年11月4日

珠玉同志：

出国不知多少天，没有机会给你去信。今天有这样不幸机会，毛主任[1]负伤了，就给〔让〕他带去一封信。我还是如前，不必顾虑。

致

敬礼！

宝光

十一月廿四日[2]十时半

---

①毛主任：指志愿军第39军116师346团政治处主任毛蔼亭，吴宝光的战友，1950年11月初在云山战斗中身先士卒，不幸牺牲。

②此处的廿四日疑为作者笔误，据推测应为四日。

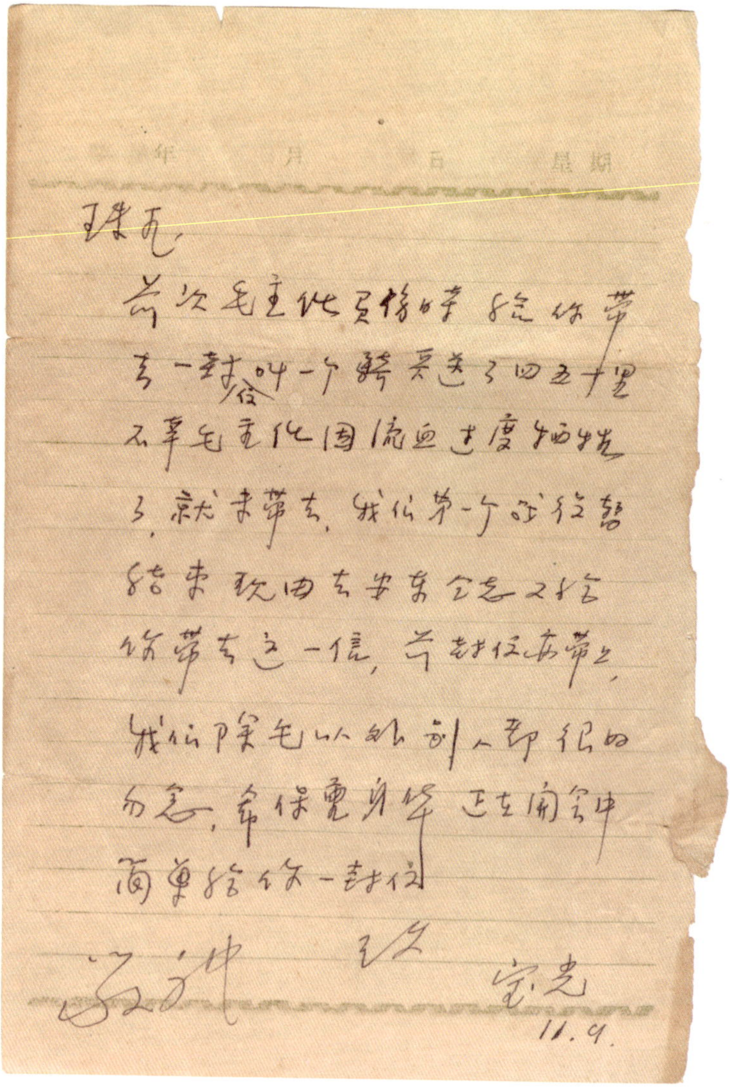
年　月　日　星期

琢瓦：

前次毛主任写信件来给你带去一封，叫一个骑兵送了四五十里，不幸毛主任因流血过度牺牲了，就未带去。我们第一个战役暂结束，现回去安东，今天又给你带去这一信，前封信亦带上，我们除毛以外别人都很好，勿念，希保重身体，正在开会中，简单给你一封信

海洲　玉成　宝光

11.4.

第二封

1950年11月9日

珠玉：

前次毛主任负伤时给你带去一封信，叫一个骑兵送了四五十里，不幸毛主任因流血过度牺牲了，就未带去。我们第一个战役暂结束，现由去安东同志又给你带去这一信，前封信亦带上，我们除毛以外，别人都很好，勿念，希保重身体。正在开会中，简单给你一封信。

致

敬礼！

宝光

11.9

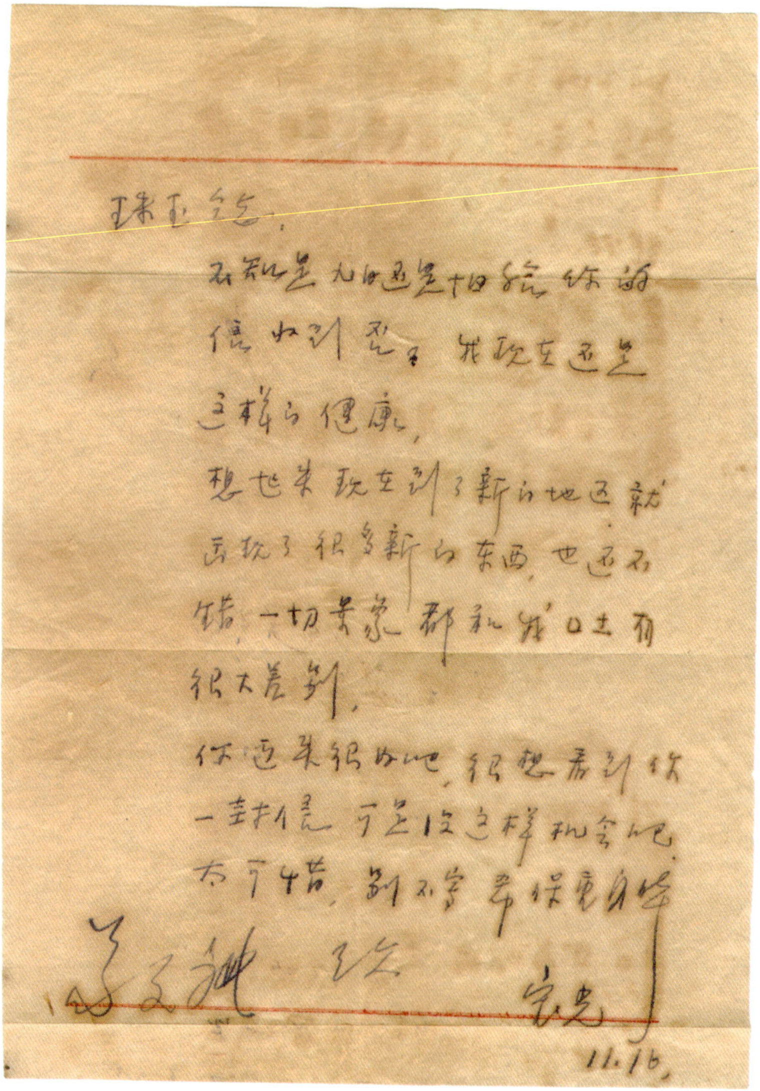

珠玉同志，

不知是九日还是十日给你的信收到否？我现在还是这样的健康，

想也来现在到了新的地区就看到了很多新的东西，也还不错，一切景象都和我们国内有很大差别，

你近来很好吧，很想看到你一封信，可是没这样机会吧，太可惜，别不管常保重身体

[illegible]

宗光

11.16，

第三封

1950年11月16日

珠玉同志：

不知是九日还是十日给你的信收到否？我现在还是这样的健康。

想起来现在到了新的地区，就出现了很多新的东西，也还不错，一切景象都和我国土有很大差别。

你近来很好吧，很想看到你一封信，可是没这样机会吧，太可惜，别不写，希保重身体。

致

敬礼！

宝光

11.16

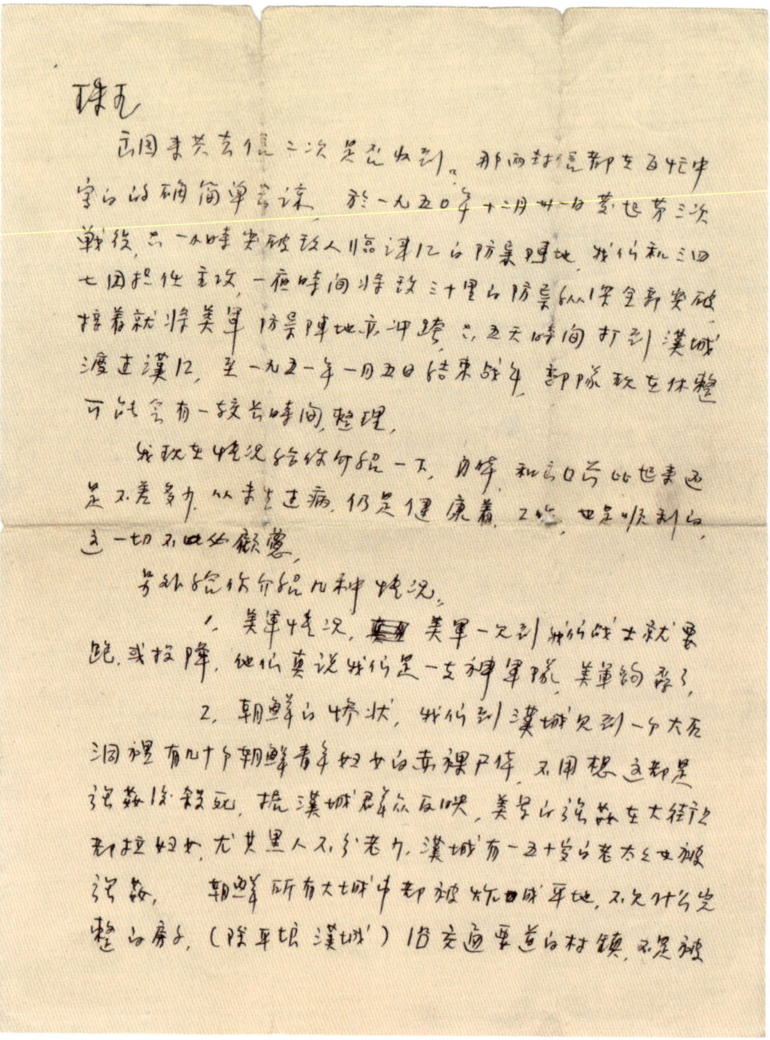

珠兄

两周来共去信三次是否收到。那两封信都是在忙中写的的确简单些。于一九五〇年十二月卅一日黄昏第三次战役，六十八小时突破敌人临津江的防御阵地，我们和三四七团担任主攻，一夜时间将敌三十里的防御纵深全部突破，接着就将美军防御阵地亦冲垮，六五天时间打到汉城，渡过汉江，至一九五一年一月五日结束战斗，部队现在休整，可能会有一较长时间整理。

我现在情况给你介绍一下，身体和以前比也还是不差多少，从未生过病，仍是健康着，工作也是顺利的，这一切不必为我顾虑。

另外给你介绍几种情况。

1. 美军情况，美军一见到我们战士就要跑或投降，他们真说我们是一支神军队，美军够受了，

2. 朝鲜的惨状，我们到汉城见到一个大石洞里有几十个朝鲜青年妇女的赤裸尸体，不用想这都是强奸后杀死，据汉城群众反映，美军的强奸在大街上都拉妇女，尤其黑人不分老少，汉城有一五十岁的老太太也被强奸，　朝鲜所有大城市都被炸成平地，不见什么完整的房子，（除平壤汉城）沿交通要道的村镇，不是被

烧就是被炮弹炸弹炸毁，总而言之，交通要道不见完整房屋，朝鲜真够很苦了，我从未见过这样的惨状，而只在朝鲜。

再说一说朝鲜战况，我们刚到初期，北朝人民军被美伪军直赶到四〇线，美军太骄傲了，真认为他是世界无敌，我们在第一二战役只一个月时间，真打他的痛，第三个战役将他一股劲赶到三七线，看模样及他的宣传再也不想在朝鲜胜利了，

当前向你说在情形，恐怕……

家这时期一定很好像平日一样，望将具体情形来信告知，你如来信由道宇处杨英同志那转可也。你的生产费用我已写信告王部长刘政委，你也不要太难为情，可写信告他，他们可帮给你的。

余不写多通信，

我於廿三日晚到临城
在一两天[illegible]
向[illegible]不致确实，我也想了你也不能来了，我如实在
不能去[illegible]叶李[illegible]林去一下，详情
到[illegible]你家。 吴 23晚

宗尧

一月十三日

再告诉你不幸消息蓮芳谋[illegible]牺牲！

第四封

1951年1月13日

珠玉：

出国来共去信二次，是否收到？那两封信都在百忙中写的，的确简单，希谅。于一九五〇年十二月卅一日发起第三次战役，只一小时突破敌人临津江的防御阵地，我们和三四七团担任主攻，一夜时间将敌三十里的防御纵深全部突破，接着就将美军防御阵地亦冲跨〔垮〕，只五天时间打到汉城，渡过汉江，至一九五一年一月五日结束战斗，部队现在休整可能会有一较长时间整理。

我现在情况给你介绍一下，身体和出国前比起来还是不差多少，从未生过病，仍是健康着，工作，也是顺利的，这一切不必顾虑。

另外给你介绍几种情况：

1. 美军情况，美军一见到我们战士就要跑，或投降，他们真说我们是一支神军队，美军够孬了。

2. 朝鲜的惨状，我们到汉城见到一个大石洞里有几十个朝鲜青年妇女的赤裸尸体，不用想这都是强奸后杀死。据汉城群众反映，美军的强奸在大街上都拉妇女，尤其黑人不分老少，汉城有一五十岁的老太太也被强奸。朝鲜所有大城市都被炸成平地，不见什么完整的房子（除平壤、汉城），沿交通要道的村镇，不是被烧就是被炮弹炸弹炸毁，总而言之，交通要道不见完整房屋，朝鲜真够艰苦了，我从未见过这样的惨状而出现在朝鲜。

再说一说朝鲜战况，我们刚出国初期，北朝人民军被美伪军直赶到四〇线，美军太骄傲了，真认为它是世界无敌，我们在第一二战役只一个月时间，真打它够痛，第三个战役将它一股劲追到三七线，看模样及它的宣传，再也不想在朝鲜胜利了。

最后问你现在情形，恐怕……在这时期一定很好保重身体，并将具体情形来信告知，你如来信由留守处杨英同志那转即妥，你的生产费用我已写信告王部长、刘政委，你也不要太难为情，可写信告他，他们可发给你的。

余不写，多通信。

致

敬礼！

宝光

一月十三日

我于廿三日晚到海城，在一两天会去沈学习，时间可能一月余，能否去齐不敢确定。我也想了，你也不能来的，我如实在不能去齐，叫李长林[①]去一下，详情到沈给你写。

吴　23晚

再告诉你不幸消息，薛参谋长[②]牺牲了。

---

①李长林：吴宝光的警卫员。

②薛参谋长：指第39军116师参谋长薛剑强，1921年生，江苏省涟水县方渡乡人。1951年初，在突破临津江战役的釜谷里战斗中不幸壮烈牺牲，年仅30岁。朝鲜民主主义人民共和国为纪念他，特将釜谷里山改名为“剑强岭”。

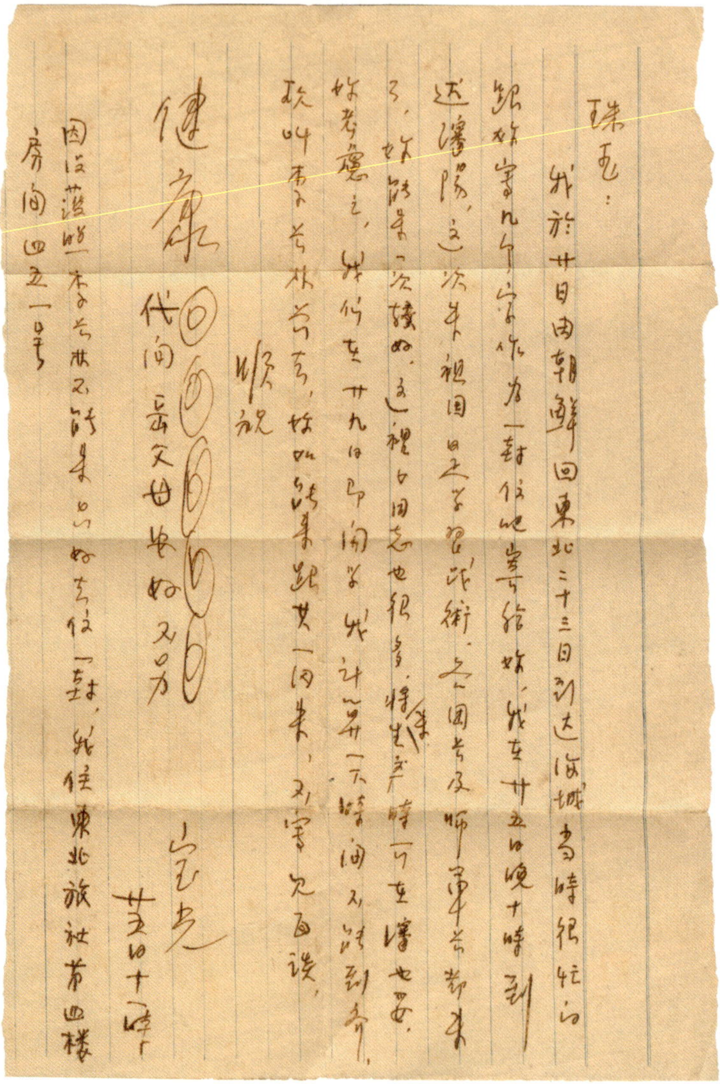
珠玉：

我於廿日由朝鮮回東北，二十三日到达海城，当時很忙，沒跟你寫几个字作为一封信他寄給你，我在廿五日晚十時到达瀋陽，这次来祖国是学習战術，各[illegible]長及師軍長都来了，你能来一次該好，这裡女同志也很多，将来[illegible]產時可在瀋也要，你考慮之，我們在廿九日即向学校計算一天時间不能到齐，於此事考[illegible]等等，你如能来跟我一同来，不[illegible]見面談，

順祝

健康

代向岳父母安好不另

宝光

廿日十時

因沒[illegible]来考林不能来只好去信一封，我住東北旅社前四樓房间四五一号

第五封

1951年1月25日

珠玉：

我于廿日由朝鲜回东北，二十三日到达海城，当时很忙的，跟你写几个字作为一封信吧，寄给你。我在廿五日晚十时到达沈阳，这次来祖国是学习战术，各团长及师军长都来了。你能来一次较好，这里女同志也很多，将来生产时可在沈也妥，你考虑之。我们在廿九日即开学，我计算一下时间，不能到齐，故叫李长林前去，你如能来跟其一同来，不写，见面谈。

顺祝

健康，代问岳父母安好，不另。

宝光

廿五日十一时

因没护照，李长林不能来，只好去信一封，我住东北旅社第四楼房间四五一号。

珠玉：

情况甚么都是叫人难测！二十九日廿四时命令还决定七个星期的学习，到一时就决定即回朝鲜！我们的回去都决定在美帝的重兵的，大概谈人为之争取和谈及战争停止进攻的顾故，这次回国命令是短短的七天吧，可惜的未及给甚么留念，再想到是美帝决定我们一切的命运，一切的灾难，要我们命运和灾难变成幸福，那么我们也都不要难过，而和美帝拼一场吧，叫他在我们面前低头吧，不必难过，等着不久的胜利归来的日子吧，今天（廿八日）刚写信叫你来沈在陆军医院生产，现在你就不能来了，我在天亮十二时就走了，别的不写了，今后多通信吧，

祝你

健康

你的宝光

三十日早十四时

我有些东西要留下不往朝鲜带了，现留在李付团长处保存，你日以后将解回去吧，计美国新大衣一件，毛袜两双，白单一床，美国大手巾一条，狐狸皮一个，还有些零碎的杂乱东西，

又及

第六封

1951 年 1 月 30 日

珠玉：

情况发生都是叫人难侧〔测〕，二十九日廿四时前还决定七个星期的学习，到一时就决定即回朝鲜。我们的回去都决定在美帝国主义的，大概敌人为了争取和谈及我军偶然停止进攻的原故。这次回国算是短短的七天吧，可惜的未见你甚感留念。再想到是美帝决定我们一切的命运、一切的灾难，要我们命运好转，灾难变成幸福，那么我们也都不要难受，再和美帝来拼一场吧，叫它在我们面前低头吧，不必难过，等着不久胜利归来的日子吧。前天（廿八日）刚写信叫你来沈，在陆军医院生产，现在你就不能来了。我在天亮十二时就走了，别的不写了，今后多通信吧。

祝你

健康！

你的宝光

三十日早四时

我有些东西要留下不往朝鲜带了，现留在李付〔副〕团长处保存。你以后将拿回去吧，计美国新大衣一件，毛袜两双，白单一床，美国大手巾一条，狐狸皮一个，还有以前穿过的杂乱东西。又及。

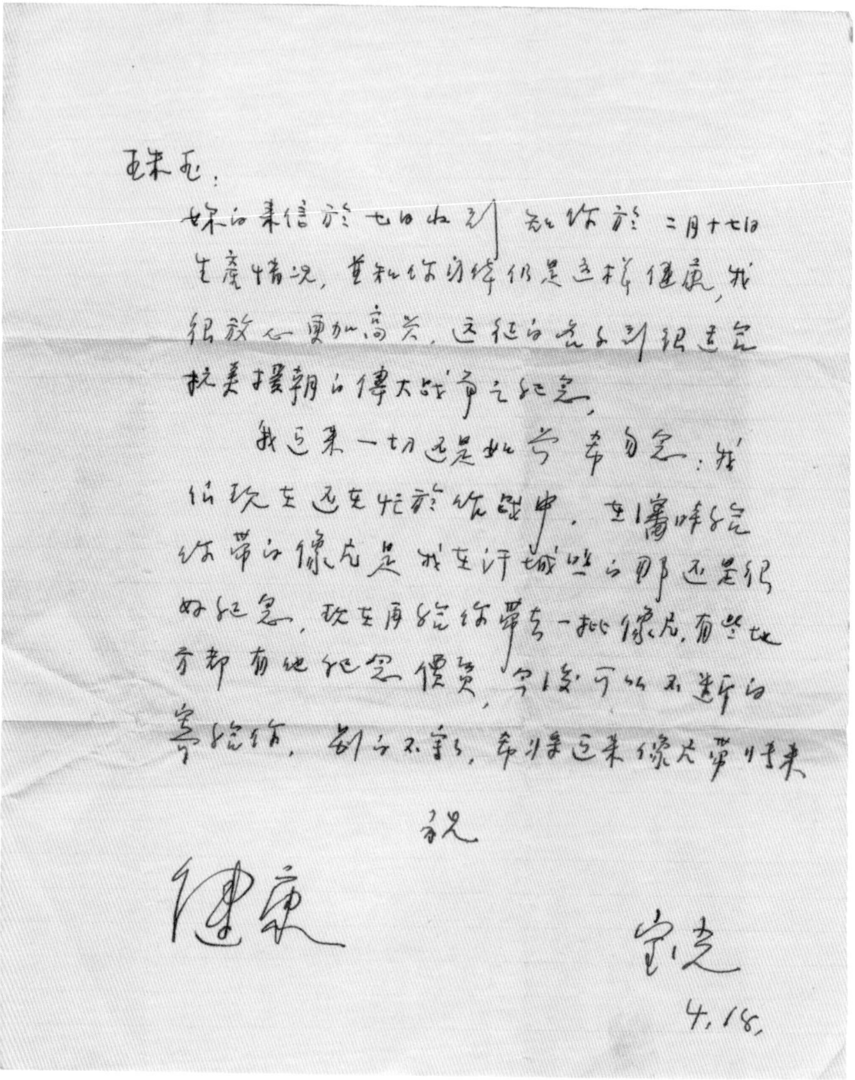

珠玉：

你的来信于七日收到，知你于二月十七日生产情况，並知你母子俩们是这样健康，我很放心更加高兴，这孩的名字引很适宜抗美援朝的伟大战争之纪念。

我近来一切还是如常，希勿念：我的孩子还在忙于作战中。在蒲峰给你带的像片是我在汉城照的，那还是很好纪念，孩子再给你带去一批像片，有些地方都有他纪念價值，今后可以不断的寄给你。别的不写了，希将近来像片寄来。

祝

健康

宝光

4.18.

第七封

1951年4月18日

珠玉：

你的来信于七日收到，知你于二月十七日生产情况[①]，并知你身体仍是这样健康，我很放心更加高兴，远征的名子到很适合抗美援朝的伟大战争之纪念。

我近来一切还是如前，希勿念。我们现在还在忙于作战中，在沈时给你带的像片是我在汗〔汉〕城照的，那还是很好纪念，现在再给你带去一批像片，有些地方都有他纪念价质〔值〕，今后可以不断的寄给你。别的不写了，希将近来像片带张来。

祝

健康！

宝光

4.18

---

①1951年2月17日，刘珠玉生下长子远征。

牟宜之

牟敦康

我希望父亲听到我的好消息

1951 年 牟敦康与父亲牟宜之往还家书（两封）

家书背景

牟宜之写给儿子牟敦康的家书保存下来的共有二十一封，本书选了其中一封。牟敦康写给父亲的信保存下来的只有两封，也选了其中一封。这两封信都写于1951年，当时牟敦康正在抗美援朝战场上，两三个月之后他就在对敌空战中英勇牺牲。

牟宜之，1909年生于山东省日照市东港区奎山乡牟家小庄，曾用名牟乃是，字去非。1925年加入中国共产主义共青团。1932年参加日照暴动，后东渡日本留学。1935年秋回国，任《山东日报》社社长兼总编辑。

全民族抗战爆发后，牟宜之先后到八路军驻西安、武汉办事处，要求奔赴延安，办事处负责人得知国民党元老丁惟汾是其姨父时，便派他到敌后开展抗日工作。1938年春被吸收为中共特别党员，任国民政府乐陵县县长。1938年9月下旬，八路军第115师343旅政委萧华率部进驻乐陵，建立冀鲁边军政委员会和八路军东进抗日挺进纵队，牟宜之倾尽县政府财粮积蓄支援，并将县武装改编为八路军泰山支队。1939年春，牟宜之奉调重庆，协助周恩来进行国民党上层统战工作。在重庆工作一段时间后，他被派去延安学习，见到了毛泽东。

由于冀鲁边区形势严峻，牟宜之又被派回冀鲁边区，在八路军第115师工作。1941年春，他被选为山东沂蒙山区行政公署的专员，率领军民在敌后根据地进行了艰苦的反“扫荡”斗争，并成功策动多股上千人的敌伪军起义。1946年5月，牟宜之奉调东北，先后担任辽东军区司令部秘书长兼联络部部长，参与“三下江南、四保临江”及围困长春战役，在瓦解敌军和教育改造被俘的国民党军官的工作

1948年11月，牟敦康（后站立者）与父亲牟宜之、继母刘纯等合影

中作出了贡献。

东北解放后，牟宜之先来到北平，与国民党北平市长何思源秘密接触，促进和平解放北平。北平解放后，他先后在北京市、济南市和中央林业部工作，曾支持梁思成的新北京方案。1956年，他调任建设部市政公用局局长，建议要有计划地控制人口。1957年被划为“右派分子”。1966年被发配到北大荒——齐齐哈尔市郊昂昂溪“劳改”，在那里度过了长达九年的艰苦时光。1975年在济南去世。1979年中组部为他平反昭雪，恢复名誉。

牟敦康，生于1928年，自幼喜读武侠，禀性好斗勇，扶贫弱，是村里孩子王。他在自传中写道：“及长，父亲问长大干什么？当兵！

牟敦康（右）与张积慧（抗美援朝空军一级战斗英雄，后为中国人民解放军空军副司令员）

父亲就讲：有种！”他14岁投父从戎，参加抗战，16岁进入山东抗大一分校学习。1946年进入东北民主联军航空学校（即“东北老航校”），为第一期乙班学员，是人民军队培养的首批飞行员。1948年10月加入中国共产党。

新中国建立初期，牟敦康与战友驾驶飞机先后担当保卫北京和上海的空防大任，并参加开国大典的飞行检阅。他是中国第一批喷气式战斗机的驾驶员，当过年轻的教练官，23岁就成为飞行大队长，张积慧和赵宝桐是他的副手。可是他性格孤傲刚烈，求胜心切且义无反顾，这让父亲忧惧。

朝鲜战争爆发后，牟敦康义无反顾地奔赴前线。1951年10月21日，他随空3师驾驶米格-15喷气式战斗机飞抵鸭绿江边的安东（今丹东）浪头机场。在首次升空作战中，他率领的大队首创击落三架敌机的记录。11月2日，他又率全大队升空作战，击伤一架敌机。11月23日，他率队再次起飞，击落一架敌机。

11月30日下午3时许，我志愿军向“联合国军”据守的大和岛发起了攻击，牟敦康率队升空，担负掩护我轰炸机群的任务。他在返

牟敦康（右六）与3大队战友合影

航途中发现一架掉队的美机，立即追击，不幸坠入大海。坠海海域在朝鲜定州湾，距当时的安东浪头机场仅七十余公里。

在牟敦康致父母、兄弟、战友以及女友的多封家书里，他倾诉家事，谈论战斗、生活、理想，与战友用朝鲜话开玩笑，相互鼓励，字里行间，看不到他对个人牺牲有任何顾虑。他曾在日记中写道："战争是免不了要死人的，我要在不断的胜利中看到最后的胜利。"[①]但他没有看到最后的胜利，人生的辉煌大幕刚刚拉开就结束了。

牟敦康的弟弟牟广丰说："我觉得，二哥是真心实意地为国家付出，为国家而死的，死得其所。"[②]

①牟广丰：《牟宜之：大道如天任我行》，中国人民大学家书文化研究中心编著：《红色家书背后的故事》，人民出版社2011年版，第179页。

②同上。

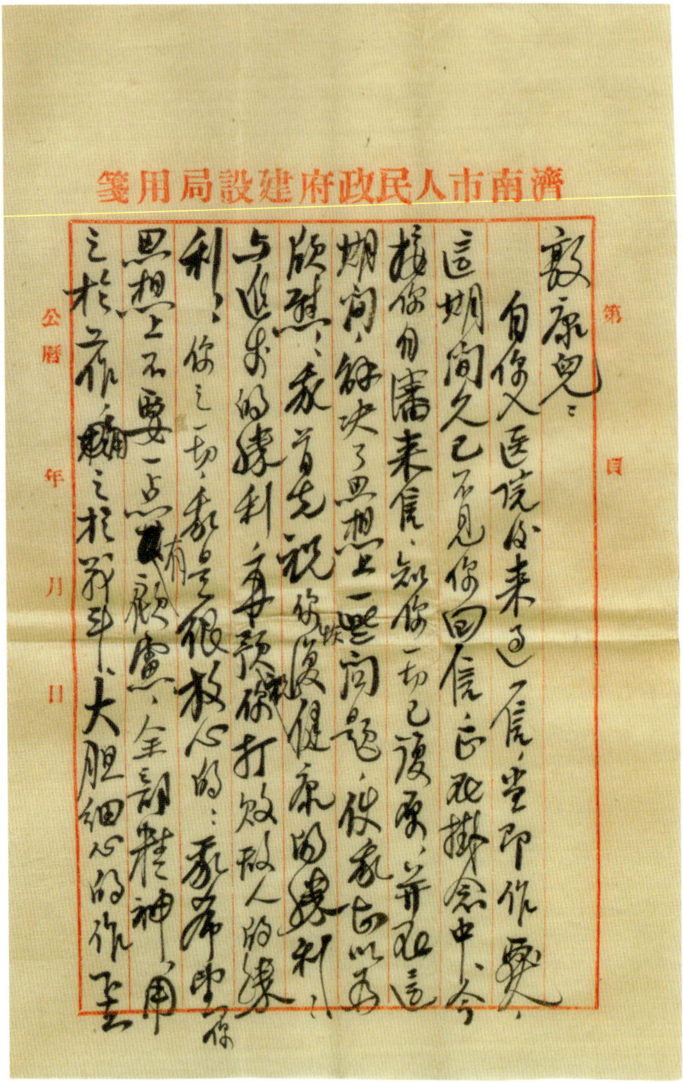

濟南市人民政府建設局用箋

第　頁

毅康兒：

自你入医院后来过一信，当即作覆，这期间久已不见你回信，正在挂念中，今接你由沪来信，知你一切已恢复，并在这期间，解决了思想上一些问题，使我家亦以为欣慰，我家首先祝你恢复健康的胜利与进步的胜利，并预祝你打败敌人的胜利！你之一切，我家是很放心的；我家希望你思想上不要有一点顾虑，全部精神，用之于工作，用之于战斗，大胆细心的作去

公曆　年　月　日

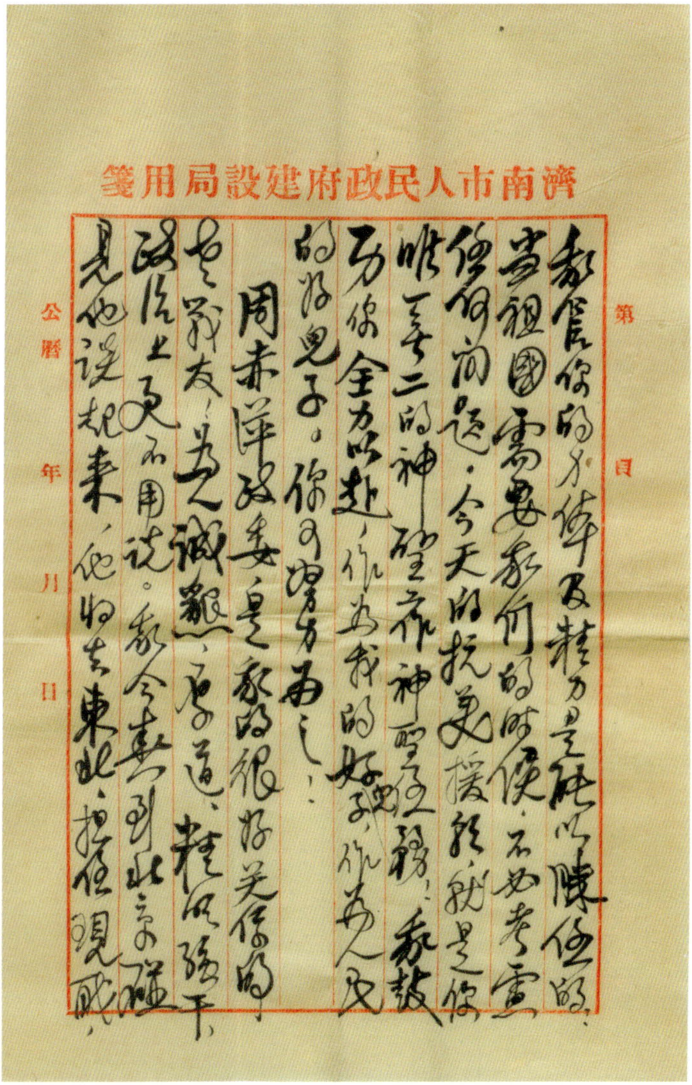

濟南市人民政府建設局用箋

第　頁

家宣，你的才能及精力是能以勝任的，當祖國需要我們的時候，不如考慮你的前途。今天的抗美援朝就是你唯一的神聖而神聖之職務！！我鼓勵你全力以赴，作為我的好孩子，作為人民的好兒子。你的努力吧！！

周赤萍政委是我的很好關係的老戰友，是一個識廣、有道、精明強幹，政治上更不用說。我今春到北京碰見他說起來，他將去東北，擔任現職，

公曆　年　月　日

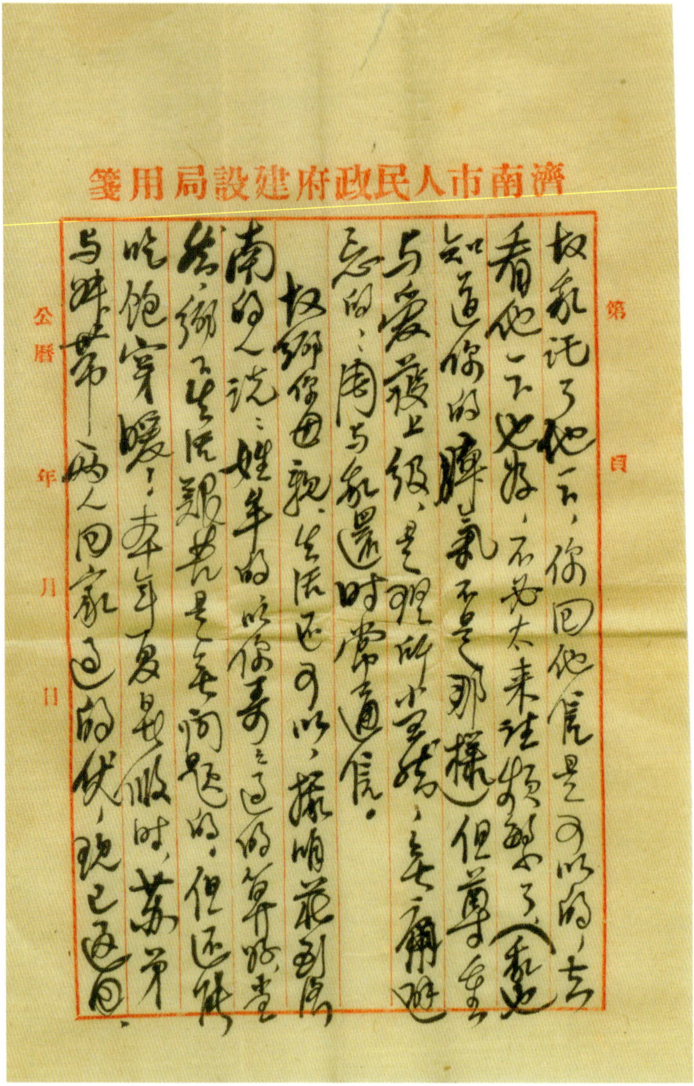

濟南市人民政府建設局用箋

第　頁

叔叔托了他一下，你回他信是可以的，去看他一下也好，不必太来往频繁了，（我知道你的脾气不是那样）但尊重首长与爱护上级，是理所当然的，[illegible]。周与叔叔还时常通信。

叔叔你母亲生活还可以，据咱庄到济南的人说：：今年的吃穿过的算好些，然乡下生活跟不上是无问题的。但还能吃饱穿暖了。去年夏季假时，苏弟与妹妹两人回家过的伏，现已返回。

公曆　年　月　日

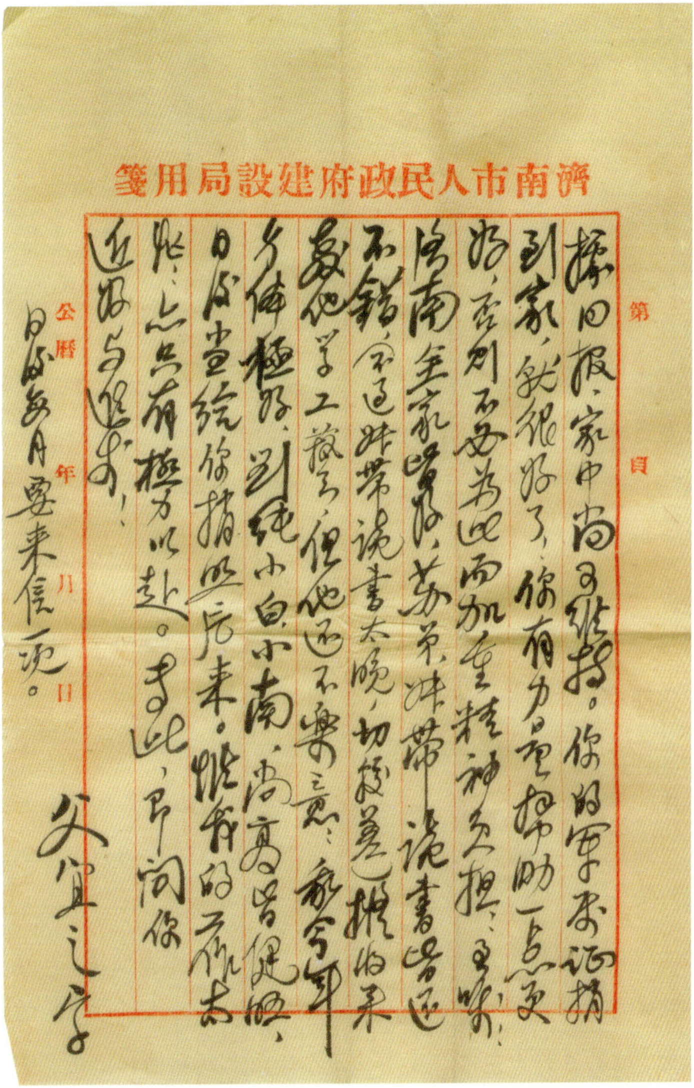

濟南市人民政府建設局用箋

第　頁

接回报，家中尚可维持。你的军属证搞到家，就很好了，你有力量帮助一点更好，否则不要为此而加重精神负担，至嘱。济南全家暂好，弟、妹带读书暂还不错（不过妹带读书太晚，切望提前来参加学工厂），但他还不要意，我今年身体极好，别说小白、小南、尚宽等皆健康，日后当给你搞照片来。挂念的原故好，总之前途极为以赴。书此，即问你近好与进步！

父宜之字

日后多月要来信一次。

公曆　年　月　日

第一封

1951年4月

敦康儿：

自你入医院后，来过一信，当即作复。这期间久已不见你回信，正在挂念中，今接你自沈来信，知你一切已复原。并在这期间，解决了思想上一些问题，使我甚以为欣慰！我首先祝你恢复健康的胜利，与进步的胜利，再预祝你打败敌人的胜利！你之一切，我是很放心的；我希望你思想上不要一点有顾虑，全部精神，用之于工作，用之于战斗，大胆细心的作下去，我信你的身体及精力是能以胜任的！当祖国需要我们的时候，不必考虑任何问题。今天的抗美援朝就是你唯一无二的神圣工作、神圣任务。我鼓历〔励〕你全力以赴，作为我的好儿子，作为人民的好儿子，你可努力为之！

周赤萍政委，是我的很好关系的老战友！为人诚恳、厚道、精明强干，政治上更不用说。我今春到北京碰见他谈起来，他将去东北，担任现职①，故我托了他一下，你回他信是可以的，去看他一下也好，不必太来往频繁了（我也知道你的脾气不是那样）。但尊重与爱护上级，是理所当然，无庸避忌的，周与我还时常通信。

故乡你母亲②，生活还可以。据咱庄到济南的人说：姓牟的，以你哥哥③过的算好。当然，乡下生活艰苦是无问题的。但还能吃饱穿

---

①周赤萍时任东北军区空军政治委员。

②母亲：牟敦康的生母安茂青，山东日照芦家村人。

③哥哥：牟敦康的哥哥牟敦广，当时为村教员。

暖！本年夏暑收时，苏［速］弟[①]与叔带[②]两人回家过的伏，现已返回。据回报，家中尚可维持。你的军属证捎到家，就很好了！你有力量帮助一点更好，否则不必为此而加重精神负担！至嘱！济南全家皆好，苏［速］弟、叔带读书皆还不错（不过叔带读书太晚，切［且］较差），拟将来教他学工艺，但他还不乐意。我今年身体极好，刘纯[③]、小白、小南、尚高[④]皆健旺，日后当给你捎照片来。惟我的工作太忙！亦只有极力以赴。专此，即问你

近好与进步！

父　宜之　字

日后每月要来信一次。

---

①速弟：牟敦康的胞妹牟敦珂，乳名速弟。她大学毕业后在北京某飞行研究院工作，1984年病逝。

②叔带：牟敦康的胞弟牟敦庭，乳名叔带，当时正在济南读书。

③刘纯：牟敦康的继母，山东沂水人，学生时代参加革命，1945年与牟宜之在山东抗日根据地结婚。

④小白、小南、尚高：均为牟敦康同父异母的弟弟。

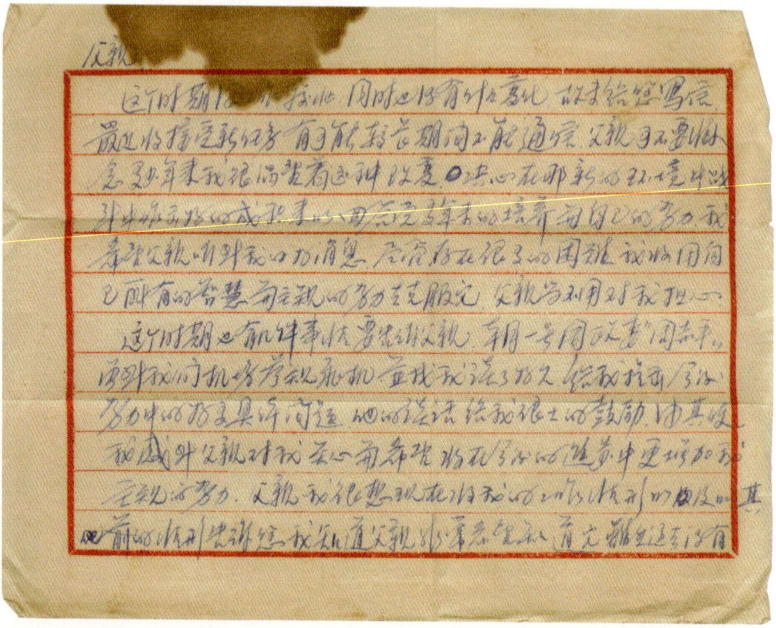

父亲：

这个时期[illegible]学习，同时也没有什么意见，故未给您写信。最近将接受新任务，有可能较长期间不能通信，父亲可不要惦念。几年来我很满意着这种改变，决心在那新的环境中锻炼[illegible]培养自己的努力。我希望父亲听到我的好消息。虽然存在很多的困难，我将用自己所有的智慧和全部的努力去克服它。父亲不要对我担心。

[illegible]

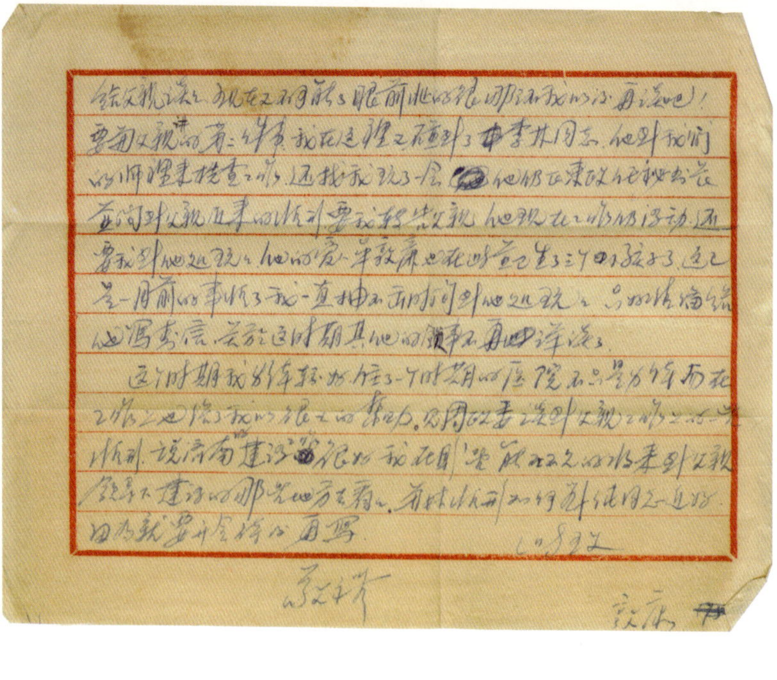

[illegible]

第二封

1951年8、9月间

父亲：

这个时期因工作较忙，同时也没有什么变化，故未给您写信。最近将接受新任务，有可能较长期间不能通信，父亲可不要挂念。多少年来我很渴望着这种改变，决心在那新的环境中、战斗中作出好的成积［绩］来，以回答党多年来的培养与自己的努力，我希望父亲听到我的好消息。尽管存在很多的困难，我将用自己所有的智慧与主观的努力去克服它，父亲当不用对我担心。

这个时期也有几件事情要告诉父亲。本月一号周政委周赤萍曾到我们机场参观飞机，并找我谈了好久，给我提出今后努力中的好多具体问题。他的谈话给我很大的鼓励，由［尤］其使我感到父亲对我关心与希望，将在今后的进步中，更增加我主观的努力。父亲，我很想现在将我的工作情形以及其他情形告诉您，我知道父亲非常希望知道它，虽然过去没有给父亲谈谈，现在又不可能了。眼前忙的很，那让我以后再谈吧！要与父亲讲的第二件事，我在这里又碰到了李林同志。他到我们的师里来检查工作，还找我玩了一会。他仍在东政任秘书长，并问到父亲近来的情形，要我转告父亲，他现在工作仍没动，还要我到他处玩玩。他的爱人牟敦廉也在此，并已生了三个小孩子了。这已是一月前的事情了，我一直抽不出时间到他处玩玩，只好准备给他写封信。关于这时期其他的琐事，不再详谈了。

这个时期我身体较好。住了一个时期的医院，不只是身体，而在工作上也给了我以很大的帮助。见周政委谈到父亲工作上的一些情形，说济南的建设工作很好，我在盼望能在不久的将来到父亲领导下建设的那些地方去看看。弟妹情形如何、刘纯同志近好，因为就要开会待后再写。

此致

敬礼！

敦康

鹿鸣坤

朱锦翔

你望我当英雄，
我望你争入党称模范

1951 年
鹿鸣坤与女友朱锦翔往还情书（五封）

家书背景

鹿鸣坤，又名鹿明崑、鹿明坤，1929年出生，山东省莱阳市人。1943年参军，历任战士、班长、排长、政治指导员。1948年8月加入中国共产党。1949年12月到航校学习。毕业后，分配到中国人民解放军空军第2师6团。1951年10月，他奉命入朝参加抗美援朝战争，任第3大队副大队长。1951年12月，在一次对敌空战中不幸牺牲。

朱锦翔，1933年出于浙江台州。1950年加入中国新民主主义青年团，后来参加了中国民主同盟。1949年应征入伍，成为解放军华东航空处文工团团员，先后担任飞行部队供应大队见习会计、通讯队会计和师政治部文化补习学校文化教员。1954年转业，考入北京大学新闻学专业学习。1958年毕业后，分配到甘肃兰州大学工作。退休前，是兰州大学新闻系副教授、教研室主任。退休后，定居上海。

朝鲜战争爆发，他们所在的部队接到参战任务。在誓师大会上，个个义愤填膺，写血书，表决心……朱锦翔也在千人大会上发言，要求到前线参战，后被批准，成为通讯队唯一一名会计。

1951年下半年，师部从上海乘军列（大部分车厢是货车，只有两三节硬座车厢，是为优待女同志和首长专用的）前往东北，准备开赴前线。五六天后，到达目的地。在大部队出发前，部分飞行人员首先试航，获得成功。

此时，朱锦翔与鹿鸣坤已是经组织批准的公开合法的对象关系。朱锦翔说，那个年代，最亲密的感情表达方式就是握手。他们在上海的最后一次见面，是在程家桥高尔夫球场。那天，鹿鸣坤送给朱锦翔一件特别的礼物：色如绿宝石的小号关勒铭金笔。他俩坐在球

鹿鸣坤送给朱锦翔的纪念照片，照片背后亲笔写道："锦翔同志留念：望你加强学习，提高阶级觉悟，在工作中锻炼自己，忘我精神，继续努力。鹿鸣坤。"

场边的一块高地上，谈话总离不开赴朝参战。

当时，虽然领导和同志们都说，抗美援朝结束后回国就可以结婚了，可他们俩从未提过"结婚"两个字。那个年代的飞行员，既不允许单独行动（和组织批准的女友谈对象除外），也不允许在外面吃饭。他俩没有在一起吃过饭，每次见面也从未超过三个小时。

这次分手，他们照样握手告别，都没有说过"我爱你"之类的话，可谁也没有想到，这竟然是永别。临别时，鹿鸣坤说："到了前线，我给你写信。"

抗美援朝战争期间，空2师飞行部队驻扎在鸭绿江边的大孤山，随时准备接受空战任务。鹿鸣坤所在的第6团，驾驶的是苏联喷气式

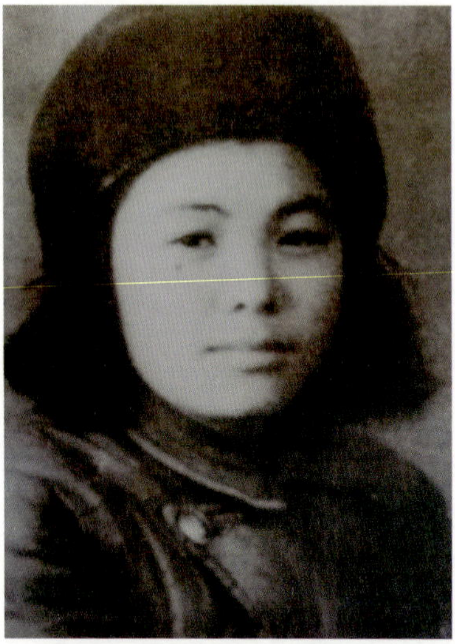

1951 年冬，抗美援朝时的朱锦翔

2020 年，朱锦翔获颁“中国人民志愿军抗美援朝出国作战 70 周年”纪念章

鹿鸣坤烈士墓，摄于沈阳抗美援朝烈士陵园

战斗机米格-15。

在朝鲜前线，飞行人员伤亡很大。为此，上级决定空2师调防，返回上海继续训练，并承担保卫大上海领空的任务。1951年12月，朱锦翔随师部机关奉命先行撤回。没想到，回到上海没几天就传来噩耗：在一次空战中，鹿鸣坤不幸牺牲了！

战争必然有牺牲，但对朱锦翔来说，无论如何也难以接受！毕竟那年她才18岁，鹿鸣坤也只有22岁。朱锦翔既不相信这是真的，又克制不住哭泣，还不好意思在人前流泪，只能一个人哭，不吃不喝在床上躺了三天。

如今，年逾九旬的朱锦翔谈起初恋男友鹿鸣坤，仍然一往情深。朱锦翔说，虽然他们之间从没有说出一个“爱”字，但心中的牵挂与思念一直珍藏至今。

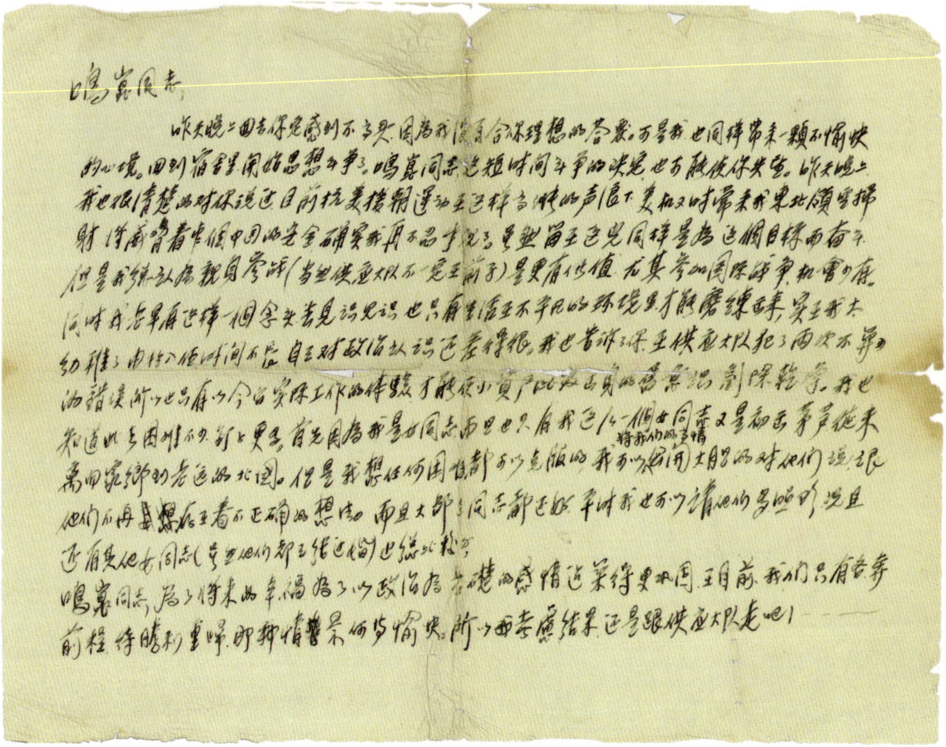

鸣岚同志：

昨天晚上回去你是感到不高兴，因为我没有合你理想的答覆。可是我也同样带来一颗不愉快的心境。回到宿舍又开始思想斗争了。鸣岚同志，这短时间斗争的决定，也可能使你失望。昨天晚上我也很清楚的对你说过，目前抗美援朝运动正这样高涨的声浪下，美机又时常来我东北领空扫射，侵略着我们中国的安全，确实我再不忍心说了。是然留下这儿同样是为这个目标而奋斗，但是我总认为亲身参战（当然侯座大队不一定上前线）是更有价值，尤其参加国际战争机会少有。同时我觉得有这样一个念头，老是说儿话，也只有生活在不平凡的环境里才能磨练出来。实在我太幼稚了，由于入伍时间不久，自己对政治认识还差得很，我也告诉了你去侯座大队犯了两次不算的错误，所以也只有以今后实际工作的体验才能使小资产阶级出身的意识(?)削除干净。我也知道此去困难不少，行动更多。首先因为我是女同志，而且也只有我这个一个女同志，又是初出茅庐，从来离开家乡到过这样的北国。但是我想任何困难都可以克服的，我可以将我们的事情公开(?)大胆的对他们说，跟他们不再要想(?)存在着不正确的想法。而且大部分同志都这样，平时我也可以请他们多照顾，况且还有其他女同志（虽然他们都已结过婚）也总比较可(?)。

鸣岚同志，为了将来的幸福，为了以政治为基础的感情还得要巩固，王目前我们只有各奔前程，待胜利重归，那种情景会何等愉快。所以再考虑结果还是跟侯座大队走吧！

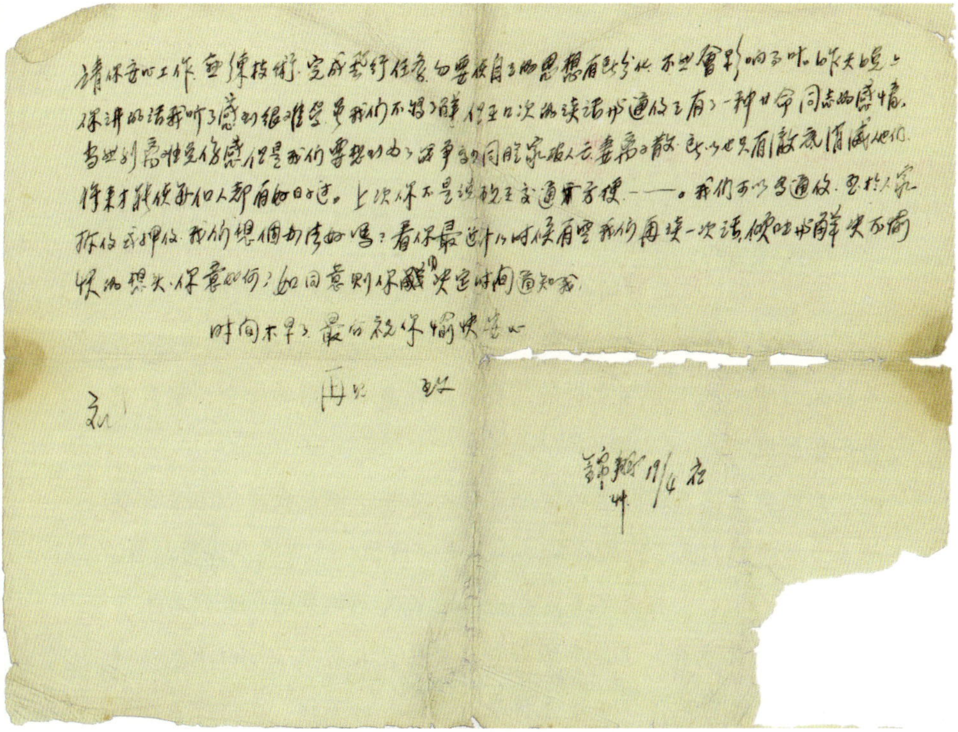
請你安心工作，鍛鍊技術，完成黨的任務，只要你自己的思想有些分化，不然會影响了你。昨天晚上你讲的話我听了感到很难受，更我们不能了解。但在这次的談話中，通過你已有了一種革命同志的感情。当然別扇雖受傷感，但是我们要想到为了战争的同胞家破人亡，妻离子散，所以也只有激起消滅他们，将来才能使我们人人都有好日子过。上次你不是谈起王交通員的事——。我们可以多通信，至於人家拆信或扣信，我们想個办法好嗎？看你最近什么时候有空，我们再談一次話，使你我了解更多的快的想头，你意如何？如同意則你先決定时间通知我。

时间不早了，最后祝你愉快安心

再见 致礼

元

锦辉 19/4 夜 卅

第一封

1951年4月19日

鸣坤同志：

昨天晚上回去，你定感到不高兴，因为我没有合你理想的答复。可是我也同样带来一颗不愉快的心境。回到宿舍里，开始思想斗争了。

鸣坤同志，这短时间斗争的决定，也可能使你失望。昨天晚上，我也很清楚的对你说过，目前，抗美援朝运动在这样高涨的声浪下，美机又时常来我东北领空扫射，将威胁着整个中国的安全，确实我再不忍坐视了。

虽然留在这儿同样是为这个目标而奋斗，但是我总认为亲身参战（当然供应大队不一定在前方）是更有价值，尤其参加国际战争，机会少有。同时，我老早有这样一个念头去见识见识，也只有生活在不平凡的环境里，才能磨练出来，实在我太幼稚了，由于入伍时间不长，自己对政治认识还差得很。我也告诉了你，在供应大队犯了两次不算小的错误，所以也只有以今后实际工作的体验，才能使小资产阶级出身的旧意识铲除干净。

我也知道，此去困难不少，钉子更多。首先因为我是女同志，而且也只有我这么一个女同志，又是初出茅庐，从未离开家乡到老远的北国。但是，我想任何困难都可以克服的，我可以将我们的事情公开大胆的对他们说，让他们不再存在着不正确的想法。而且大部分同志都还好，平时我也可以请他们多照顾，况且还有其他女同志（虽然他［她］们都已结过婚）也总比较好。

鸣坤同志，为了将来的幸福，为了以政治为基础的感情建筑得更巩固，在目前，我们只有各奔前程，待胜利重归，那种情景何等愉快。所以，我考虑结果，还是跟供应大队走吧！

请你安心工作，熟练技术，完成飞行任务，勿要使自己的思想有所分化，不然会影响事叶〔业〕。昨天晚上你讲的话，我听了感到很难受。虽我们不够了解，但在几次的谈话与通信已有了一种革命同志的感情。当然，别离难免伤感，但是，我们要想到，为了战争，多少同胞家破人亡，妻离子散，所以，也只有彻底消灭他们，将来才能使每个人都有好日子过。

上次你不是说现在交通方便……。我们可以多通信，至于人家拆信或押信，我们想个办法好吗？看你最近什么时候有空，我们再谈一次话，倾吐与解决不愉快的想头，你意如何？如同意，则你决定时间通知我。

时间不早了，最后，祝你愉快安心。

再见！致

礼！

锦翔　草

19/4夜[1]

---

①据家书捐赠者朱锦翔介绍，此信写于1951年。

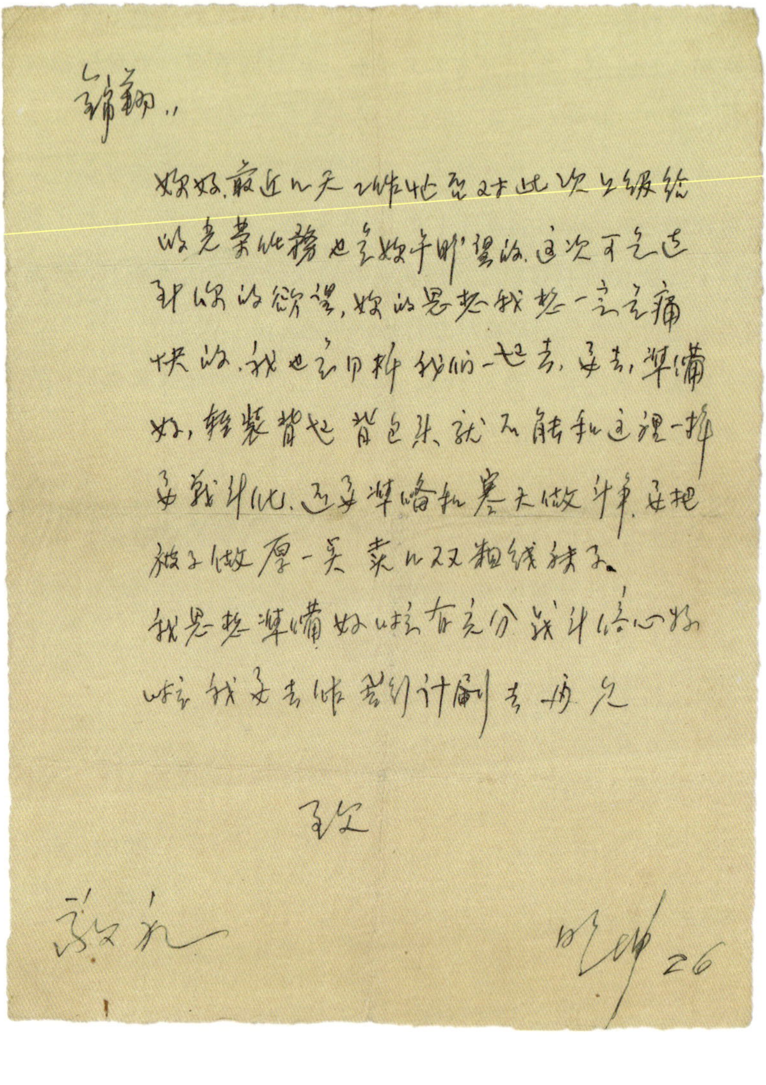

锦翰：

你好，最近几天工作也忙？对于此次上级给的光荣任务也是你平时盼望的，这次可是达到你的欲望，你的思想我想一定是痛快的，我也是同样。我们一起去，要去，准备好，轻装背起背包来，就不能和这里一样，要战斗化。还要准备和寒天做斗争，要把被子做厚一点，买几双粗线袜子。

我思想准备好啦，十足分战斗信心好啦，我要去作出计划去[illegible]

致

敬礼

晓峰 26

第二封

1951年6月(或7月)26日

锦翔:

你好!

最近几天工作忙否?对此次上级给的光荣任务,也是你早盼望的。这次可是达到你的欲望,你的思想,我想一定是痛快的。我也是同样。我们一起去。要去,准备好,轻装背起背包来,就不能和这里一样,要战斗化。还要准备和寒天做斗争,要把被子做厚一点,卖[买]几双粗线袜子。

我思想准备好啦,有充分战斗信心。好啦,我要去作飞行计划去。再见。

致

敬礼!

明坤 26[1]

---

①据朱锦翔回忆,此信写于1951年6月或7月份。

51年在上海

我刚由东北回来收到了你的来信，当时我正患着头痛眼睛
由于读了你的信我特别兴奋，兴奋的就是你能这样对待我的
思想上帮助我，我有这样一个人经常帮助我工作更会起劲
以便改正确缺点与毛病，加强自己的为革命利益而
出发，以前确实犯过工作上要受检讨的，对个人对革命都没有
好处，你这样直爽的指出我，给了我一个时候前进，希望你对别
人也要这样。 我从抗美援朝以来，我的工作和学习
都进一步了，老实说我的缺点改了不少，缺点以前也很多犯过，
现在已经改了好的。这次改造支部，我又当任支部书记，而且部
上级这次给我们的任务是空中转移，任务是艰巨的，上级
这样指出我们这次能从空中转移成功，我们可以成为
半个飞行家，为了要得到这半个飞行家的光荣称号而努
力，为了有把握的争取，这光荣称号我们由十九号乘运
输机开始航行了一次，如果我没有其他病或意外之事
半个飞行家咱们保险得上（这称号好不好，兴吗？）亲爱的，
我坐在这老牛一样的飞机上，看着地图，与地面目标对照，
一步一回，我的一双眼睛，没有一时的不注视地面，这
为完成这次上级给我们的重大任务，

这次我们都去锻炼好了，在战争环境里锻炼，我们在公社都锻炼，好学我当英雄，我在战争时先做模范。

姐给建议的不应该叫保卫科事情，姐很生我气吧。请姐不要多心，我并没让我保卫干事去作姐的工作，我不以前就认为了吗？姐是一个纯洁的青年，在思想表现工作都好，我为什么叫他给姐讲团员，他是团员并保卫干事，他和我是很好的朋友。他我们这玩，我也在外边玩，我给姐写了封信，让姐给写封吧，我没算啦，他说写吧，我说写就写吧，就啦。姐姐请姐不要怕难，姐不要把保卫部门的人，说过如是说话也不敢去接近他啦，过去是节省这样，大今天不怕地不怕，就怕保卫干事来谈话，有没有什么，请姐不要怕，不做亏心事不怕鬼叫门，当的不吃把洁的不做，谈话也不怕。

另外，我不久要去东北，这次指四东东北将来带中朱大家都吃完了，我再去预备指点给姐吃一些，我的以后对东北可去了的时候再说吧。我们相处太近啦，要是我将来死了，能回见，死了就算了。姐姐今后我们多通信吧，互相了解些工作情况。再见再见，在春节，我这次去玩在那里还不冷和这一样，满山的大豆高粱包米都去，像没有来到一样感觉，有个关外味道。

致

敬礼

有这次你有什么东西请找我要吧。

明坤 2/16

第三封

1951年9月21日

锦翔：

我刚由东北回来，收到了你的来信。当时我是累的，头痛、腰酸，阅过信之后，我特别兴奋。兴奋的就是，你能针对着我的思想来帮助我。我有这样一个人经常帮助我，工作更会起劲。□□改正缺点更快，你的帮助是真正的从革命利益出发。的确，吊〈儿〉郎〈当〉工作是要受损失的，对个人、对革命都没有好处，你这样直爽的提出，我是很高兴，同时还希望你对别人也要这样。

我从提出抗美援朝来之后，我的工作与飞行都进一步。老实说，我吊〈儿〉郎当是改了不少，吊儿郎当也得看环竟［境］，现在是什么时后［候］。这次改选支部，我又是任付［副］支部书记，不敢郎当。上级这次给我们的任务是空中转移。任务是艰巨的，上级这样提出，我们这次能从空中转移得好，我们可以成为半个飞行家。为了要得到这半个飞行家的光荣称号而努力，为了有把握的争取这光荣称号，我们由十九号乘运输机顺航线看过一次。如果我没有其它病或意外之事，半个飞行家咱们保险得上（这称号你不高兴吗？）。

锦翔，我坐在这老牛一样的飞机上，拿着地图，与地面目标对照，一去一回，我的一双眼睛，没有一时的不注视地面，是为完成这次上级给我们的重大任务。这次我们都去锻炼，你是在战争环境锻炼，我是在空战当中锻炼，你望我当英雄，我望你争入党称模范。

你给建议的不应该叫保卫科干事捎信，你很生我气啊。请你不要多心，我并非是找保卫科干事去作你的工作。我不以前就说过了吗？你是一个纯洁的青年，在思想表现工作都好。我为什么叫他给你捎信，因为他是团长井［警］卫员。过去，他和我是很好。那天他〈到〉我们这玩，我也在外边玩。我给徐政委写封信，〈他〉说给你捎封吧，我说算啦。他说写吧，我说写就写吧，就□啦。锦翔，请你不要怀疑，你不要把保卫部门的人，看得过如［于］重视，谁也不敢去接近他啦。过去是曾有这样说法，天不怕，地不怕，就怕保卫干事来谈话，并没有什么，请你不要怪，不做亏心事，还怕鬼叫门？生的不吃，犯法的不做，谁也不怕。

另外，我不日又去东北，这次捎回来东北特产，带回来大家都吃完了。我再去预备捎点给你吃一吃。我们以后到东北可是不能见面啦。我们相距太远啦。要是战场上死不了，能回见，死了就算。

锦翔，今后我们多通信吧，互相了解些工作情况。再见，再见。在塞外，我这次去，现在那里还不冷，和这一样，满山的大豆、高粱、包［苞］米，都是绿的，有特别一种感觉，有个关外味道。

致

敬礼！

明坤①

21/9②

看过之后有什么意见，请提出为盼。

---

①明坤：即鹿鸣坤。

②此信写于入朝作战前夕。

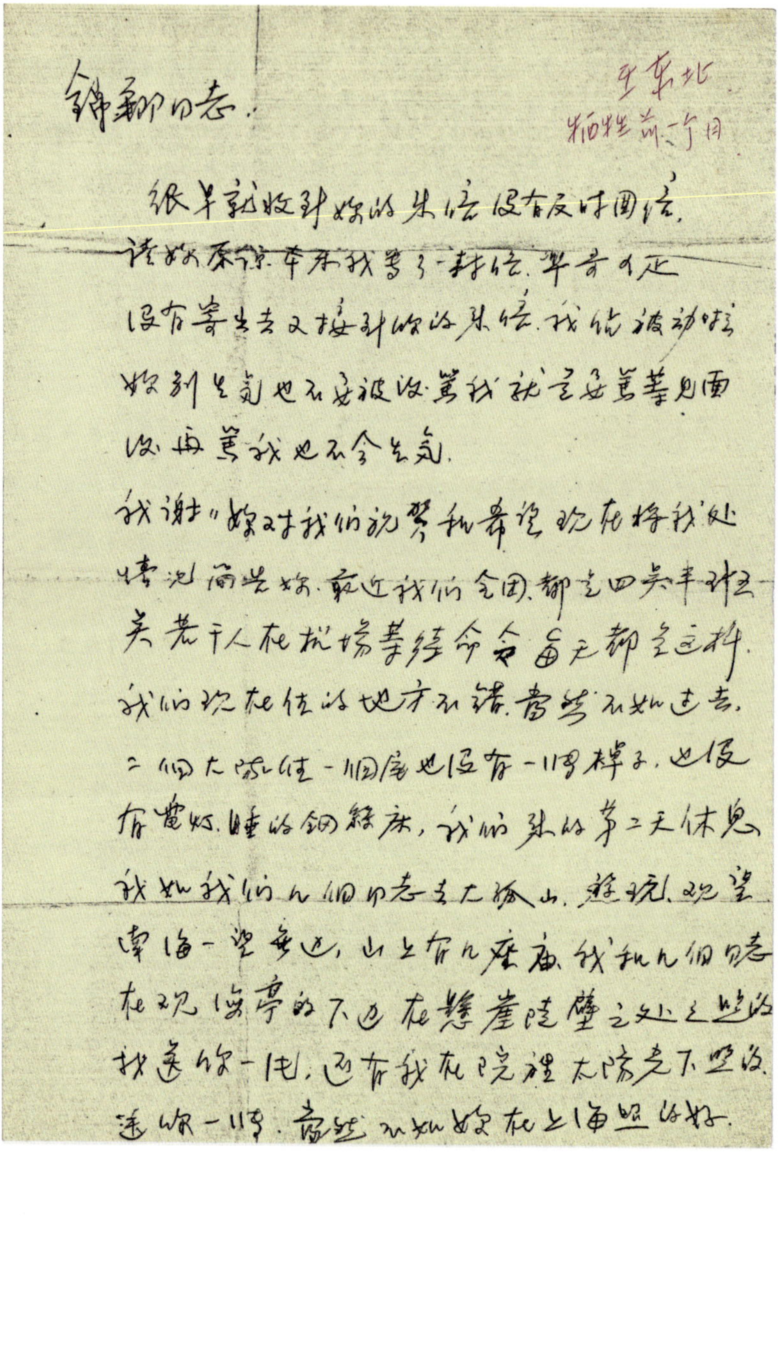

锦卿同志：

王东北。
相片二个月。

很早就收到你的来信没有及时回信，请你原谅。本来我写了一封信，毕竟不正没有寄出去又接到你的来信。我估被动的你别生气也不要被没写我就是要等见面没再写我也不会生气。

我谢谢你对我们的贺和希望，现在将我处情况简告你。最近我们全团都是四点半起床，六点若干人在机场等待命令，每天都是这样。

我们现在住的地方不错，当然不如过去。二个人就住一个房间，也没有一个桌子，也没有电灯，睡的钢丝床。我们来的第二天休息，我和我们几个同志去大孤山游玩，观望南海一望无边，山上有几座庙，我和几个同志在观海亭的下边在悬崖陡壁之处照的送你一张，还有我在院里太阳光下照的送你一张，当然不如你在上海照的好。

最近两天我们要做全运会纪念章我预备送你，好吧？还有回国的日志，

你信上谈到关于工作的问题，现在是处在抗美援朝时期，这些是免不了的，应为大局作想，过了这时期再说。不过我还要尽量帮助你去解决。你的工作应尽力而作下去，这是我的希望。如果你不愿干我不愿强求了。话越说越长没有完了。总之以后战斗情况下我主动给你写信就是啦。再见。

此致

敬礼

鸣岐

22/11

第四封

1951年11月22日

锦翔同志：

很早就收到你的来信，没有及时回信，请你原谅。本来我写了一封信，准〈备〉寄，可是没有寄出去，又接到你的来信，我很被动啦。你别生气，也不要被［背］后骂我，就是要骂，等见面后再骂，我也不会生气。

我谢谢你对我们祝贺和希望，现在将我处情况简告你。最近我们全团都是四点半到五点，若干人在机场等待命令，每天都是这样。我们现在住的地方不错，当然不如过去。二个大队住一个屋，也没有一张桌子，也没有电灯，睡的钢丝床。我们来的第二天休息，我如［和］我们几个同志去大孤山游玩、观望。南海一望无边，山上有几座庙。我和几个同志在观海亭的下边，在悬崖陡壁之处照的，我送你一张，还有我在院里太阳光下照的，送你一张，当然不如你在上海照的好。最近两天我们要跳伞，还发跳伞纪念章，我预备送你，好吧？还有四团的同志。

你信上谈到关于工作之问题，现在全处在抗美援朝时期，这些意见不能提，应为大局作想，过了这时期再说。不过，我还要尽量帮助你去解决。你的工作应尽力而唯［为］干下去，这是我的希望。如果你不愿干，我不愿〈干〉，谁来干？话越说越长，没有完。

终［总］之，以后战斗情况下，我主动给你写信就是啦。再见。

此致

敬礼！

鸣崑

22/11[①]

①据朱锦翔介绍，此信写于1951年鹿鸣坤牺牲前一个月左右。

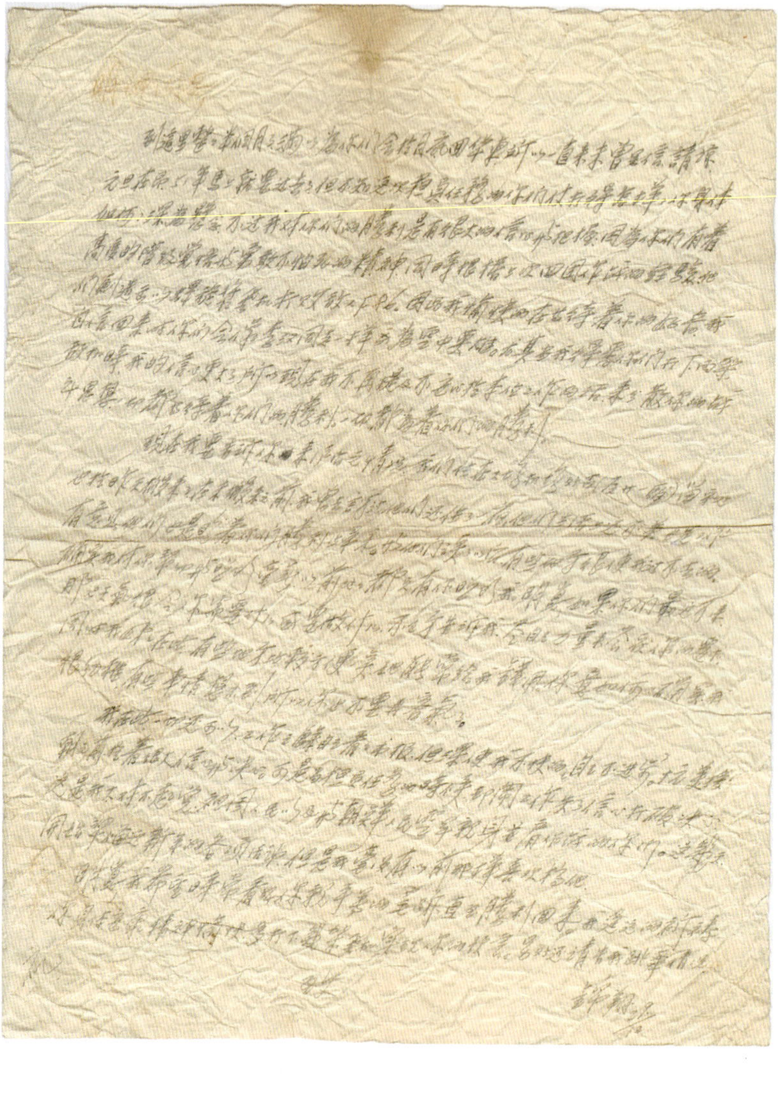

第五封

1951年12月29日

明坤同志：

到这里整整半个月了，满以为你们会于月底回华东，所以一直来未曾写信，请谅。元旦在即，51年马上就要过去了，但不知这次担负任务的你们仗打得怎样？你身体如何？深为悬念。不过我对你们的胜利是有很大的信心与把握：因为你们有着高度的阶级觉悟与勇敢不怕死的精神。同时根据上次四团作战的经验，他们创造出以螺旋桨飞机打败敌人F86。因此我愉快的在等待着你的好音，我自信回来时你们会像李汉同志一样成为空中英雄。尤其当我得悉你们打下两架敌机时，我的信心更大了，所以现在我不再提及不安心于本位工作的话来分散你的战斗思想，一切都等待着你们的胜利，一切都为着你们的胜利。

现在我要告诉你来沪后之情况，我们住在大场机场外面（原廿一厂），留守处也于昨天搬来了，在未搬来之前我曾去访过他们，还住了一夜。他们生活上还不差，也是工作有意见，他们也是盼着你们胜利归来。与他们谈了以后，有些地方很使我过不去的，确实我对你帮助与照顾毫无，以前处处都只有你照顾我。明坤，如果你们最近不来，那边天气很冷，你需要什么或要做什么，不妨告诉我，尽自己力量来答复你的要求。同时我姊姊在此，有些地方比较方便点，她能常给我钱用。你意如何？确实我很幼稚，有些事情想不到，所以你也不要再客气了。

我在此一切还可以，工作之余自己看看书报，但深使我不快的

“自己不进步”。抗美援朝之前抱着很大信心与决心，可是当担负任务的时候，却闹工作失了信心打破决心，这是我太对不起党、祖国人民以及与朝鲜人民空军亲身并肩作战的你们。这几天，开始准备迎新年的各项活动，但是我毫没有以前那样喜欢搞他。

明坤，我希望时常看到你亲手写的笔迹，直至胜利归来。我遥远的祈祷你身体安康，精神愉快，多打下几架飞机，实现你的预言。另外还请告诉我跳伞情况。

致

礼！

锦翔

12月29日

邱少云像，新华社发

到朝鲜后，一定要拼命打仗，不怕死

1951年3月15日
邱少云致哥哥弟弟（一封）

家书背景

这封家书是邱少云入朝参战前一天写给哥哥和弟弟的。邱少云，1926年出生于四川省铜梁县关溅乡（今重庆市铜梁区少云镇）一个贫农家庭。幼年失去双亲，孤苦无依，当过雇工，讨过饭，受尽欺凌。解放前夕，被国民党军队抓了壮丁。1949年12月四川解放，邱少云所在的川军整团投诚，他选择加入人民解放军，成为第二野战军10军29师87团3营9连1排3班的一名战士。不久，他随军参加了内江地区剿匪战斗，表现突出，受到嘉奖，并加入中国新民主主义青年团。

1950年12月，第29师编入第二野战军15军序列，开赴河北内丘地区集训，准备入朝参战。这封家书就写于这个时期。虽然文字不长，但表明了作者保家卫国的决心和勇于牺牲的精神。1951年3月，邱少云所在的第15军29师87团被编入新组建的中国人民志愿军第3兵团赴朝参战。在部队开赴前线途中，他冒着美军飞机扫射轰炸的危险，从燃烧的居民房屋里救出一名朝鲜儿童。邱少云参加了第五次战役，在战斗中进步迅速，被任命为战斗组长。

1952年10月中旬，我军为消灭盘踞在五圣山平康和金化之间391高地的南朝鲜军，邱少云所在营奉命担负突击任务。战前，邱少云向党支部递交了入党申请书，他写道："宁愿自己牺牲，决不暴露目标，为了整体，为了胜利，为了中朝人民和全人类的解放事业，愿献出自己的一切。"[①]在10月12日执行任务中，邱少云在距敌前沿阵地六十多米的草丛中潜伏时，敌人的一颗燃烧弹突然落在他的身边，

---

①【青运史项目】《重庆铜梁：伟大的战士邱少云》，中国青年报客户端，2023年4月17日（http://news.cyol.com/gb/articles/2023-04/17/content_qbep79cpdJ.html）

草丛瞬间被引燃，他身上的伪装草也燃烧起来，很快烧着了他的棉衣、头发和皮肉。为了不暴露潜伏部队，他严守纪律，咬紧牙关，双手深深插进泥土中，以惊人的毅力忍受着剧痛，始终一动不动，直至生命最后一刻。

附近的几位战友亲眼目睹了邱少云牺牲的全过程。3班班长锁德成回忆："一颗燃烧弹在我面前炸开了，刺眼的火舌向两边飞去……邱少云身上全溅满了，盖在身上的茅草扑啦啦烧了起来……"①当天傍晚，总攻开始，潜伏了一天一夜的战士们一跃而起，摧枯拉朽般冲向391高地，很快全歼守敌。

1952年11月6日，志愿军总部为邱少云追记特等功。1953年6月，追授他"一级英雄"称号。同年6月25日，朝鲜民主主义人民共和国最高人民会议常任委员会授予邱少云"朝鲜民主主义人民共和国英雄"称号和朝鲜民主主义人民共和国一级国旗勋章、金星奖章。

1953年5月18日，《人民日报》发表了第15军《战场报》战地记者郑大藩的文章《伟大的战士邱少云》，邱少云的英雄事迹传遍全国，"纪律重于生命"的口号成为一个时代的强音。同年8月，邱少云被追认为中国共产党党员。也在这一年，四川铜梁建立了邱少云烈士纪念馆，并竖立了邱少云烈士纪念碑，朱德题词。

2018年9月，中央军委政治工作部统一印制张思德、董存瑞、黄继光、邱少云、雷锋、苏宁、李向群、杨业功、林俊德、张超十位挂像英模画像，并下发至全军连级以上单位。

2009年9月，邱少云被中央宣传部、中央组织部、解放军总政治部等十一个部门联合评为"100位新中国成立以来感动中国人物"

①董少东：《烈火永生——邱少云壮烈牺牲的前前后后》，《北京日报》2015年12月15日，第16版。

邱少云——纪律重于生命

邱少云（1926－1952）中国人民志愿军著名战斗英雄。四川省铜梁县（今划归重庆市）人。中国人民志愿军第15军29师87团3营9连战士。1949年参加中国人民解放军。1951年参加中国人民志愿军。次年10月11日，部队奉命攻占391高地敌军前哨阵地，邱少云所在排潜伏在距前沿60多米的蒿草丛中。12日12时敌军发射侦察燃烧弹，恰巧落在邱少云潜伏点附近草丛，烈火蔓延到他身边，燃着了棉衣、头发和皮肉。为不暴露潜伏部队，他双手插进泥土中，强忍剧痛，始终未动，直至壮烈牺牲。所在部队追认他为中国共产党党员，追授“模范青年团员”称号。中国人民志愿军给他追记特等功，追授“一级英雄”称号。朝鲜民主主义人民共和国追授他英雄称号和金星奖章、一级国旗勋章。

中央军委政治工作部印制

中央军委政治工作部统一印制的十位挂像英模画像之邱少云

之一。

2019年9月，邱少云入选中央宣传部、中央组织部、中央军委政治工作部等九个部门联合发布的“最美奋斗者”个人名单。

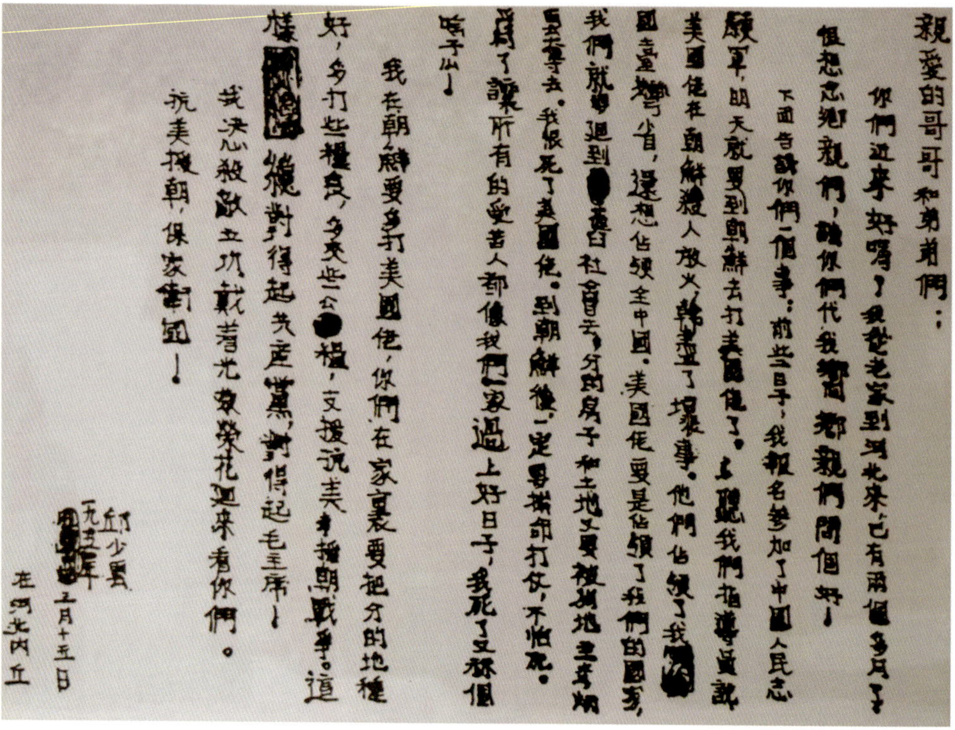
親愛的哥哥和弟弟們：

你們近來好嗎？我從老家到河北來已有兩個多月了，很想念鄉親們，請你們代我[illegible]鄉親們問個好！

下面告訴你們一個事：前些日子，我報名參加了中國人民志願軍，明天就要到朝鮮去打美國佬了。我聽我們指導員說美國佬在朝鮮殺人放火，幹盡了壞事。他們佔領了我[illegible]國臺灣省，還想佔領全中國。美國佬要是佔領了我們的國家，我們就要退到[illegible]舊社會去，分的房子和土地又要被剝地主奪去。我恨死了美國佬。到朝鮮後，一定要拼命打仗，不怕死。為了讓所有的受苦人都像我們一家過上好日子，我死了又算個啥子嘛！

我在朝鮮要多打美國佬，你們在家裏要把分的地種好，多打些糧食，多交些公[illegible]糧，支援抗美援朝戰爭。這樣[illegible]才對得起共產黨，對得起毛主席！

我決心殺敵立功，戴着光榮花回來看你們。

抗美援朝，保家衛國！

邱少雲
一九五一年二月十五日
在河北內丘

1951年3月15日

亲爱的哥哥和弟弟们:

你们近来好吗?我从老家到河北来,已有两个多月了。很想念乡亲们,请你们代我向乡亲们问个好!

下面告诉你们一个事:前些日子,我报名参加了中国人民志愿军。明天就要到朝鲜去打美国佬了。听我们指导员说,美国佬在朝鲜杀人放火,干尽了坏事。他们占领了我国台湾省,还想占领全中国。美国佬要是占领了我们的国家,我们就要回到旧社会去,分的房子和土地又要被狗地主李炳云夺去。我恨死了美国佬,到朝鲜后,一定要拼命打仗,不怕死。为了让所有的受苦人都像我们一家过上好日子,我死了又算个啥子么!

我在朝鲜要多打美国佬,你们在家里要把分的地种好,多打些粮食,多交些公粮,支援抗美援朝战争。这样才对得起共产党,对得起毛主席!

我决心杀敌立功,戴着光荣花回来看你们。

抗美援朝,保家卫国!

邱少云

一九五一年三月十五日

在河北内丘

1954 年，成冲霄从朝鲜回国留影

我们还仍在前线担任阻击作战的任务

1951—1952 年

成冲霄致妻子刘时芬（三封）

家书背景

成冲霄（1917—1991），河北省永年县人，1938年5月参军，同年8月加入中国共产党。曾参加抗日战争、解放战争、抗美援朝等，屡立战功。20世纪70年代以后曾任第12军军政委、军长，南京军区后勤部部长，南京军区党委常委等职。

收信人刘时芬是成冲霄的妻子，1926年生于河北省永年县。1945年参军，1950年入党。1952年赴朝参战，1954年转业地方工作。

成冲霄所在的第12军是刘邓大军的一支劲旅，它的前身是晋冀鲁豫野战军第六纵队，1948年5月改番号为中原野战军第六纵队。在解放战争中它作为第二野战军的主力，首战上党，三出陇海，横跨黄河，转战鲁西南，千里跃进大别山，逐鹿中原，进军大西南，打了不少硬仗、恶仗。

1950 年 12 月，成冲霄夫妇与女儿重庆分别前留影

1951 年冬，成冲霄（左一）与朝鲜人民军于金城前线

1949年11月27日，第12军和友邻部队一起歼灭了国民党宋希濂集团军主力和罗广文兵团的一部共三万余人，解放了川东广大地区。接着乘胜出击，和第11军、第47军分三路包围重庆，于11月30日解放了西南重镇重庆。此次战役，第12军连续行军作战四十余天，行程三千八百多里，消灭敌人一万四千余人，胜利完成了上级安排的任务。

重庆解放以后，成冲霄所在的第101团和其他师的两个团奉命担负重庆警备任务，其余部队立即西进，参加成都战役，会同友邻部队，围剿胡宗南集团。

1950年3月，刘时芬带着女儿随二野女大三分校辗转二十余天，经武汉乘船来到重庆，一家三口经过多年离别，终于团聚了。

1950年12月21日，第12军奉命离川北上，开赴华北某地待命。

1952 年 3 月，成冲霄于朝鲜金城前线

成冲霄作为第34师101团团长于1951年3月赴朝参战。刘时芬由于即将临产，不能随军赴朝，只能留守重庆。此次重庆一别，一家人又天各一方，分离的时间更长。军人自古多别离，就像成冲霄信中所说，“为了使中国全部胜利的日子早来”和“永远的见面”，必须服从命令，为国而战。

入朝后，成冲霄率部参加了第五次战役、金城防御战等战役。

1954年4月，成冲霄回国，奉命去长春组建坦克部队。1955年8月进入南京军事学院合成军队指挥系学习。1959年毕业，回到第12军工作，任师参谋长、第31师副师长。1964年8月任第31师师长，晋升为大校。后任第12军副军长、第一副军长兼参谋长。1971年1月任第12军政委，兼任中共安徽省委常委。1978年5月任第12军军长，1991年9月在安徽合肥逝世，终年74岁。

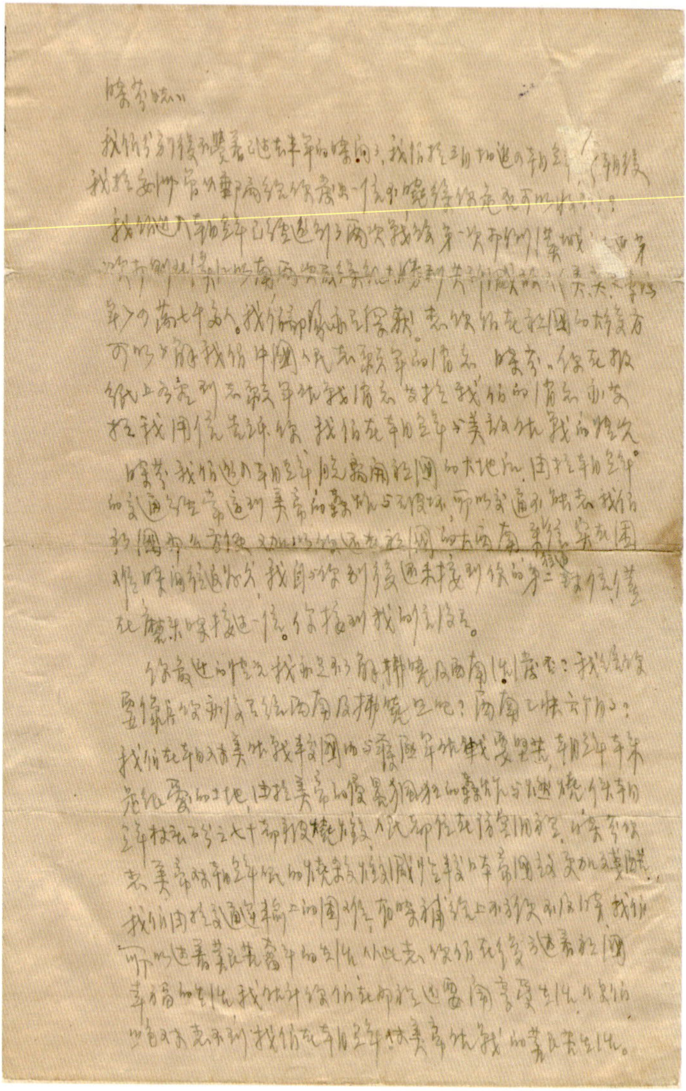

晓芬妹妹：

我们分别後不觉着已过去半年的时间了，我们於三月初进入朝鲜，[illegible]朝後我於安州曾以军邮给你寄出一信，不晓得你看见可以收到？

我们进入朝鲜已经过了两次战役，第一次[illegible]城，[illegible]美大[illegible]第[illegible]万七千多人。我们都[illegible]。表你们在祖国的後方可以了解我们中国人民志愿军的消息。晓芬，你在报纸上只看到志愿军作战的消息，至於我们的消息就要我用信告诉你我们在朝鲜与美敌作战的情况。

晓芬，我们进入朝鲜後离开祖国的大地後，由於朝鲜的交通经常遭到美帝的轰炸与破坏，所以交通不能畅通，我们[illegible]祖国[illegible]。我自从分别後回来接到你的第二封信，[illegible]一信。你接到我的信没有？

你最近的情况我就不了解，[illegible]我总是[illegible]？[illegible]

我们在朝鲜对美作战[illegible]，朝鲜[illegible]土地，由於美帝的[illegible]轰炸[illegible]燃烧，[illegible]朝鲜[illegible]七十[illegible]被烧[illegible]，人民都住在防空洞[illegible]。晓芬，[illegible]美帝[illegible]朝鲜人民的[illegible]。

我们[illegible]上[illegible]。我们[illegible]，从此我们在後方[illegible]祖国[illegible]生活，我[illegible]你们[illegible]生活[illegible]我们在朝鲜[illegible]美帝作战的[illegible]生活。

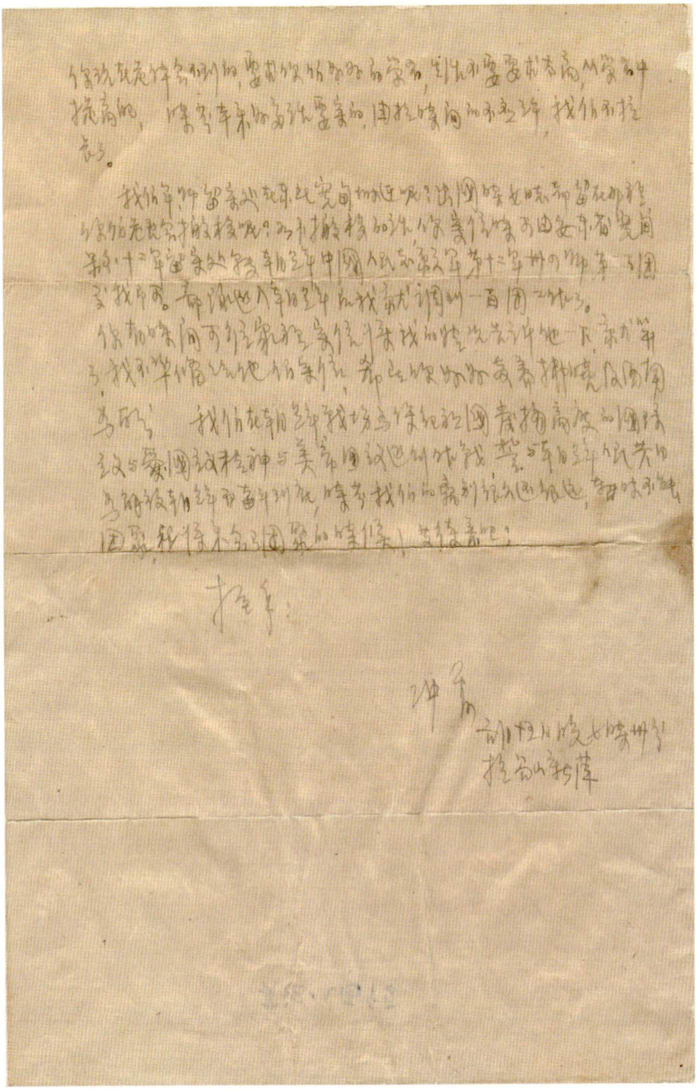

第一封

1951年6月15日

时芬同志：

我们分别后不觉着已过去半年的时间了，我们于三月十日进入朝鲜，入朝后，我于安洲[①]曾从邮局给你发出一信，不晓得你是否可以收到？

我们进入朝鲜已经进行了两次战役，第一次打到汉城附近，第二次打到北汉江以南，两次取得很大胜利，共歼灭敌人（美、英、李伪军）四万七千多人。我们部队亦有俘获。想你们在祖国的大后方可以了解我们中国人民志愿军的消息。时芬，你在报纸上如看到志愿军作战消息等于我们的消息，亦等于我用信告诉你我们在朝鲜与美敌作战的情况。

时芬，我们进入朝鲜脱离开祖国的大地后，由于朝鲜的交通经常遇到美帝的轰炸与破坏，所以交通不能想〔像〕我们祖国那么方便，又加以你还在祖国的大西南，来往通信实在困难，时间往返好久。我自与你别后还未接到你的第二封信，仅在磨头时接过一信。你接到我的信没有？

你最近的情况我亦是不了解，拂晓及西南活泼否？我给你要像片你亦没有给西南及拂晓照吧？西南已快六个月了？我们在朝对美作战较国内与蒋匪军作战要坚〔艰〕苦，朝鲜本来是很〈可〉爱的土地，由于美帝的侵略，疯狂的轰炸与燃烧，使朝鲜村庄百分之

①安洲：应为安州，是朝鲜平安南道西北部的一个城市，横跨清川江两岸，是连接平壤和新义州的交通要道。

七十都被烧毁，人民都住在防空洞里。

时芬，你想美帝对朝鲜人民的烧杀毁灭性较日本帝国主义更加残酷，我们由于交通运输上的困难，有时补给上不方便不及时，我们所以过着艰苦奋斗的生活，从此想你们在后方过着祖国幸福的生活，我估计你们在那里还要闹享受生活，你们绝对想不到我们在朝鲜对美帝作战的艰苦生活。

你现在是体会不到的，要求你们好好的学习，生活不要要求太高，从学习中提高自己。时芬，本来好多话要写的，由于时间的不应许，我们不拉长了。

我们军、师留守处在东北宽甸附近呢！出国时女同志都留在那里，你们是否会搬移呢？如不搬移的话，你写信时可由安东省宽甸县十二军留守处转朝鲜中国人民志愿军第十二军卅四师第一百团交我即可。部队进入朝鲜后我就调到一百团工作了。

你有时间可往家里写信，将我的情况告诉他〈们〉一下就算了，我不准备给他们写信。希望你好好教养拂晓及西南为盼。我们在朝鲜战场为保卫祖国发扬高度的国际主义与爱国主义精神与美帝国主义进行作战，誓与朝鲜人民共同为解放朝鲜而奋斗到底。时芬，我们的离别很久还很远，暂时不能团聚，将来会有团聚的时候！等待着吧！

握手！

冲霄

六月十五日晚七时卅分于谷山新萍

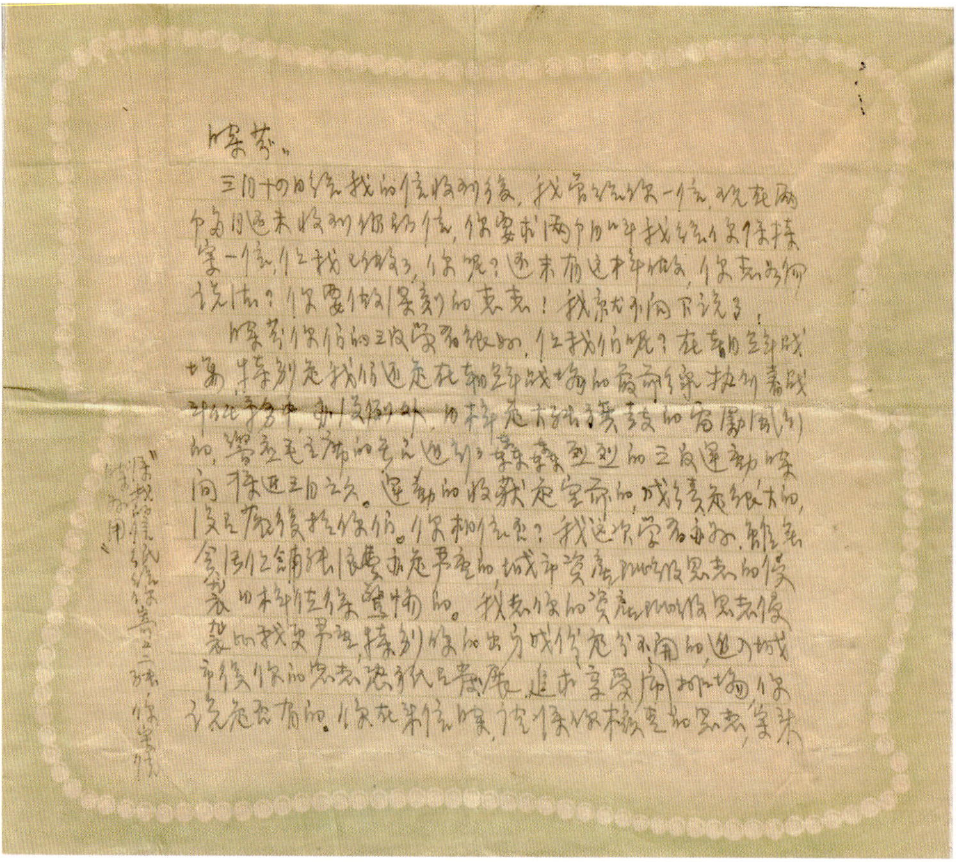

婷芬：

三月十四日给我的信收到后，我曾给你一信，现在两个多月还未收到你的信，你要求两个月叫我给你写信来寄一信，但我已做到了，你呢？还未有这样做，你有何说法？你要做深刻的检查！我就不向下说了！

婷芬你们的三反学习很好，但我们呢？在朝鲜战场，特别是我们还是在朝鲜战场的后勤系统，抗美援朝战斗争中，[illegible]，同样是大张旗鼓的[illegible]的，响应毛主席的号召进行了轰轰烈烈的三反运动，深入进行三月之久。运动的收获是空前的，成绩是很大的，[illegible]。你相信吗？我这次学习更好，[illegible]城市资产阶级思想的侵袭，[illegible]。我的你的资产阶级思想侵袭的我更明白，特别你的出身我们是分不开的，进入城市后你的思想渐渐的是[illegible]，追求享受[illegible]，你说是否有的。你在来信中谈[illegible]检查的思想，[illegible]

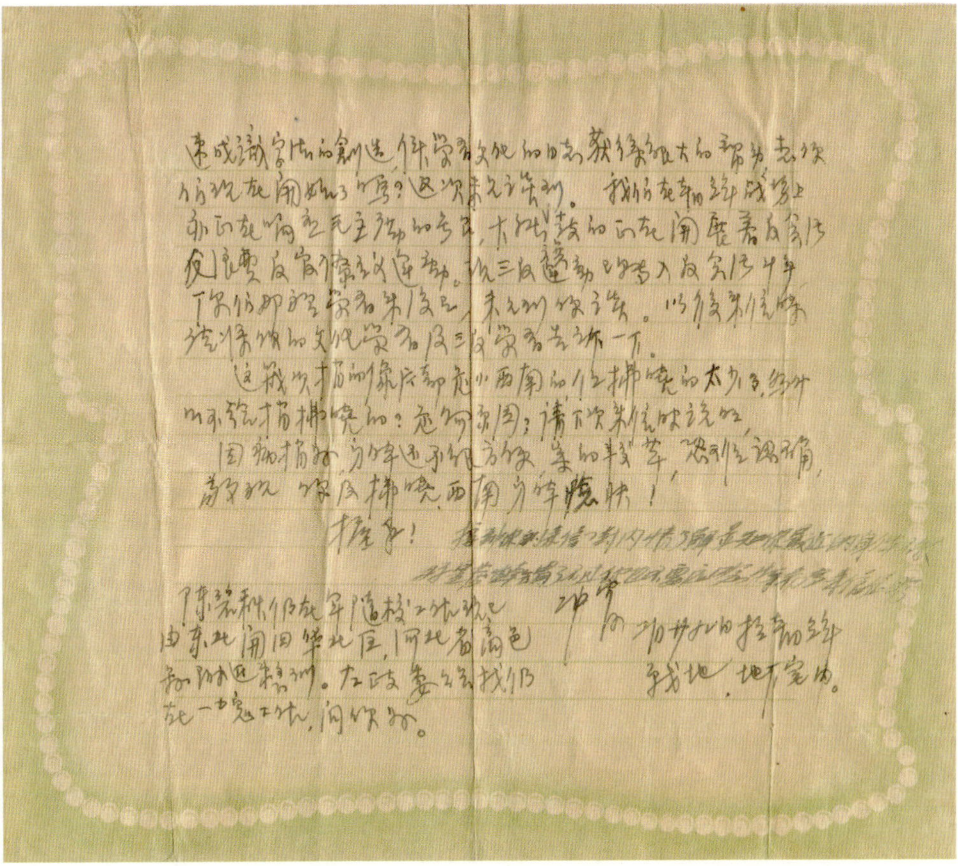

第二封

1952年2月29日

时芬:

三月十四日给我的信收到后，我曾给你一信，现在两个多月还未收到你的信。你要求两个月叫我给你保持写一信，但我已做了，你呢？还未有这样做，你想如何说法？你要做深刻的想想！我就不向下说了！

时芬，你们的三反学习很好。但我们呢？在朝鲜战场，特别是我们还是在朝鲜战场的最前线执行着战斗任务中，亦没例外，同样是大张旗鼓的雷厉风行的，响应毛主席的号召进行了轰轰烈烈的三反运动，时间将近三月之久。运动的收获是空前的，成绩是很大的，没有落后于你们。你相信否？我这次学习亦好，虽无贪污但铺张浪费亦是严重的，城市资产阶级思想的侵袭，同样值得警惕的。我想你的资产阶级思想侵袭比我更严重，特别你的出身成份是分不开的。进入城市后，你的思想恐只有发展，追求享受闹排场，你说是否有的？你在来信时，请将你检查的思想写来。

速成识字法的创造，使学习文化的同志获得很大的帮助，想你们现在开始了吗？这次未见谈到。我们在朝鲜战场上亦正在响应毛主席的号召，大张旗鼓的正在开展着反贪污、反浪费、反官僚主义运动，现三反运动已转入反贪污斗争，你们那里学习来没有？未见到你谈。以后来信时，请将你的文化学习及三反学习告诉一下。

这几次捎的像片都是小西南的，但拂晓的太少了，为什么不给捎拂晓的？是何原因？请下次来信时说明。

因病稍好，身体还不很方便，写的较草，恐难认确。敬祝你及拂晓、西南身体愉快！

握手！

冲霄

二月廿九日于朝鲜战地　地下室内

陈碧秋[1]仍在军随校工作，现已由东北开回华北区，河北省高邑县附近整训。左政委给我仍在一块工作，问你好。

“将我的信纸给你寄上二张，你寄信时好用。”（写于第一页信纸左边）

刘时芬阅后批注：“接到你的来信2封，对内情了解，并知你最近的身体不很好，是发生□胃了？不过你也不要远念，特希多来信是盼。”

①陈碧秋：团政委左三星的爱人。

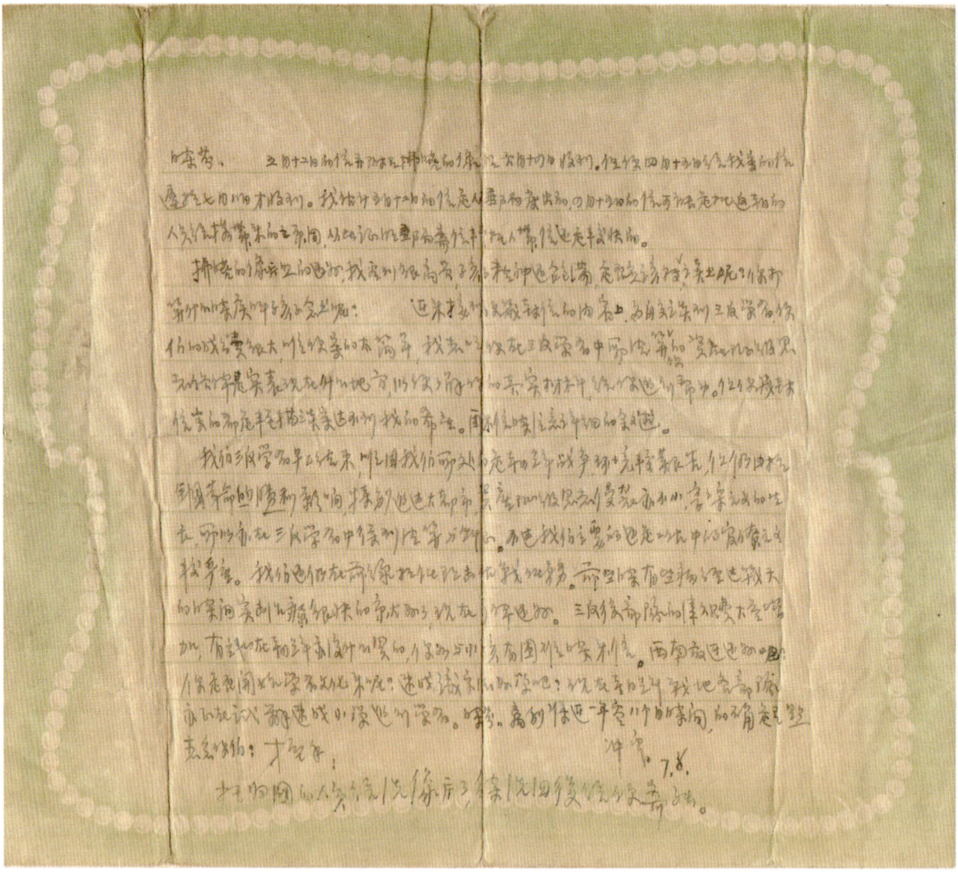

第三封

1952年7月8日

时芬：

五月十二日的信并附有拂晓的像片六月十四日收到。但你四月十五日给我写的信迟于七月八日才收到。我估计五月十二日的信是从邮局发出的，四月十五日的信可能是托返朝的人员给携带来的原因，从此证明邮局寄信较托人带信还是较快的。

拂晓的像片照的还好，我看到很高兴，孩子精神还饱满，是否应该转入读书呢？你打算什么时候叫孩子念书呢？

近来接到你几封信的内容上，多般谈到三反学习，你们的成绩很大，唯你写的太简单，我想叫你在三反学习中所清算你的资产阶级思想，俱〔具〕体是〔事〕实表现在什么地方，以便了解你的真实材料，给你进行帮助。但你几封信写的都是轻描淡写，达不到我的希望，再来信时注意详细的叙述。

我们三反学习早已结束，唯因我们所处的是朝鲜战争，环境较艰苦，但仍由于全国革命的胜利影响，特别进达大都市，资产阶级思想侵袭亦不小，享乐主义的生长，所以亦在三反学习中得到清算与纠正。不过我们主要的还是工作中的官僚主义较严重。我们还仍在前线担任阻击作战的任务。前些时有些病，经过几天的时间突击治疗，很快的就好了，现在身体还好。三反后部队的津贴费大量增加，有钱在朝鲜亦没什么买的，你如与小孩有困难时来信。西南最近还好吧？你是否开始学习文化来呢？速成识字法好学吧？现在朝鲜战地各部队亦正在试办速成小学进行学习。

时芬：离别将近一年零11个月时间，的确是有点想念你们！握手！

冲霄　7.8

托归国的人员给洗像片了，待洗回后给你寄张。

胡乃仁

为了全世界的人民得到和平的解放

1951年

胡乃仁致父母（两封）

家书背景

胡乃仁，1928年生于四川省合江县县城。1950年考取二野军大三分校，毕业后分配至解放军第12军31师93团，参加川黔剿匪战斗，他作战英勇，荣获乙等功和丙等功。1951年11月，胡乃仁随部队奔赴朝鲜战场，驻扎在上甘岭附近的金城。1952年11月16日，胡乃仁在上甘岭战役中壮烈牺牲，年仅24岁。

上甘岭战役，美方称为三角山战役，是1952年10月14日至11月25日中国人民志愿军与“联合国军”在上甘岭及其附近地区展开的一场阵地争夺战。五圣山，位于朝鲜江原道中部金化郡，上甘岭位于五圣山前沿。

“联合国军”先后投入美军第7师（并配属空降第187团等部）、南朝鲜军第2师、第9师，共计步兵十一个团又两个营，另十八个炮兵营，大口径火炮三百余门、坦克一百七十余辆，出动飞机三千余架次，总兵力六万余人。双方反复争夺阵地，志愿军共击退“联合国军”营以上兵力进攻二十五次，营以下兵力进攻六百五十余次，并进行了数十次反击，最终守住了阵地，取得胜利。11月中旬，胡乃仁所在的12军31师93团与敌人展开了对上甘岭597.9高地和537.7高地北山的激烈争夺。11月16日，胡乃仁在战斗中牺牲。

上甘岭战役的胜利，彻底粉碎了敌人的“金化攻势”，给他们以沉重的打击。战役之后，美军再也没有向志愿军发动过营以上规模的进攻，朝鲜战局从此稳定在北纬38度附近。

胡乃仁牺牲后，1953年冬天，他的家人收到了部队寄回的遗物。“当时母亲每天睹物思人，很难过，一直悉心保护着哥哥的遗物，直到1977年临终时，才把哥哥的遗物交给我。”胡乃仁的弟弟胡乃

1952 年 9 月，胡乃仁家人合影

文说。

“哥哥以前在部队的时候偶尔会写信回来，问父母身体好不好，生活如何。每一次收到哥哥的来信，都是说他自己在部队生活很好，工作也好，从不叫苦叫累，要求兄弟姐妹做事、为人要忠诚老实，工作要兢兢业业，学习要勤奋努力，才能学好本领，为祖国服务，更好的做贡献。”[①]胡乃仁在写给父母的家书中说，他入朝初期是从事文教工作，五次战役结束后，因为营里没有司务长，就把他调到营部当司务长了。他在家书中表示，司务长工作虽然很艰苦，但很重要，这是领导的信任，自己一定要多向同志们学习，努力干好工作，不负领导的期望。这说明他的政治觉悟很高，能够正确对待工作调整，并且干一行，爱一行，干好一行。

胡乃文说，几十年来，哥哥一直影响着整个家族成员，大家都以他为榜样，学习他的精神。他精心珍藏着哥哥的遗物，以此为骄

①唐雪梅、范芮菱、周梦颖:《泸州合江烈士家属上交珍藏68年的两张立功喜报》，川观新闻（2021-04-22-19:30 https://cbgc.scol.com.cn/news/1201975）

胡乃仁 1950 年的立功喜报

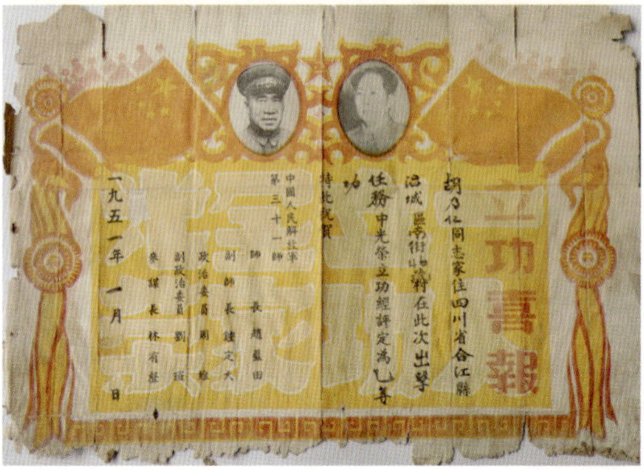

胡乃仁 1951 年的立功喜报

1953川烈　字第　001381　号

姓　名	胡乃仁
性　别	男
出生时间	1928年
民　族	汉族
籍　贯	四川省合江县
生前所在单位及职务	解放军16军31师93团2营，战士
入伍(参加革命)时间	
牺牲时间地点原因	1952年11月16日在朝鲜上甘岭五圣山对敌作战中牺牲
批准机关时间	中国人民志愿军93团政治处，1953年07月10日
填发机关时间（盖章）	四川省民政厅　2014年12月15日
执证人姓名称谓及住址	胡乃文，弟弟，合江县合江镇建设路中段179号，18982421910。
备　注	请妥善保存，遗失不补

胡乃仁　同志 在抗美援朝战争中　　牺牲，被评定为烈士。特发此证，以资褒扬。

烈士证明书

中华人民共和国民政部
2014年12月15日

胡乃仁的烈士证明书

傲，并将其作为对子女进行爱国主义教育的标本。多年以后，胡乃文也把自己的儿子送进军校，他在毕业后去了西藏守卫边防，服役二十三年才复员回家。

近年来，胡乃文代表全家先后向合江县退役军人事务局和中国人民大学家书博物馆捐赠了胡乃仁烈士的立功喜报、勋章、家书、部队慰问信等多件烈士遗物。胡乃文表示，这些遗物是一家人的荣光，他交给国家，希望它们能够见证历史，启迪后人，发挥更大的作用。

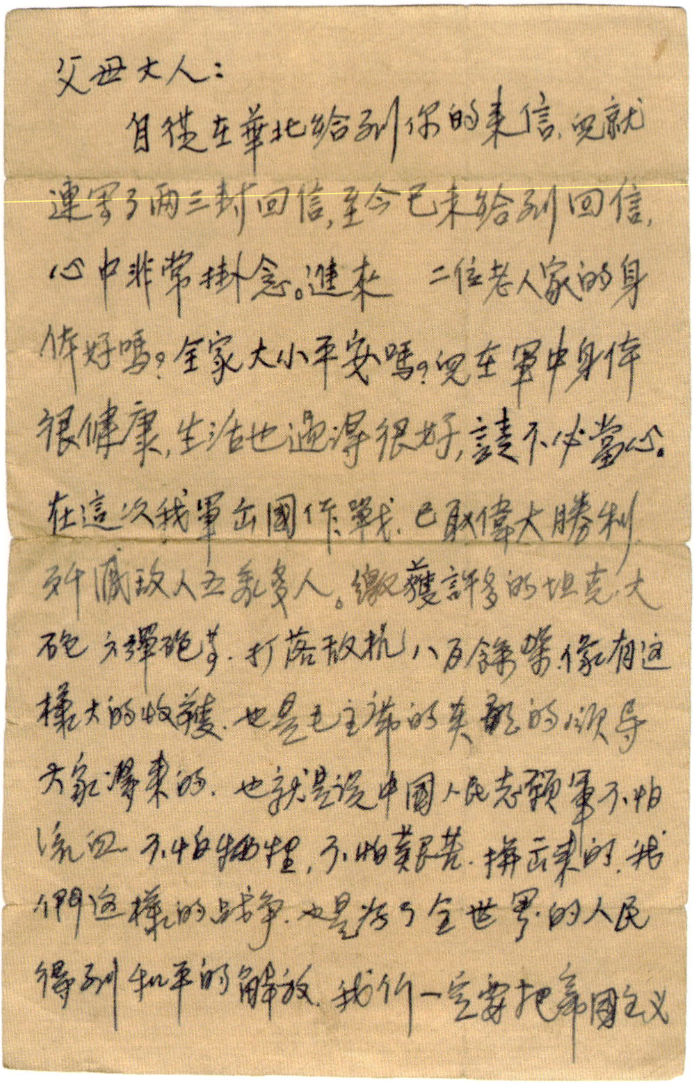
父母大人：

自從在華北給到你的來信，兒就連寫了兩三封回信，至今已未給到回信，心中非常掛念。近来二位老人家的身体好嗎？全家大小平安嗎？兒在軍中身体很健康，生活也過得很好，請不必當心。在這次我軍出國作戰，已獲偉大勝利，殲滅敵人五萬多人，繳獲許多的坦克、大砲、子彈炮等，打落敵机八万餘架，像有這樣大的收獲，也是毛主席的英明的領导才能得来的，也就是說中國人民志願軍不怕流血、不怕犧牲、不怕艱苦，拚出来的。我們這樣的战争，也是為了全世界的人民得到和平的解放。我們一定要把帝国主义

消滅乾淨並儘早快的把他趕下海使
全人類早日得到安全日子。這樣的戰爭是
為了正義而戰。希望家裡加緊生產支
援前線。以後來信寄朝鮮中國人民志
願軍曲江部泰州部隊八支隊二分隊
五十隊。並代問外公舅爺舅娘及表弟妹
安好。還代問我三叔父及宗英、丁二哥
王五哥二姐三姐四姐安好。並還要問
楊宗英為啥不寫回信給我。宗江
的情況如何希來信告之速寫回
信，千急。　敬祝

夏安。　立兒羽仁上 1951
6.22.

第一封

1951年6月22日

父母大人：

自从在华北给［接］到你的来信，儿就连写了两三封回信，至今已未给［接］到回信，心中非常挂念。进［近］来二位老人家的身体好吗？全家大小平安吗？儿在军中身体很健康，生活也过得很好，请不必当心。

在这次我军出国作战，已取伟大胜利，歼灭敌人五万多人。缴获许多的坦克、大炮、六［榴］弹炮等，打落敌机八百余架。像有这样大的收获，也是毛主席的英明的领导大家得来的，也就是说中国人民志愿军不怕流血，不怕牺牲，不怕艰苦拼出来的。我们这样的战争，也是为了全世界的人民得到和平的解放。我们一定要把帝国主义消灭干净，并很赶快的把他赶下海，使全人类早日得到安全日子，这样的战争是为了正义而战。希望家里加紧生产，支援前线。以后来信交朝鲜中国人民志愿军曲江部泰川部队八支队二分队五小队，并代问外公舅爷、舅娘及表弟妹安好，还代问我之岳父及宗英、丁二哥、王五哥、二姐、三姐、四姐安好，并还要问杨宗英为啥不写回信给我。合江的情况如何？希来信告之，速写回信，千急。

敬祝

夏安！

五儿　乃仁　上

1951.6.22

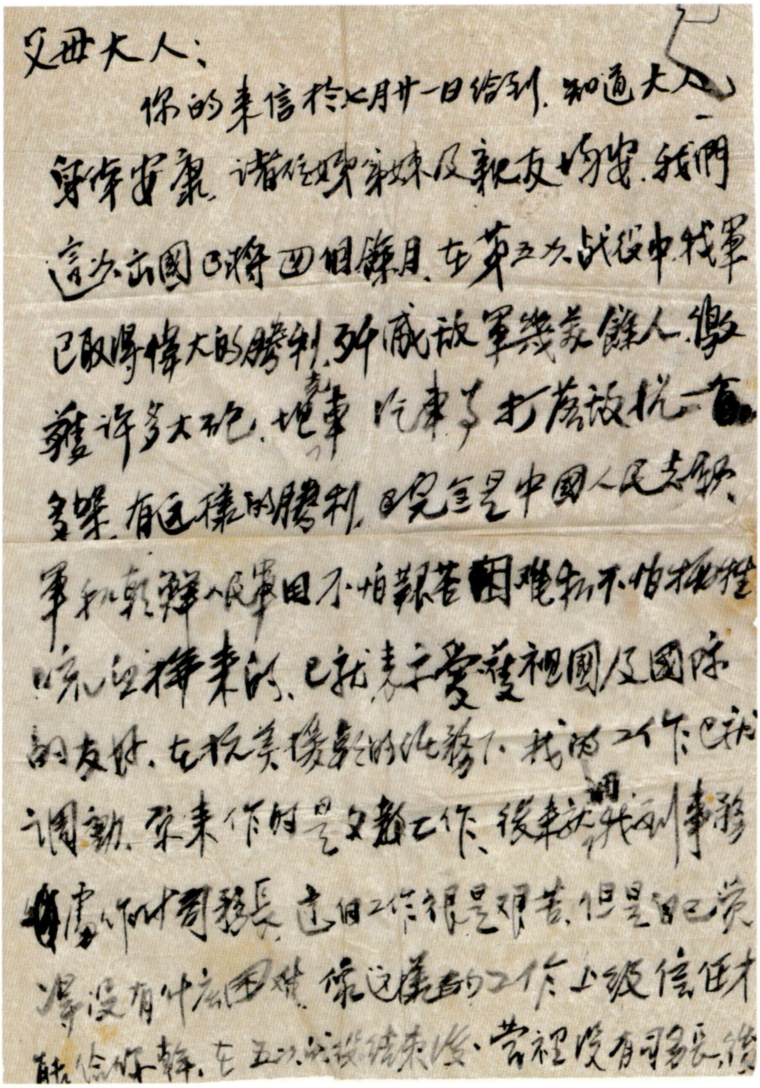

父母大人：

你的来信於七月廿一日收到，知道大人身体安康，诸侄甥弟妹及亲友均安。我們這次出國已將四個餘月，在第五次战役中我軍已取得偉大的勝利，殲滅敌軍幾万餘人，俘獲许多大砲、坦克、汽車等，打落敌機一百多架。有这樣的勝利，是完全是中國人民志願軍和朝鮮人民軍团不怕艱苦困難和不怕犧牲流血得来的，也就表示愛護祖國及國际的友好。在抗美援朝的任務下，我的工作已就調動，原来作的是文書工作，後来就把我調到事務處作付司務長。这個工作很是艰苦，但是自己覺得没有什么困難，像这樣的工作上級信任才能給你幹。在五次战役结束後，营裡没有司務長，後

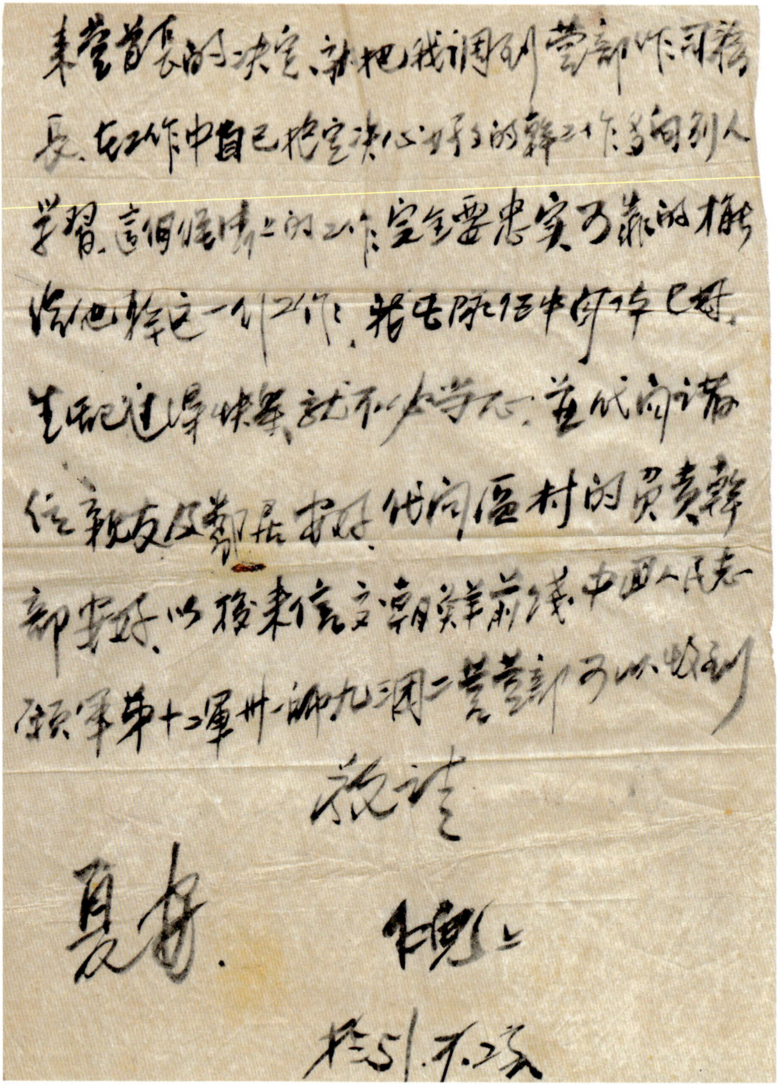

来营首长的决定，就把我调到营部作司务长。在工作中自己抱定决心好好的干工作，多向别人学习。这个经济上的工作完全要忠实可靠的才能搞他，接近一切工作。若在队伍中牺牲已好，生死进退快乐，就不必太挂了。并代向诸位亲友及邻居安好，代向匿村的负责干部安好。以后来信交朝鲜前线中国人民志愿军第十二军卅一师九团二营营部可以收到。

敬请

夏安。

牛朗上

於51.7.2寄

第二封

1951 年 7 月 23 日

父母大人:

你的来信于七月廿一日给〔接〕到。知道大人身体安康，诸位姊弟妹及亲友均安。我们这次出国已将四个余月，在第五次战役中，我军已取得伟大的胜利，歼灭敌军几万余人，缴获许多大炮、坦克车、汽车等，打落敌机一百多架，有这样的胜利，□完全是中国人民志愿军和朝鲜人民军不怕艰苦困难和不怕牺牲流血拼来的，已就表示爱护祖国及国际的友好。在抗美援朝的任务下，我的工作已就调动，原来作的是文教工作，后来就调我到事务处作付〔副〕司务长，这个工作很是艰苦，但是自己觉得没有什么困难，像这样的工作上级信任才能给你干。在五次战役结束后，营里没有司务长，后来营首长的决定就把我调到营部作司务长，在工作中自己抱定决心好好的干工作，多向别人学习，这个经济上的工作完全要忠实可靠的才能给他干这一行工作。我在队伍中身体已好，生活已过得快乐，就不必当心，并代问诸位亲友及邻居安好，代问区村的负责干部安好，以后来信交朝鲜前线中国人民志愿军第十二军卅一师九三团二营营部可以收到。

敬请

夏安!

仁儿　上

于51.7.23

李征明立功留影

我在朝鲜一定争取立功，给祖国争光

1951—1953 年

李征明致妹妹李晖、李曼、李晏（三封）

家书背景

李征明，1930年生于江苏省宿迁县侍岭乡（现宿迁市宿豫区侍岭镇）李小圩。1950年入伍，1952年参加抗美援朝，在第24军70师208团教导队任文化教员，荣立二等功。1953年6月牺牲于朝鲜，时年23岁。

李征明兄妹八人，父亲为师范毕业的乡村小学教师，给儿女所取名字中均带有“日”字旁，唯独他弃用旧名，自取“征明”，以示追求进步。李征明生前写给父母和兄弟姊妹的一组家书有幸保存下来，字里行间体现了他对新中国的热爱和拥护，以及对家人的挚爱和眷念，家国情怀扑面而来。

这里选用的是李征明写给三个妹妹的三封家书，主要内容是教导妹妹们加强读书学习，思想上追求进步，找到光明前途，那就是早日加入团、党组织。同时，作为哥哥，他还主动提出帮助妹妹买钢笔、口琴、衣服和书，关心妹妹的成长。

这三封家书的独特之处是，不仅有文字，还配有许多图画，显示出作者的才华和意趣。李征明的这组家书长期在人民大学家书博物馆专柜展出，引起观众的极大兴趣。经中央电视台等媒体报道后，大受好评，被网友称为“最美表情包家书”。

不幸的是，李征明牺牲在抗美援朝战争胜利的前夜。据烈士家人回忆，1954年1月23日，李征明生前战友来信说：“征明同志生前在本连任文教工作，上级给予我们担任某前沿阵地防守任务。但是战争打得很残酷，距敌人只有600米左右，住在坑道里同敌人展开冷〈枪〉战……征明同志英勇顽强，机动灵活地完成了防护和冷枪战的任务，我们共同歼灭了无数敌人。征明同志工作积极、认真负

李征明（第二排居中）立功时与战友合影

李征明烈士的兄弟姐妹，右起：四弟李智、三弟李昀、大哥李旻、大姐李昳、三妹李曼、小妹李晖。摄于 1998 年 8 月

李征明的兄弟姐妹。左起：大哥李旻、大姐李昳、二妹李晏、三妹李曼、小妹李晖、四弟李智。摄于 2011 年 9 月

责，团结同志……不断受到领导表彰和战友拥戴……后来，我们连队接受了反击任务。当时，我们的战友征明高兴地说：‘同志们！好机会到了，我们来个杀敌比赛，看谁打得猛，杀得鬼子多，在这次战斗中立功当英雄！’他的话鼓舞了同志们的士气，人人意气奋发，斗志昂扬，坚定了必胜的信念。上级看他决心大，斗志强，就交给了他抢救的任务。1953年6月23日晚，我军对五圣山前沿敌阵地发起了猛烈反击。这次消灭了敌人六个加强连和两个守备连……在战斗中，征明同志英勇顽强，第一次负伤后还坚持战斗，不下火线。他说：‘今天流血流汗是光荣的，是为了朝鲜人民的独立，为了祖国的安全建设，使人民和我们的家人过上好日子……’在硝烟弥漫尘土飞扬的枪林弹雨中，他奋勇抢救伤员，把自己的生命置之度外。第二次负伤，终因伤势过重，救治无效离开了我们。”

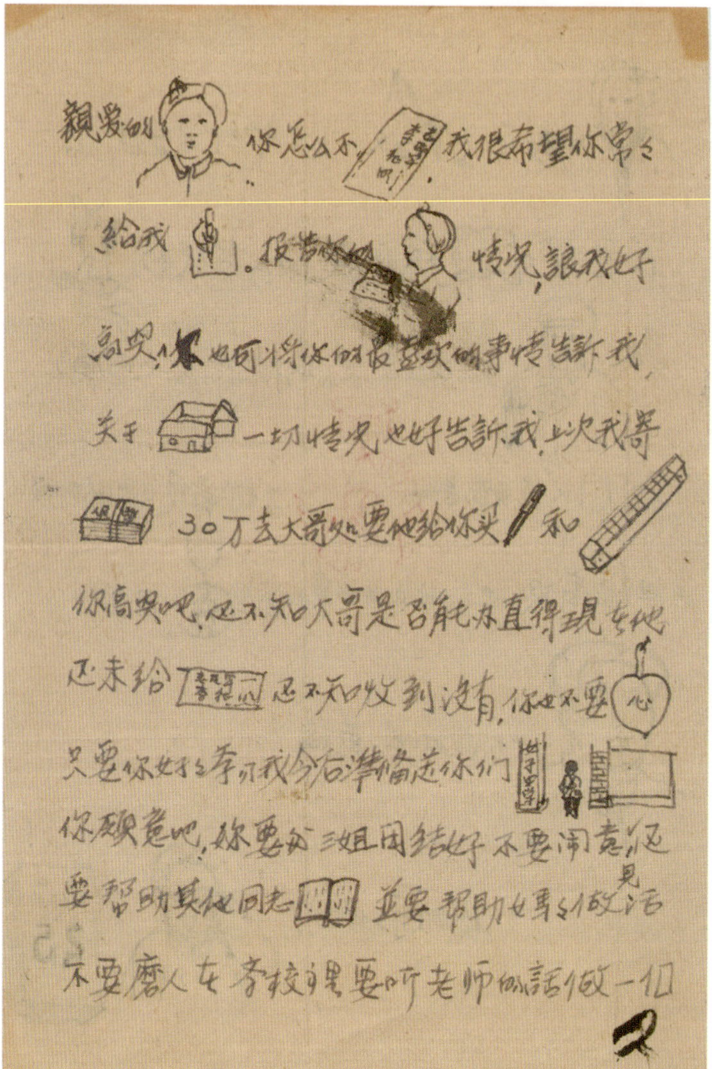
親愛的　　你怎么不　　我很希望你常々
給我　。报告你的　　情况，讓我好
高兴，你也可将你做最喜欢的事情告訴我，
关于　一切情况也好告訴我。上次我寄
　30万去大哥处，要他给你买　和
你高兴吧。还不知大哥是否能办直得現在他
还未给　还不知收到没有。你也不要　心
只要你好々学习，我今后準备送你们
你願意吧！妳要和三姐团结好，不要闹意见，还
要帮助其他同志　並要帮助妈々做活
不要磨人，在学校裡要听老师的話，做一個

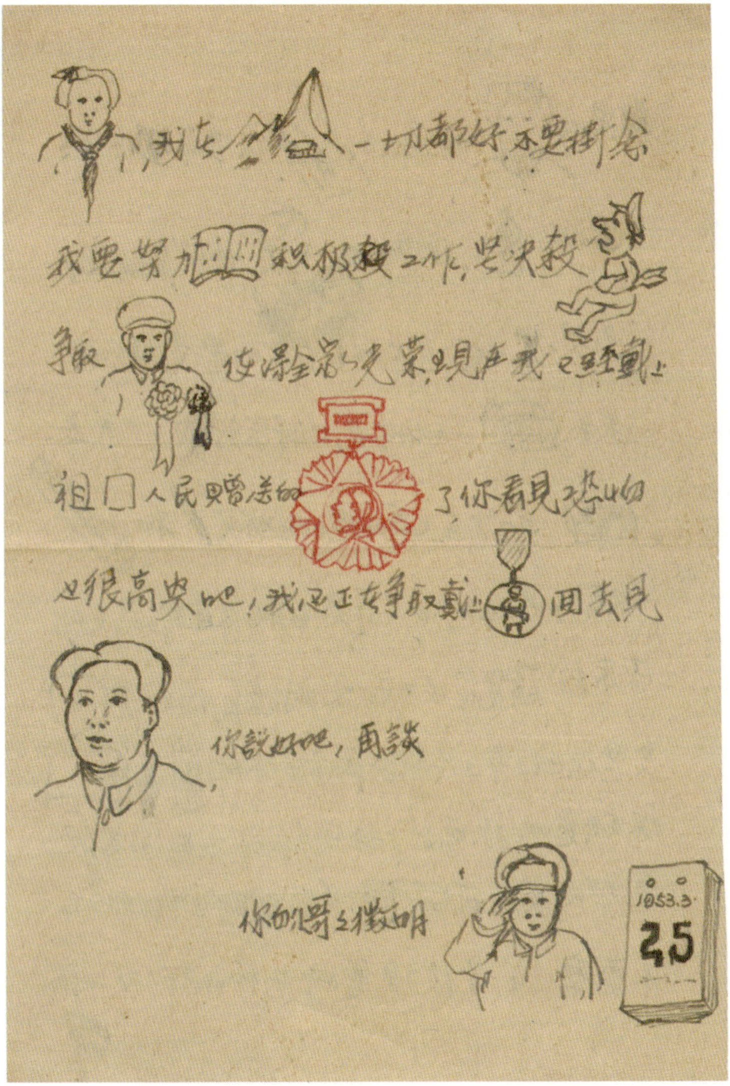
我在一切都好，不要掛念
我要努力积极工作，坚决殺
争取使得全家光荣，現在我已經戴上
祖人民贈送的了你看見了你也
也很高兴吧，我還正在争取戴上回去見
你說好吧，再談
你的哥哥徵明
1953.3.
25

第一封

1953年3月25日

亲爱的晖妹[①]：

你怎么不写信给我，我很希望你常常给我写信，报告你的学习情况，让我好高兴！也可将你的最喜欢的事情告诉我，关于家中的一切情况也好告诉我，上次我寄30万[②]去大哥处，要他给你买钢笔和口琴，你高兴吧，还不知大哥是否能办？直得［到］现在他还未给我来信，还不知收到没有？你也不要挂心，只要你好好学习，我今后准备送你［们］上女子中学，你愿意吧！你要与三姐团结好，不要闹意见，还要帮助其他同志学习，并要帮助妈妈做活，不要磨人，在学校里要听老师的话，做一个优秀的少先队员。我在上甘岭一切都好，不要挂念。我要努力学习，积极工作，坚决杀美国鬼子，争取戴上大红花，使得全家光荣。现在我已经戴上祖国人民赠送的勋章了，你看见恐怕也很高兴吧！我还正在争取戴上军功章回去见毛主席，你说好吧，再谈。

你的哥哥征明，敬礼

1953.3.25

---

①晖妹：排行老八的李晖，幺妹。

②指的是1948年12月1日由中国人民银行发行的第一套人民币，相当于币物改革后的人民币30元。

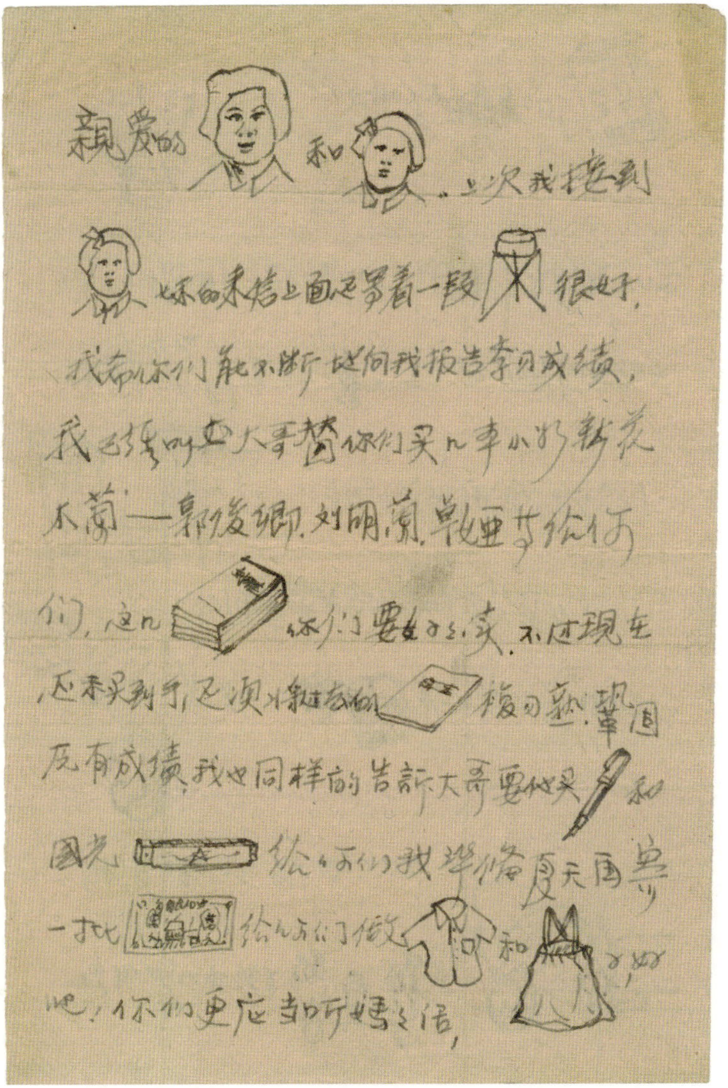

亲爱的　和　：上次我接到

　你的来信上面已写着一段　很好，

我希你们能不断地向我报告学习成绩，

我已经叫大哥替你们买几本小的新花

木兰—郭俊卿、刘胡兰、卓娅等给你

们，这几　你们要好好的读，不过现在

还未买到了，还须你们继续的　複习熟，拿回

应有成绩，我也同样的告訴大哥要他买　和

國光　给你们，我準備夏天寄

一批　给你们做　和　了，好

吧！你们更应当听妈妈话，

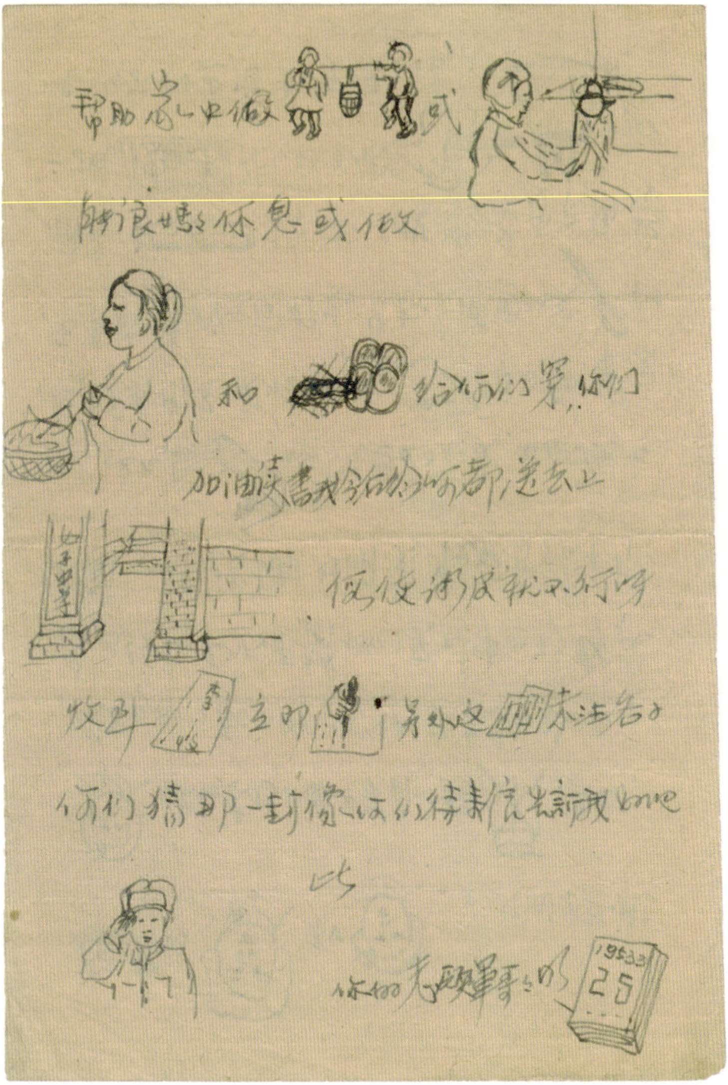

帮助家中做 或

帮娘妈妈休息或做

和 给你们穿，你们

加油读书我今后给你们都送去上

假使谢成秋不行呀

收到 立即 另外这 本法告子

你们猜那一封像你们待来信当新我好呢

此

你的老顾单哥哥的

1953 3

25

第二封

1953年3月25日

亲爱的晏妹[①]和曼妹[②]:

上次我接到曼妹的来信，上面还写着一段大鼓词，很好，我希你们能不断地向我报告学习成绩，我已经叫大哥替你们买几本小书：新花木兰——郭俊卿、刘胡兰、卓娅等给你们，这几本书你们要好好读，不过现在还未买到手，还须将过去的书复习熟，巩固原有成绩，我也同样的告诉大哥，要他买钢笔和国光口琴给你们，我准备夏天再寄一批钱给你们做短袖上衣和裙子，好吧！你们更应当听妈妈话，帮助家中做抬水或织布的活儿，能让妈妈休息或做针线活（衣服）和鞋给你们穿。你们加油读书，我今后给你〈们〉都送去上女子中学，假使调皮就不行呀！收到信立即给我回信。另外这两封信未注名字，你们猜那一封像你们，待来信告诉我，好吧。

此

敬礼！

你〈们〉的志愿军哥哥　明

1953.3.25

---

①晏妹：排行老六的李晏，二妹。

②曼妹：排行老七的李曼，三妹。

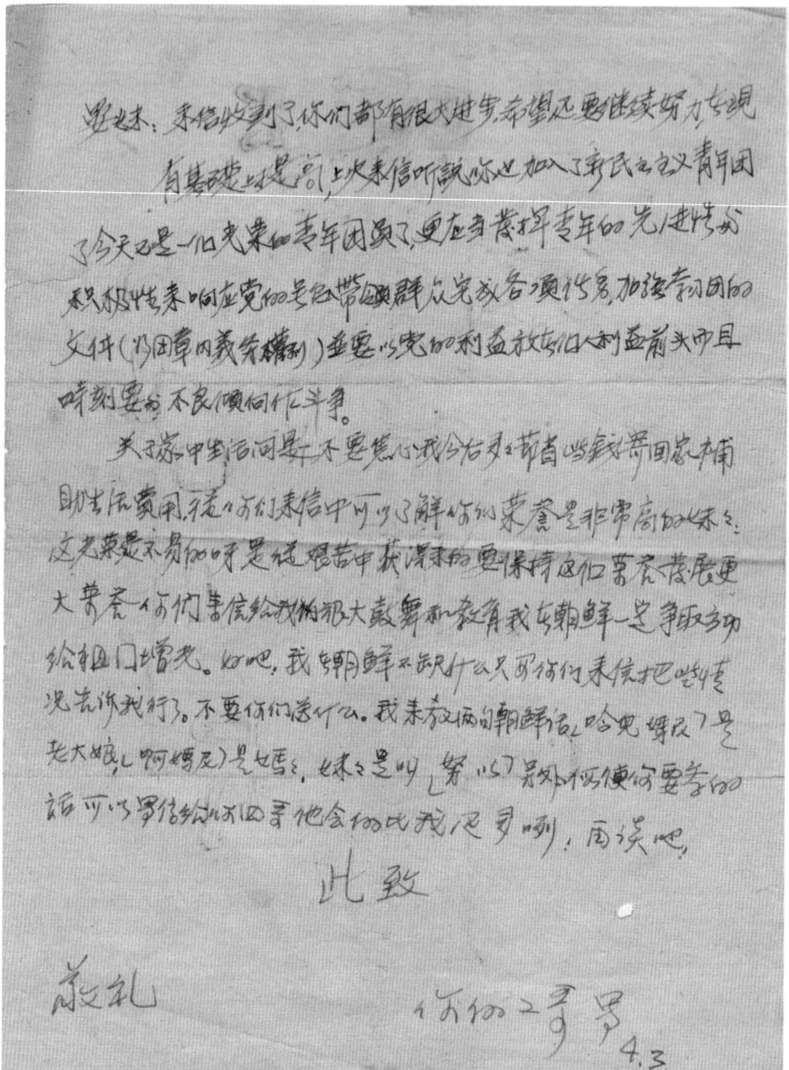

照妹：来信收到了，你们都有很大进步，希望还要继续努力，在现有基础上提高。上次来信听说你也加入了新民主主义青年团了，今天已是一个光荣的青年团员了，更应当发挥青年的先进性和积极性来响应党的号召，带领群众完成各项任务，加强学习团的文件（如团章内义务权利）并要以党的利益放在个人利益前头，而且时刻要向不良倾向作斗争。

关于家中生活问题，不要焦心，我今后每节省些钱寄回家去补助生活费用。从你们来信中可以了解你们荣誉是非常高的，妹妹：这光荣是不易的，可是从艰苦中获得来的，要保持这个荣誉，发展更大荣誉。你们来信给我很大鼓舞和教育，我在朝鲜一定争取立功给祖国增光。好吧，我在朝鲜不缺什么，只要你们来信把些情况告诉我行了。不要你们送什么。我来教你们朝鲜话，哈妈妮就是老大娘，（阿妈妮）是妈妈，妹妹是叫（努以），别的你要学的话可以写信给你四哥，他会的比我还多咧，再谈吧，

此致

敬礼

你们二哥 写

4.3.

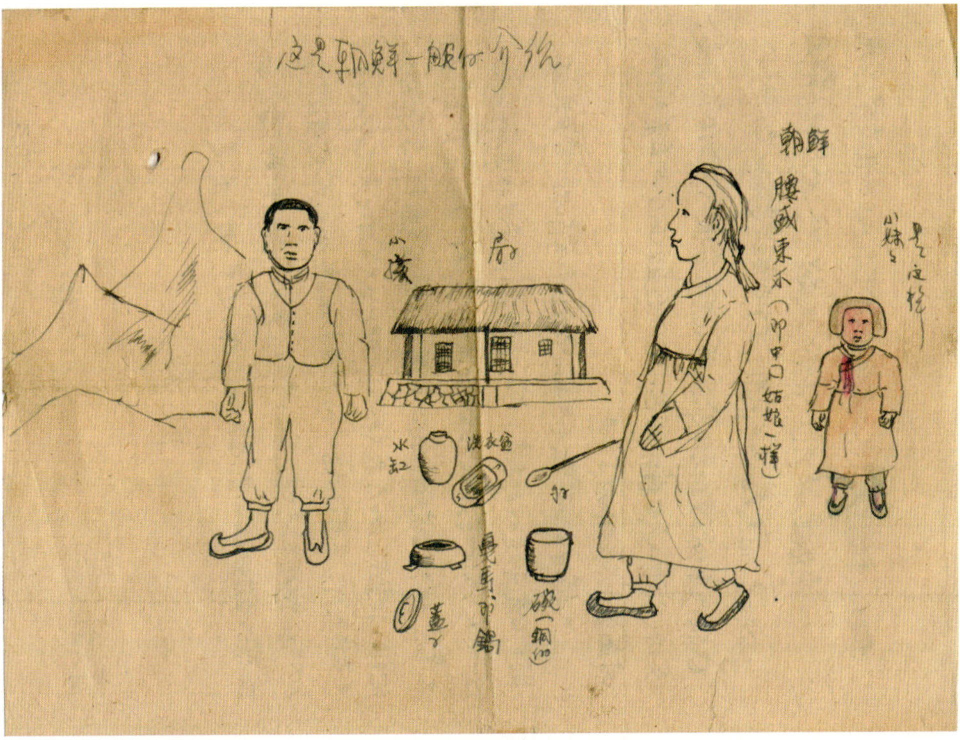
这是朝鲜一般的介绍
朝鲜
水缸
洗衣盆
碗(铜的)

第三封

1953年4月3日

晏妹：

来信收到了，你们都有很大进步，希望还要继续努力，在现有基础上提高。上次来信听说你也加入了新民主主义青年团了，今天已是一个光荣的青年团员了，更应当发挥青年的先进性与积极性来响应党的号召，带领群众完成各项任务。加强学习团的文件（如团章内义务权利），并要以党的利益放在个人利益前头，而且时刻要与不良倾向作斗争。

关于家中生活问题不要焦心，我今后多多节省些钱寄回家补助生活费用。从你们来信中可以了解你们荣誉〈感〉是非常高的，妹妹：这光荣是不易的呀！是从艰苦中获得来的，要保持这个荣誉，发展更大荣誉。你们来信给我很大鼓舞和教育。我在朝鲜一定争取立功，给祖国争光。好吧，我在朝鲜不缺什么，只要你们来信把些情况告诉我就行了。不要你们送什么。我来教两句朝鲜话："哈儿，妈尼"是"老大娘"，"阿妈尼"是妈妈，妹妹是叫"努以"，另外，假使你要学的话，可以写信给你四哥，他会的比我还多咧！再谈吧！

此致

敬礼！

你的二哥　写

4.3

许玉成母亲，摄于 70 岁时

许玉成，摄于 1951 年

未能想到全家
能够团圆得这么好

1952—1953 年

许玉成致父母、二姐（四封）

家书背景

许玉成，1933年生，西安人，1949年跟随姐夫加入国民党军队，当了一名勤务兵。不久，他所在的国民党部队起义后被收编，他成为人民解放军二野第60军179师炮兵营卫生所的一名战士。

1950年6月，朝鲜战争爆发，在中央“抗美援朝”的号召下，许玉成咬破指头写了血书，坚决申请入朝参战。1951年3月18日，在炮兵营做卫生员的许玉成随同大部队跨过鸭绿江，开赴朝鲜前线。

1951年4月底，志愿军发起第五次战役，集中三十三个师的庞大兵力向敌人展开猛烈进攻，而刚从国内赶来的179师就在其中。战况分外惨烈，我军先后歼敌八万余人，但也付出了巨大牺牲。1951年5月，许玉成所在的第179师连续进行了两次激战，部队相当疲劳，而且伤亡众多。5月21日，部队奉命北撤休整。利用在后方休整的机会，许玉成给家里写了几封信。

许玉成自从40年代末离家后从未回过家。他所在的志愿军部队开拔经过西安，仓促之间他也没能回家，只能用“大禹治水三过家门而不入”的典故向家人解释，同时激励自己。他非常想念家人，为避免他们担心，在信中未提自己参战的经过。

1951年5月21日第179师撤退的过程，几乎像一场噩梦。据许玉成的战友邓先珉说，在滔滔的汉江边，夜幕降临，而志愿军此时开始渡江北撤。先是炮兵拉骡马下水，然后是步兵和伤员，江边人群十分拥挤。刚下水，敌人的侦察机就发现了这个渡江点，很快召来十多架战机轮番向江中俯冲轰炸、扫射，我军沿江的炮兵部队也展开对空射击。在方圆1公里的区域内，从天上到地下，从陆地到水面，枪、炮、炸弹声响成一片，我渡江部队在毫无隐蔽的情况下遭到较大伤亡。江水，被中国士兵的鲜血染得殷红！[①]

1952年10月，第60军奉命上前线接防鱼隐山阵地，此地靠近三八线，与美军直接对峙。战士们的首要任务是挖掘坑道，身为卫生员的许玉成除执行本职任务外，也被抽调去搬运器材。冬季的前线大雪纷飞，一个少年在没膝的积雪中扛着几十斤重的炮弹艰难前进，每天要在敌人的炮火下往返四十多公里。

1953年3月底的一个下午，许玉成正在敌人的炮火封锁线下抢救负伤的我军炮手。正紧张包扎着，突然敌人的一颗冷炮打来，弹片击中了他的下左股动脉，顿时鲜血如同泉涌。等到战友和军医得到消息后匆匆赶来，许玉成已失血过多。许玉成被抬上担架送往后方，刚走了几百米，他就停止了呼吸。此时敌人的冷炮还在不远处爆炸，同志们只能找块向阳坡地挖了坑，铺上松枝和军用雨布，把他就地掩埋了。

许玉成牺牲在胜利前夜。4月，第60军便奉命开拔回国，驻扎在南京附近。1955年11月，他的战友邓先珉向部队请了假，专程把许玉成的遗物送回西安。迎接他的是许玉成年迈的父母和姐妹们，但许玉成的母亲对儿子的牺牲尚未知情。经许玉成的二姐授意，邓先珉向老母亲编造了一个美丽的谎言：玉成由于业务突出，被部队派往苏联学习，由于任务秘密，不能和家人联系。

这个谎言一直保持到了1964年。其间中苏交恶，许母起了怀疑：苏联专家都走了，为什么玉成还没有消息？终于，一切都瞒不住了，

---

①《汉江血　兄弟情》，抢救民间家书项目组委会主编：《家书抵万金》，新华出版社2006年版，第42页。

1955 年 12 月，邓先珉（右）把这张与战友的合影照片寄给许玉成的家人，背面写着“给亲爱的爸妈留念”

2005 年，许玉成的姐妹许菊爱（左一）、许香爱（左二）、许玉爱（左三）与许玉成的战友邓先珉夫妇合影

老母亲整整恸哭了好几夜。据许玉成的妹妹许菊爱说，1995年母亲过世，此前的几年，神志已不太清醒，经常在家里的阳台上遥望远方，喊着“玉成、玉成”，她仍然在盼着唯一的儿子归来啊！

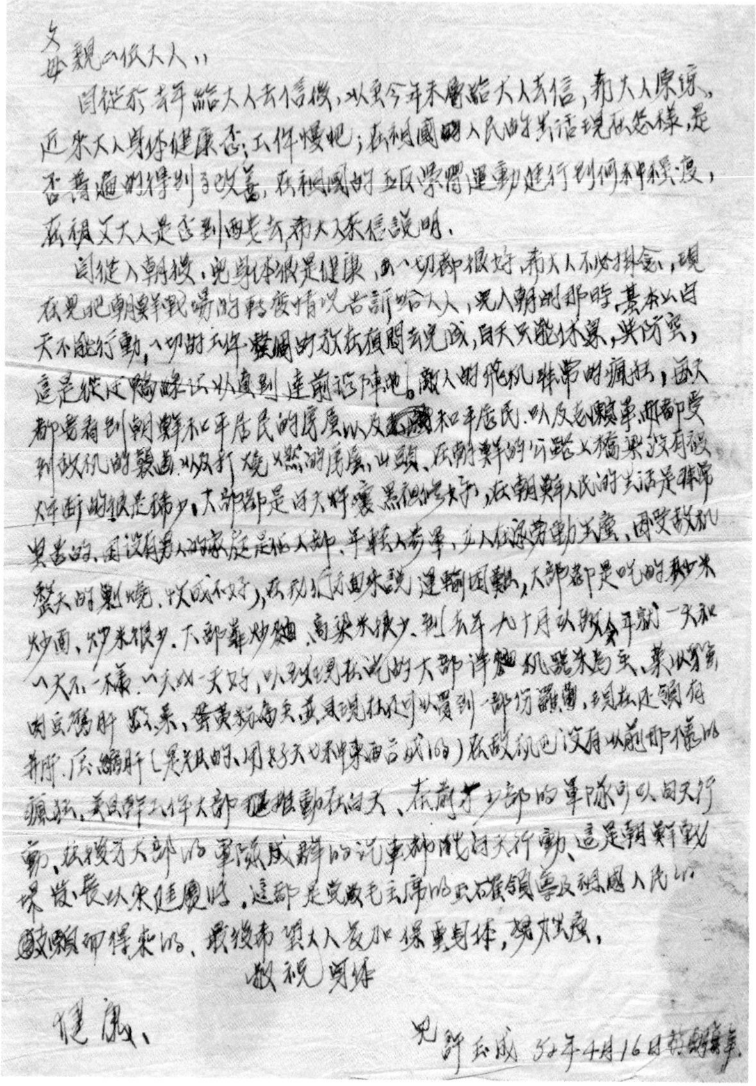

父母親二位大人：

自從於去年給大人去信後，以至今年未曾給大人去信，希大人原諒。近來大人身体健康否；工作忙吧；在祖國的人民的生活現在怎樣，是否普遍的得到了改善，在祖國的五反学習運動進行到何种程度，在祖父大人是否到西安去，希大人來信說明。

自從入朝後，兒身体很是健康，一切都很好，希大人不必掛念，現在兒把朝鮮戰場的轉變情况告訴給大人，兒入朝的那時，基本上白天不能行動，一切的工作都在夜間去完成，白天只能休息、與防空，這是從[illegible]后方到达前沿陣地。敌人的飛机非常的瘋狂，白天都是看到朝鮮和平居民的房屋以及和平居民，以及老幼婦孺，都受到敌机的轰炸以及打燒燃的房屋，山頭，在朝鮮的公路及橋梁沒有被炸断的很是稀少，大部都是白天修复黑夜修好，在朝鮮人民的生活是非常艰苦的，因沒有男人的家庭是佔大部，年輕人参军，女人在從事勞動生產，因受敌机轰炸的影响，收成不好），在我们[illegible]來說運輸困難，大部都是吃的高粱米、炒面、炒米很少，大部靠炒[illegible]、高粱米很少，到去年九十月以后今年就一天和一天不一樣，一天比一天好，以致現在吃的大部都是机器米為主、菜以猪肉豆腐肝、粉条、蛋黄粉為主、並且現在還可以買到一部份罐头，現在還有[illegible]干、[illegible]（是老鼠肉、用好几种東西合成的）在敌机也沒有以前那樣的瘋狂，美国鬼子的工作大部[illegible]推動在白天、在前方部的单隊可以白天行動，在後方大部的軍隊成群的汽車都能白天行動，這是朝鮮戰場發展以來的變化，這都是党與毛主席的英明領導及祖國人民的鼓舞而得來的。最後希望大人多加保重身体，努力生產，

敬祝身体

健康，

兒許兵成 52年4月16日於朝鮮

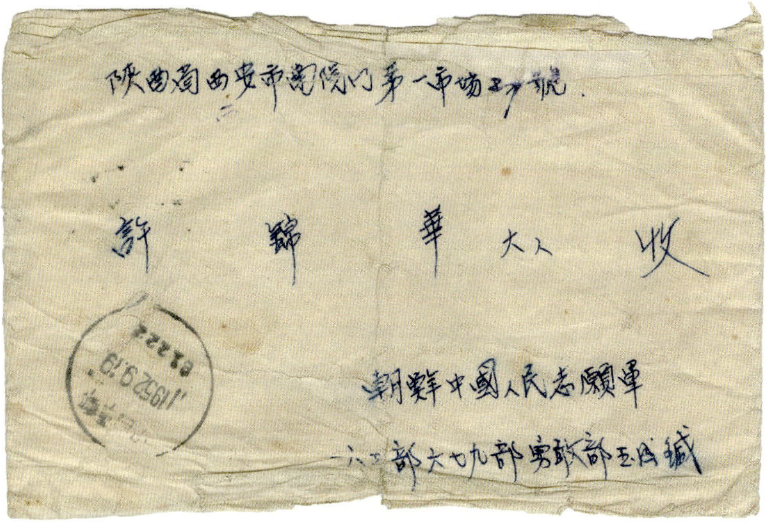
許錦華大人收
朝鮮中國人民志願軍

第一封

1952年4月16日

父母亲二位大人：

自从于去年给大人去信后，以至今年未曾给大人去信，希大人原谅。近来大人身体健康否？工作慢〔忙〕吧？在祖国，人民的生活现在怎样？是否普遍的得到了改善？在祖国的五反学习运动进行到何种程度？［在］祖父大人是否到西安去？希大人来信说明。

自从入朝后，儿身体很是健康，一切都很好，希大人不必挂念。现在儿把朝鲜战场的转变情况告诉给大人。儿入朝的那时，基本上白天不能行动，一切的工作整个的放在夜间去完成，白天只能休息与防空，这是从过鸭绿江以〔一〕直到达前沿阵地。敌人的飞机非常的疯狂，每天都要看到朝鲜和平居民的房屋以及和平居民以及志愿军，都受到敌机的袭击，以及打烧燃的房屋、山头。在朝鲜的公路上，桥梁没有被炸断的很是稀少，大部都是白天炸坏，黑夜修好。在朝鲜，人民的生活是非常坚〔艰〕苦的，因没有男人的家庭是占大部，年轻人参军，女人在家劳动生产，因受敌机整天的剿烧，收成不好。在我们方面来说，运输困难，大部都是吃的炒米炒面，炒米很少，大部靠炒面，高粱米很少。到去年九十月以致〔至〕今年，就一天和一天不一样，一天比一天好，以致〔至〕现在吃的大部洋面、机器米为主，菜以腊肉、豆腐肝〔干〕、咸菜、蛋黄粉为主，并且现在还可以买到一部分萝卜，现在还领有并〔饼〕肝〔干〕、压缩〈饼〉肝〔干〕（是短的，用好六七种东西合成的）。〈现〉在敌机也没有以前那样的疯狂，并且干工作大部推动在白天。在前方少部的军队可以白天行动，在后方大部的军队、成群的汽车都能白天行动。这是朝鲜战场发展以来进□。这都是党和毛主席的正确领导以及祖国人民的支愿〔援〕而得来的。最后希望大人多加保重身体，努力生产。

敬祝

身体健康！

儿　许玉成

52年4月16日于朝鲜

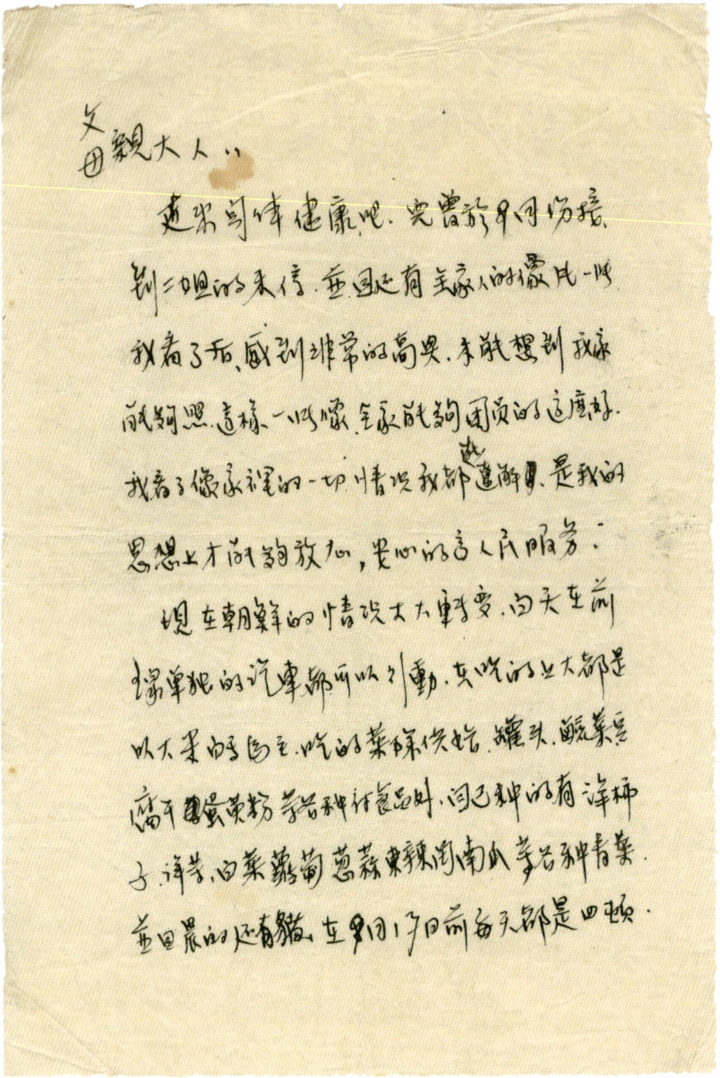

父
母親大人：

近來身体健康吧。我曾於9月份接到二姐的來信，並且還有全家人的像片一張，我看了后，感到非常的高興。未就想到我家能夠照這樣一張像，全家能夠团员的這麼好。我看了像家裡的一切情况我都遵解了，是我的思想上才能夠放心，安心的為人民服务。

現在朝鮮的情况大大轉变，白天在前線單独的汽車都可以行動。其吃的上大部是以大米白面為主，吃的菜有饼干、罐头、鹹菜、豆腐干、鸡蛋黄粉等各种付食品材，同已种的有洋柿子、洋芋、白菜、萝卜、葱蒜、辣椒、南瓜等各种青菜。並且最近的还有猪肉，在9月1日以前每天都是四顿。

参同掉后每天都是三顿，早起床後一顿豆浆油条，上午饭下午饭都调配着吃的，在我们的衣服上，夏天四套衣服（二套单衣，二套衬衣）冬天一套棉衣，一件大衣，一個[illegible]毛，在鞋子方面，每年一双球鞋，二双解放鞋，二双普通胶鞋，冬天大双棉皮鞋，九双胶棉鞋，在各种的东西供給的都是非常齐全，有啥有啥，每天工作上除了業务外就是学習文化，業务下种并且还可能时常看电影，所以在我们的各方面都是非常好的，请大人不必掛念，最后希望大人迅速来信，祝大人 身体

健康。

兒許玉成 54年5月18日
於朝鲜前线

菊英，香英，金成
他们都好吧，叫他们
也要找来信。

第二封

1952年9月18日

父母亲大人：

近来身体健康吧。儿曾于9月份接到二姐的来信，并且还有全家人的像片一张。我看了后，感到非常的高兴，未能想到我家能够照这样一张像，全家能够团员〔圆〕的这么好。我看了像，家里的一切情况我都在了解，是〔使〕我的思想上才能够放心，安心的为人民服务。

现在朝鲜的情况大大转变，白天在前线单独的汽车都可以行动，在吃的上大都是以大米白面为主，吃的菜除供给罐头、咸菜、豆腐干、蛋黄粉等各种付〔副〕食品外，自己种的有洋柿子、洋芋、白菜、萝卜、葱蒜辣角〔椒〕、南瓜等各种青菜，并且畏〔喂〕的还有猪。在9月17日前每天都是四顿，9月17后每天都是三顿，早起床后一顿豆浆油条，上午饭下午饭都调配开吃的。在我们的衣服上，夏天四套衣服（二套军衣，二套衬衣），冬天一套棉衣，一件大衣，一个毛□。在鞋子方面，每年一双球鞋，二双解放鞋，二双普通胶鞋，冬天大〔一〕双棉皮鞋，一双胶棉鞋。在各种的东西供给的都是非常齐全，有〔要〕啥存〔有〕啥。每天工作上除了业务外就是学习文化业务二种，并且还可按时看电影。所以在我们的各方面都是非常好的，希大人不必挂念，最后希望大人迅速来信。祝大人身体

健康！

儿　许玉成

52年9月18日于朝鲜花晚

菊爱、香爱、金成他们都好吧，叫他们也与我来信。

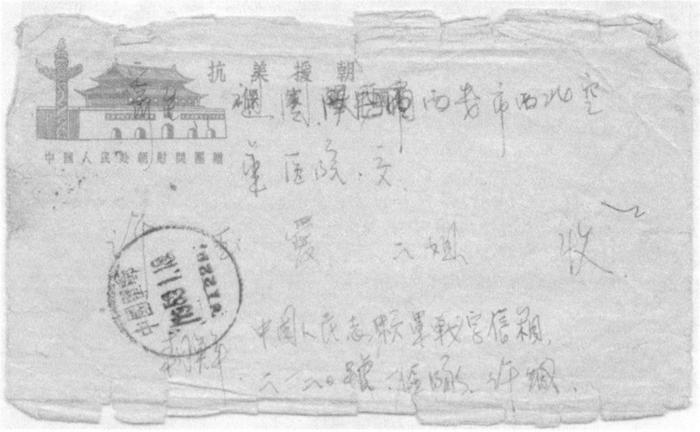

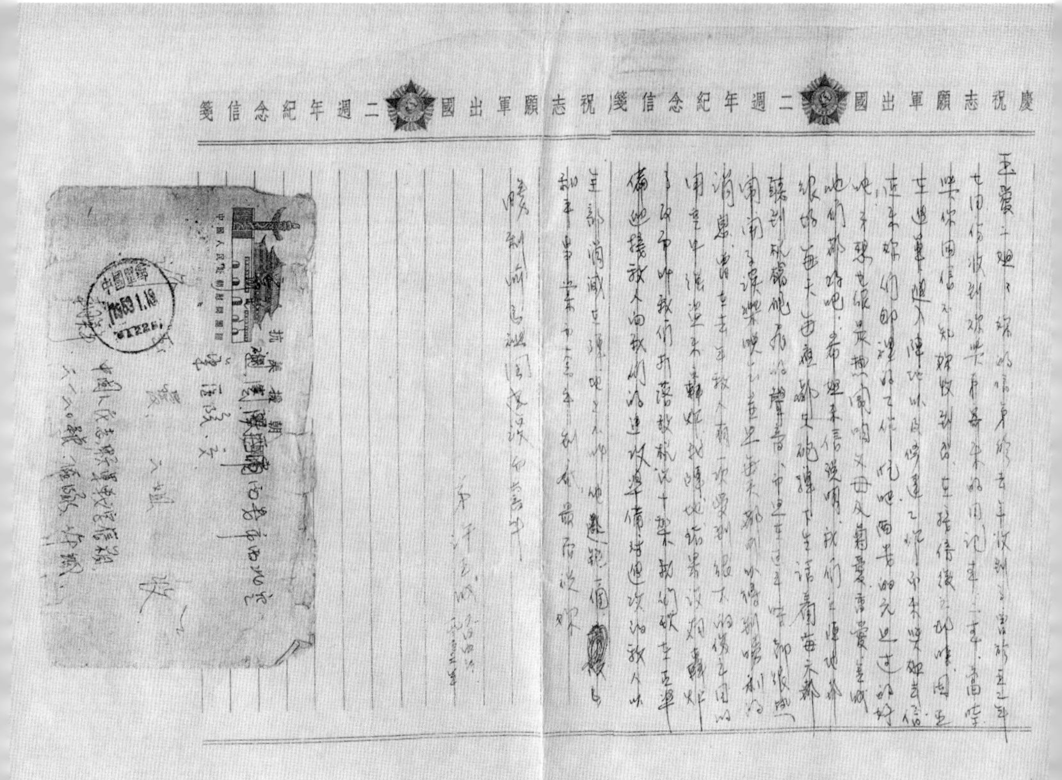
慶祝志願軍出國二週年紀念信箋

慶祝志願軍出國二週年紀念信箋

第三封

1953年1月4日

玉爱二姐:

你的信弟于去年收到了，曾于五二年七月份收到你与弟寄来的日记本二本，当时与你回信，不知你收到否？在接信后之那时，因正在进军，进入阵地以及修建工作，而未与你去信，近来你们那里的工作忙吧？西安的元旦过的好吧！弟想也很是热闹，咱父母及菊爱、香爱、金成他们都好吧？希姐来信说明。我们在阵地都很好，每天每夜都在炮弹下生活着，每天都听到机枪炮飞的声音。而且在过年时都很热闹，开了误［娱］乐晚会，并且每天都可以得到胜利的消息。曾在去年，敌人有一次受到很大的伤亡，目的用空中强盗来轰炸我阵地，结果没有轰炸了，反而叫我们打落敌机几十架。我们现在正准备迎接敌人向我们的进攻，准备对进攻的敌人以全部消灭在阵地上，不叫他逃跑一个，为和平事业而奋斗到底！最后祝你胜利前为祖国建设而奋斗！

弟　许玉成

一九五三年元月四日

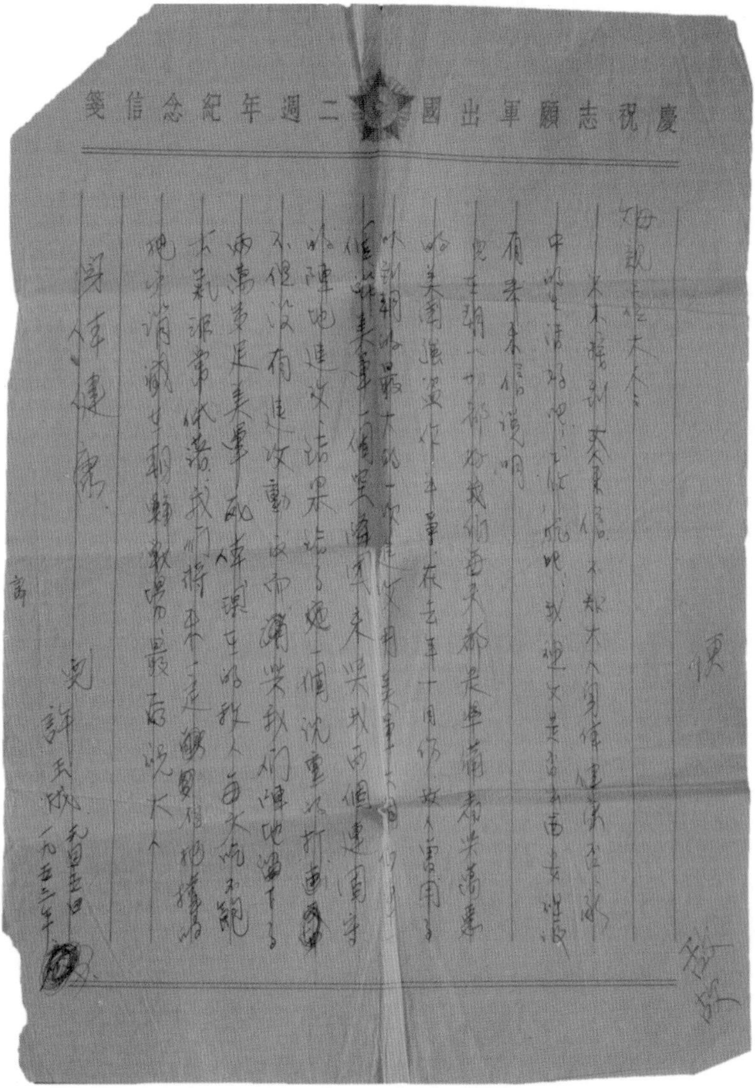
慶祝志願軍出國二週年紀念信箋

第四封

1953年1月15日

父母亲二位大人：

久未接到大人来信，不知大人身体健康否？家中的生活好吧，工作忙吧？我祖父是否去西安［里］没有，希来信说明。

儿在朝一切都好，我们每天都是准备着与万恶的美国强盗作斗争，在去年十月份敌人曾用了以〔已〕到朝的最大的一次进攻，用美军□□□□个师美军一个空降团来与我两个连固守的阵地进攻，结果给了一个沉重的打击，不但没有进攻动，反而于我们阵地留下了两万多足〔具〕美军死〔尸〕体。现在的敌人每天吃不饱，士气非常低落，我们一定有把撑〔握〕的把它消灭在朝鲜战场。最后祝大人

身体健康！

儿　许玉成

一九五三年元月十五日

1952 年，吴金锋、蒋仁夫妇合影

在长津湖周围的那一战役，打得非常艰苦

1951 年 2 月
吴金锋致未婚妻蒋仁（一封）

家书背景

吴金锋，1924年4月出生于江苏省江阴县华墅镇。1942年参军，加入新四军第1师1团2营5连，后在激烈的战火中成长为一名共产党员。他参加过抗日战争、解放战争和抗美援朝战争，先后担任过营文化教员、连指导员、营教导员和宣传科长等职。1950年11月随军入朝，曾参加长津湖等战役，荣立二等功，获朝鲜自由独立勋章。

据吴金锋的儿子吴鹏介绍，父亲于2022年年末去世，该信是在整理遗物时意外发现的，根据信的内容推测，应该是在朝鲜战场参加完长津湖战役后休整时写的。吴鹏介绍说："这封信的信纸已经泛黄，边缘和折叠处几乎快要碎裂，钢笔字迹也已经褪色。信中没有写抬头和落款，但从内容可明显看出这封信就是写给他的未婚妻也就是后来我们母亲的。信中有几处修改和增删，按父亲对重要材料

吴金锋，1950 年 12 月底摄于长津郡直洞山上

都要保留底稿的习惯，不难推测这应是他在朝鲜战场上第一次给未婚妻写信而特意保存下来的。”

吴金锋的未婚妻名叫蒋仁，出身于知识分子家庭，当时是南京大学附属小学的一名教师，并担任学校的总辅导员。在生活中，吴金锋很少提及过去的经历，但赴朝作战是他刻骨铭心的记忆，在战场上曾三次与死神擦肩而过。吴鹏说，他们曾偶尔听父亲简略谈起赴朝的情形：1950年，吴金锋是解放军第9兵团20军58师172团2营的副教导员。当时，他被抽调去参加编写部队军史，后因患病住进医院。就在这时，部队接到赴朝参加抗美援朝作战的紧急命令。吴金锋得知消息后，部队已从浙江宁波乘火车向东北出发，而他被确定为营区留守人员。领导留话给他：“打仗总会有牺牲，你身体还未完全恢复，这次赴朝作战就不要去了。”吴金锋不顾劝阻，坚决要求上战场。他离开医院后，自己购买了火车票，昼夜兼程，于11月18日晚上赶到朝鲜的江界市，之后又步行数天，终于追上部队，并立即投身到27日发起的长津湖战役中。

长津湖战役是志愿军在朝鲜东部战场极端严寒与困难的条件下与武器装备世界一流的美军第10军进行的直接较量，创造了全歼美军一个整团的辉煌战果，而其艰苦卓绝程度也令人震惊。吴金锋在信中生动地记述了这场战争的实况，虽然战场环境异常艰苦，但自豪之情溢于言表，广大志愿军将士心中充满了革命乐观主义精神，英勇无畏、不怕牺牲，最终取得了辉煌的战果。

吴金锋在信中还介绍了朝鲜民众的日常生活和风俗习惯，并记载了志愿军与朝鲜群众一起过春节的情形，志愿军与朝鲜百姓载歌载舞，亲如一家。总之，这封信的信息量很大，对于我们了解志愿军的战斗和日常生活有很大帮助。

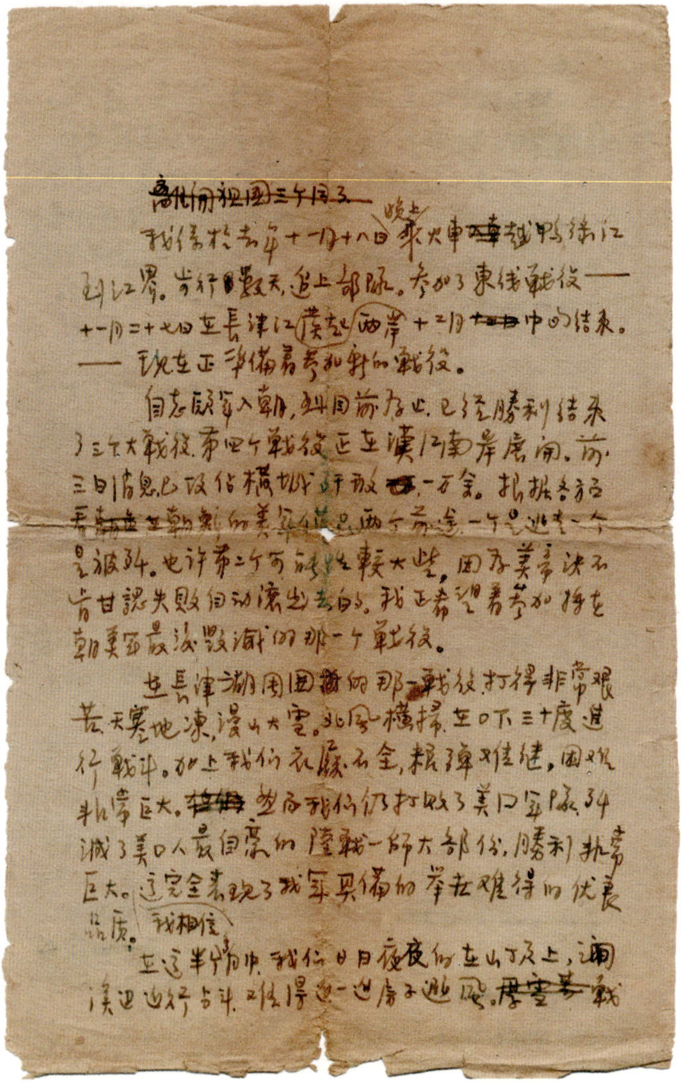

~~离开祖国三个月了~~

我係於去年十一月十八日晚上乘火車~~入车~~越鴨綠江到江界。步行數天,追上部隊。參加了東线戰役——十一月二十七日在長津江(廣記)西岸十二月~~九日~~中的结束。——現在正準備着參加新的戰役。

自志願军入朝,到目前為止,已经勝利结束了三次大戰役,第四个戰役正在漢江南岸展開。前三日消息已殲俘横城守敌~~一~~一万余。根據各方看~~来在~~在朝鮮的美军僅只兩个前途:一个是逃走,一个是被殲。也许第二个可能性較大些,因為美帝决不肯甘認失敗自动滚出去的。我正希望着參加将在朝鮮美军最後毁滅的那一个戰役。

在長津湖周圍~~的~~的那一戰役,打得非常艰苦,天寒地凍,漫山大雪。北風横掃,在零下三十度進行戰斗。加上我们衣服不全,粮弹难继,困难非常巨大。~~但~~然而我们仍打败了美国军隊,殲滅了美国人最自豪的陸戰一師大部份,勝利非常巨大。這完全表现了我军具備的举世难得的优良品质。我相信

在這半个月中,我们日日夜夜的在山頂上,澗溪边进行战斗,难得进一进房子避風。~~厚雪茫~~戰

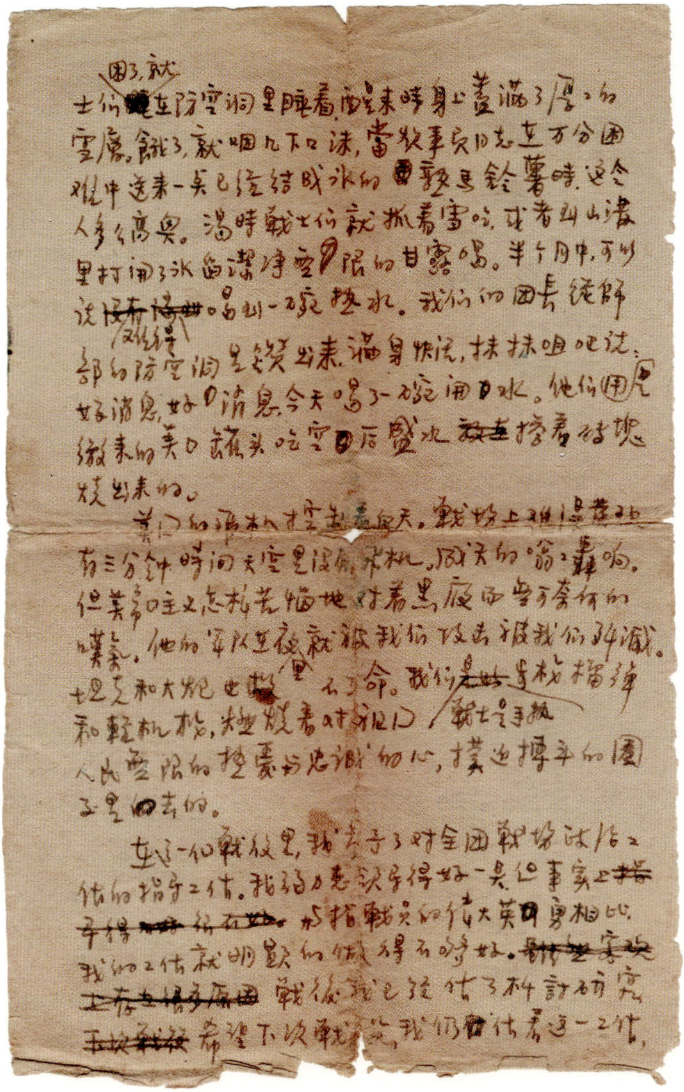

战士们困了，就在防空洞里睡着，醒来时身上盖满了厚厚的雪；饿了，就咽几下口沫。当炊事员同志在万分困难中送来一点已经结成冰的马铃薯时，这令人多么高兴。渴时战士们就抓着雪吃，或者山沟里打开了冰面洁净的甘露喝。半个月中，可以说没有得喝到一碗热水。我们的团长从师部的防空洞里跑出来，满身欢喜，抹抹嘴巴说："好消息，好消息，今天喝了一碗开水。"他们用缴来的美国罐头吃空后盛水，擦着石块烧出来的。

美国的飞机才控制着白天。战场上难得总是有三分钟时间天空里没有飞机。刺耳的嗡嗡轰响。但美帝国主义怎样拚着命地对着黑夜面无奈何的叹气。他们的军队在夜里就被我们攻击，被我们歼灭。坦克和大炮也救不了命。我们战士手执步枪和轻机枪，燃烧着对祖国人民无限的热爱与忠诚的心，扑进搏斗的圈子里去的。

在这一个战役里，我表示了对全团战场政治工作的指导工作。我自己觉得做得好一点，但事实上与指战员的伟大英勇相比，我的工作就明显地做得不够好。战后我已经作了检讨研究，希望下次战斗，我们做好这一工作，

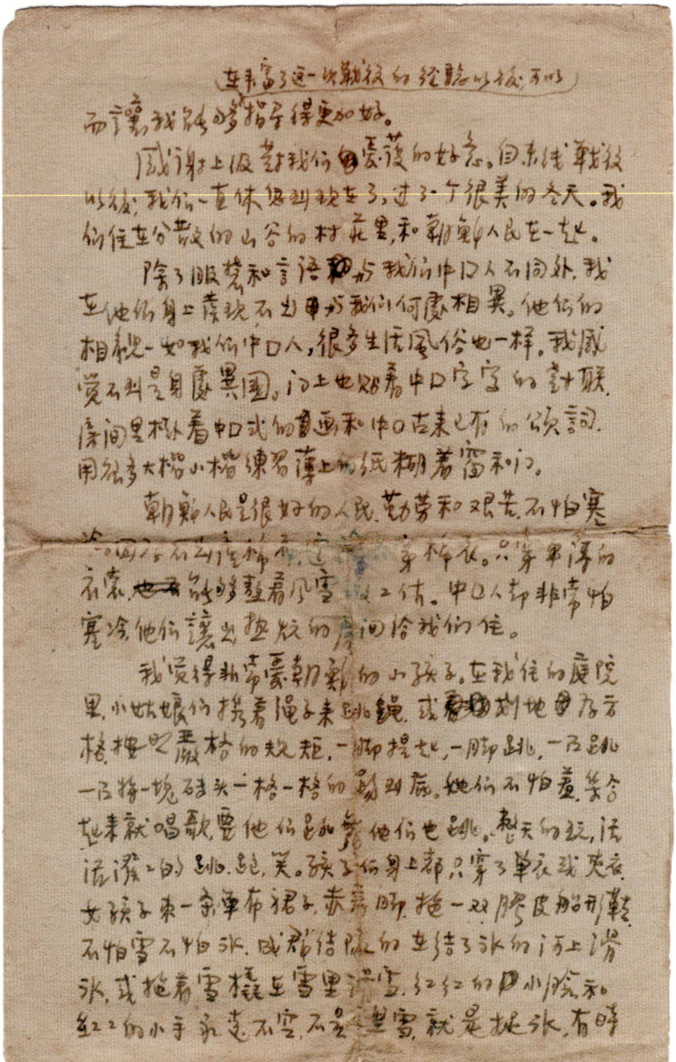

而在未写了这一次战役的经验以后，可以让我能够指导得更加好。

感谢上级对我们的爱护的好意。自东线战役以后，我们一直休息到现在了，过了一个很美的冬天。我们住在分散的山谷的村庄里，和朝鲜人民在一起。

除了服装和言语与我们中国人不同外，我在他们身上发现不出与我们何处相异。他们的相貌一如我们中国人，很多生活风俗也一样。我感觉不到是身处异国。门上也贴着中国字写的对联，房间里挂着中国式的画和中国古来已有的颂词，用很多大楷小楷练习簿上的纸糊着窗和门。

朝鲜人民是很好的人民，勤劳和艰苦，不怕寒冷，[illegible]穿棉衣。只穿单薄的衣裳，能够熬着风雪[illegible]生活。中国人都非常怕寒冷，他们让出热炕的房间给我们住。

我觉得非常爱朝鲜的小孩子。在我住的庭院里，小姑娘们携着绳子来跳绳，或划地为方格，按照格的规矩，一脚提起，一脚跳，一只跳一只搭一块砖头一格一格的移到底。她们不怕羞，集合起来就唱歌，要他们跳舞他们也跳。整天的玩，活活泼泼的跳、跑、笑。孩子们身上都只穿了单衣或夹衣，女孩子束一条单布裙子，赤着脚，拖一双胶皮船形鞋，不怕雪不怕冰，成群结队的在结了冰的河上滑冰，或拖着雪橇在雪里滑雪，红红的脸和红红的小手永远不空，不是玩雪就是捉冰，有时和我们住在一起打闹。一天下了大雪，小孩们在家里都闲不住，冒着雪打扫了院子，在雪地里跳绳踢毽，尖锐的笑声透过关门严暖的我们房子里来。

这次过旧历新年，（朝鲜风俗也是过旧历年的。）我们部队也例要娱乐一番按照老规矩，大年夜烧好了鱼肉，请老百姓来吃饭，饭后一起开娱乐晚会。很多单位都和老百姓一起热烈的联欢唱歌跳舞演戏。我二营营部在那天晚上吃过酒饭，开了电灯（朝鲜很多乡村里都有电灯。）高高兴兴的讲故事唱歌。全村的老百姓男男女女老百姓都来了。我们唱只歌，他们唱只歌，非常热闹，同志们都鼓动小女孩们跳舞，跳了九点以后，一个七十岁的老头也跳了起来，他说：我活到七十岁了，没有见过你们~~这样好的军队，对我们这样客气~~规矩，帮了我们，离家别井的到朝鲜来流血打仗，我现在要跳一个舞向大家快乐快乐，说着，他就跳了起来，舞得满身冒汗我们劝他休息，他说不累不累，我一定要在未死之前跳个顶好的舞给我们的中国军队看。另一个老太婆，已经六十多岁了，也从人群里走出来跳舞，刚跳完，一个背上背着小孩子的母亲也进圈子里作亲热舞，这一天歌声唱到半夜，我们同志非常受到感动。

（朝鲜人民一般都识字~~会唱~~不分男女老小都会唱歌跳舞）

~~另一个老头子，回家以后~~

但这一天，通讯班~~住的那家老百姓~~房东住的

輪流看

那家人家都在炕上哭泣，通讯班开始了起来，不知是什么原由，连忙找翻译来问，原来他们有两个儿子在当人民军很久没有来信，现在想念起来了，老母说看见你们住在我家这样好，不知道我们孩子在外面怎么样。通讯班连忙这样快乐想各种办法安慰她们。

我在这里生活也非常安定。买了一罐头美国雪白的砂糖，人家又送我半罐头牛奶粉，每天冲牛奶吃，有时也冲咖啡吃，但现在牛奶吃完了，正要想法再买。感谢祖国对志愿军的爱护，克服了巨大困难送来兔肉和蔬菜，使我们生活比在祖国还过得好。每次饭后就吃苹果。这里是苹果主要产地，吃不完。一百元朝鲜币（合人民币两千元）可以买到二十余只苹果，我们初来时更加便宜，一百元买五十只。我们，几乎没有一个人不是吃了两百只苹果以上的。而且这些苹果新鲜清脆好吃，不似南京市上的苹果像烂棉絮。

我每天都能抽些时间读书。已经读完半本"马恩列斯思想方法论"，觉得有些领悟。你所知道的我要着手写的小说，说来非常惭愧，一个字也不曾增加。思想贫乏，要写文件，一点也写不出来，令人苦恼。怕在朝鲜是写不出了，要待回国以后才会有心思。至于何时回国，上级说得很好，什么时候朝鲜的美国军队被消灭，什么时候回国。据我看亦不远了。

雪如，非常想念你，几个月来得不着一个字，不知

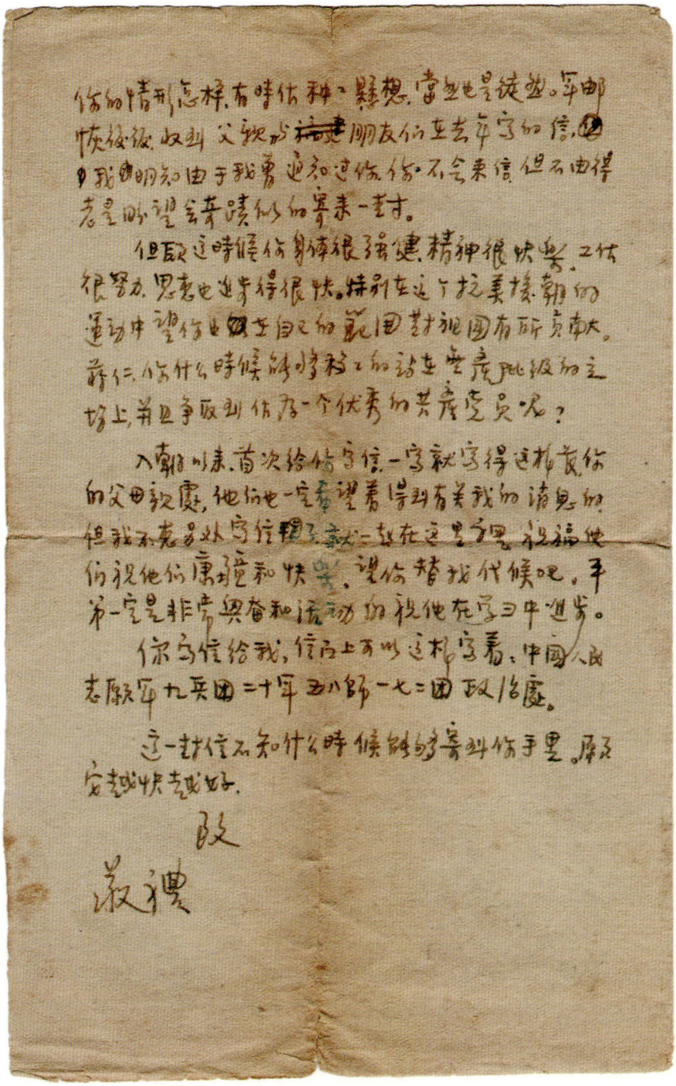

你的情形怎样，有时你种种悬想，当然也是徒然。等邮恢复后，收到父亲的朋友们在去年写的信，我明知由于我曾通知过你，你不会来信，但不由得老是盼望会奇蹟般的寄来一封。

但愿这时候你身体很强健，精神很快乐，工作很努力，思想也进步得很快。特别在这个抗美援朝的运动中，望你也能在自己的范围里对祖国有所贡献。存仁，你什么时候能够彻底的站在无产阶级的立场上，并且争取到作为一个优秀的共产党员呢？

入朝以来，首次给你写信，一写就写得这样长。你的父母亲处，他们也一定希望着得到有关我的消息的，但我不高兴写信懒了，就一起在这里了。祝福他们，祝他们康健和快乐，请你替我代候吧。弟弟一定是非常兴奋和活动的，祝他在学习中进步。

你写信给我，信面上可以这样写着：中国人民志愿军九兵团二十军五八师一七二团政治处。

这一封信不知什么时候能够寄到你手里。愿它越快越好。

致

敬礼

1951年2月

我系于去年十一月十八日晚上乘火车越鸭绿江到江界，步行数天，追上部队，参加了东线战役——十一月二十七日在长津江两岸发起，十二月中旬结束。——现在正准备着参加新的战役。

自志愿军入朝，到目前为止，已经胜利结束了三个大战役，第四个战役正在汉江南岸展开。前三日消息，已攻占横城歼敌一万余。根据各方面看，在朝鲜的美军仅只两个前途，一个是逃走一个是被歼。也许第二个可能性较大些。因为美帝决不肯甘认失败自动滚出去的。我正希望着参加将在朝美军最后毁灭的那个战役。

在长津湖周围的那一战役，打得非常艰苦，天寒地冻，漫山大雪，北风横扫，在零下三十度进行战斗。加上我们衣履不全，粮弹难继，困难非常巨大。然而我们仍打败了美国军队，歼灭了美国人最自豪的陆战一师大部分，胜利非常巨大。我相信，这完全表现了我军具备的举世难得的优良品质。

在这半个多月中，我们日日夜夜的在山顶上、涧溪边进行占［战］斗，难得进一进房子避风。战士们困了，就在防空洞里睡着，醒来时身上盖满了厚厚的雪层。饿了，就咽几下口沫，当炊事员同志在万分困难中送来一点已经结成冰的熟马铃薯时，这令人多么高兴。渴时战士们就抓着雪吃，或者到山沟里打开了冰舀洁净无限的甘露喝。半个月中，可以说难得喝到一碗热水。我们的团长从师部的防空洞里钻出来，满身快活，抹抹嘴巴说，“好消息，好消息，今天喝了一碗开水。”他们是用缴来的美国罐头吃空后盛水搭着砖块烧出来的。

美国的飞机控制着白天，战场上难得发现有三分钟天空里没有飞机，成天的嗡嗡轰响。但美帝国主义怎样苦恼地对着黑夜而无可奈何的叹气。他的军队在夜里就被我们攻击被我们歼灭。坦克和大炮也救不了命。我们战士是手执步枪榴弹和轻机枪，燃烧着对祖国人民无限的热爱和忠诚的心，摸进搏斗的圈子里去的。

在这一个战役里，我参予了对全团战场政治工作的指导工作。我竭力想领导得好一点，但事实上与指战员的伟大英勇相比，我的工作就明显的做得不够好。战后我已经做了检讨研究，希望下次战役，我仍做着这一工作，而让我能够在丰富了这一次战役的经验以后，可以指导得更加好。

感谢上级对我们爱护的好意。自东线战役以后，我们一直休息到现在了，过了一个很美的冬天。我们住在分散的山谷的村庄里，和朝鲜人民在一起。

除了服装和言语与我们中国人不同外，我在他们身上发现不出与我们何处相异。他们的相貌一如我们中国人，很多生活风俗也一样，我感受不到是身处异国。门上也贴着中国字写的对联，房间里挂着中国式的画和中国古来已有的颂词，用很多大楷小楷练习簿上的纸糊着窗和门。

朝鲜人民是很好的人民，勤劳和艰苦，不怕寒冷。因为不出产棉花，这里不穿棉衣，只穿单薄的衣裳，能够熬着风雪做工作。中国人都非常怕寒冷，他们让出热炕的房间给我们住。

我觉得非常爱朝鲜的小孩子。在我住的庭院里，小姑娘们携着绳子来跳绳，或划地为方格，按照严格的规矩，一脚提起一脚跳，一面跳一面将一块砖头一格一格的踢到底。她们不怕羞，集合起来就唱歌，要他们跳舞他们也跳。整天的玩，活活泼泼地跳、跑、笑。孩子们身上都只穿了单衣或夹衣，女孩子束一条单布裙子，赤着脚拖一双胶皮船形鞋，不怕雪不怕冰，成群结队的在结了冰的河上滑冰，或拖着雪橇在雪里滑雪。红红的小脸和红红的小手永远不空，不是捏雪就是捉冰。有时和我们缠在一起打闹。一天下了大雪，小孩子们在家里却闷不住，冒着雪打扫了院子，在雪花里跳绳踢砖，尖锐的笑声送进关门取暖的我们房子里来。

这次过旧历新年（朝鲜风俗也是过旧历年的），我们部队照例要娱乐一番。按照老规矩，大年夜烧好了鱼肉，请老百姓来吃饭，饭后一起开娱乐晚会。很多单位都和老百姓一起热烈的联欢，唱歌跳舞演戏。我二营营部，在那天晚上吃过酒饭，在屋里开了电灯（朝鲜很多乡村里都有电灯），高高兴兴的说故事、唱歌。全村的老百姓，男男女女老百姓都来了。我们唱只〔支〕歌，他们唱只〔支〕歌，轮流着唱，非常起劲。同志们都鼓动小女孩们跳舞。跳了几只〔支〕以后，一个七十岁的老头儿跳了起来，他说："我活到七十岁了，没有见过你们这样的好军队，对我们多客气多规矩，为了我们，离乡别井的到朝鲜来流血打仗，我现在要跳一个舞献给大家快乐快乐。"说着，他就跳了起来，舞得混〔浑〕身冒汗。我们劝他休息，他说："不累不累，我一定要在未死之前跳个顶好的舞给我们的中国军队看。"另一个老太婆，已经六十多岁了，也从人群里跑出来跳舞。刚跳完，一个背上背着小孩子的母亲进圈子里作柔软舞。这一天歌声唱到半夜，我们同志非常受到感动。

（朝鲜人民一般都识字，不分男女老少都会跳舞。）

但这一天，通讯班发现，住的那家人家都在炕上哭泣。通讯班井〔惊〕惶了起来，不知是什么原由，连忙找翻译来问。原来他们有两个儿子在当人民军，很久没有来信，现在想念起来了。老母亲说，看见你们住在我家这样好，这样快乐，不知道我的孩子在外面怎么样。通讯班连忙想各种办法安慰她们。

我在这里生活也非常安定。买了一罐头美国雪白的砂糖，人家又送我半罐头牛奶粉。每天冲牛奶吃，有时也冲咖啡吃。但现在牛奶吃完了，正要想法再买。感谢祖国对志愿军的爱护，克服了巨大困难送来鱼肉和菜蔬，使我们生活比在祖国还过得好。每次饭后，就吃苹果。这里是苹果巨量产地，吃不完。一百元朝鲜币（合人民币两千元）可以买到二十余只苹果。我们初来时更加便宜，一百元买五十只。我们，几乎没有一个人不是吃了两百只苹果以上的。而且这些苹果新鲜清脆好吃，不似南京市上的苹果像烂棉絮。

我每天都能抽些时间读书，已经读完半本《马恩列斯思想方法论》，觉得有些领悟。你所知道的我要着手写的小说，说来非常惭愧，一个字也不曾增加。思想杂乱，要顾工作，一点也写不出来，令人苦恼。怕在朝鲜是写不出了，要待回国以后才会有心思。至于何时回国，上级说得很好，什么时候朝鲜的美国军队歼灭，什么时候回国。据我看亦不远了。

当然，非常想念你。几个月来得不着一个字，不知你的情形怎样，有时作种种悬想，当然也是徒然。军邮恢复后，收到父亲与朋友们在去年写的信，我明知由于我曾通知过你，你不会来信，但不由得老是盼望会奇迹似的寄来一封。

但愿这时候你身体很强健，精神很快乐，工作很努力，思想也进步得很快。特别在这个抗美援朝的运动中，望你也在自己的范围对祖国有所贡献。蒋仁，你什么时候能够稳稳的站在无产阶级的立场上，并且争取到作为一个优秀的共产党员呢？

入朝以来，首次给你写信，一写就写得这样长。你的父母亲处，他们也一定希望着得到有关我的消息的，但我不想另外写信了，就一起在这里祝福他们。祝他们康疆〔强〕和快乐！望你替我代候吧。平弟一定是非常兴奋和活动的，祝他在学习中进步！

你写信给我，信面上可以这样写着：中国人民志愿军九兵团二十军五八师一七二团政治处。

这一封信不知什么时候能够寄到你手里。愿它越快越好。

致

敬礼！

黄继光烈士生前未留下一张照片，这张照片是画家根据战友们的描述画出来的。

不立功不下战场

1952年4月29日
黄继光致母亲（一封）

家书背景

黄继光，原名黄际广，1931年出生于四川省中江县石马乡一个农民家庭。父亲很早去世，他在母亲抚养下长大，10岁就给地主打工。1949年11月，黄继光的家乡解放了，他积极参加清匪反霸斗争，被选为村儿童团团长，曾带领民兵活捉逃亡地主，搜出伪保长私藏的枪支弹药，被评为民兵模范。

1950年抗美援朝战争开始后，国内停止军人复员并大量征兵。1951年3月，中江县征集志愿军新兵时，黄继光在村里第一个报了名。体检时，他因身材较矮未被选中，来征兵的营长被黄继光参军的热情所感动，同意破格录取他。

黄继光随部队跨过鸭绿江，到朝鲜前线后，被分配到第15军45师135团2营6连任通信员。黄继光一心想到前沿阵地杀敌立功，后来又被分配到了连队后勤。经过领导的思想工作，黄继光明白了后勤工作的重要性，样样工作都干得很出色。1952年7月加入中国新民主主义青年团，荣立三等功一次。

1952年10月14日，上甘岭战役开始了。“联合国军”开始向江原道金化郡上甘岭597.9高地和537.7高地北山发动疯狂进攻，志愿军与“联合国军”展开了激烈的争夺战。10月19日晚，黄继光所在的第2营奉命向上甘岭右翼597.9高地反击，必须在天亮前占领阵地，为整个反击战的胜利奠定基础。设在山顶上的敌人的机枪火力点喷着火舌，压制着志愿军反击部队不能前进。眼看负责爆破的战友一个个倒了下去，离天亮只有四十多分钟了。黄继光主动请缨，带着手雷和两名战士爬向敌人火力点。当离敌人火力点只有三四十米时，一名战士牺牲，另一名战士负重伤。黄继光的左臂被打穿，血流如注，他忍着伤痛，继续向敌人火力点前进。接近火力点时，他把手雷投了出去，但是未能完全摧毁火力点。最终，他拖着重伤的身躯，强忍剧痛，一跃而起，毅然纵身扑向敌火力点，用胸膛堵住了敌机枪的射击，部队乘势前进，攻下了597.9高地，全歼敌守军两个营。

画家张洪赞创作的油画《黄继光》

部队党委追任黄继光为中国共产党党员，中国人民志愿军给他追记特等功，并追授“特级英雄”称号。1953年4月，黄继光的母亲邓芳芝作为代表出席了全国妇女代表大会。毛泽东邀请邓芳芝到中南海自己家中做客，表达了对英雄的敬意。2009年9月，黄继光被中央宣传部、中央组织部、解放军总政治部等十一个部门评为“100位新中国成立以来感动中国人物”。2018年3月9日，中央电视台《信·中国》栏目开播，在首期节目中，演员杨洋朗读了黄继光的这封家书，主持人朱军深情讲述了黄继光的英雄故事，“不立功不下战场”的豪情壮志响彻全场，感动了无数观众。

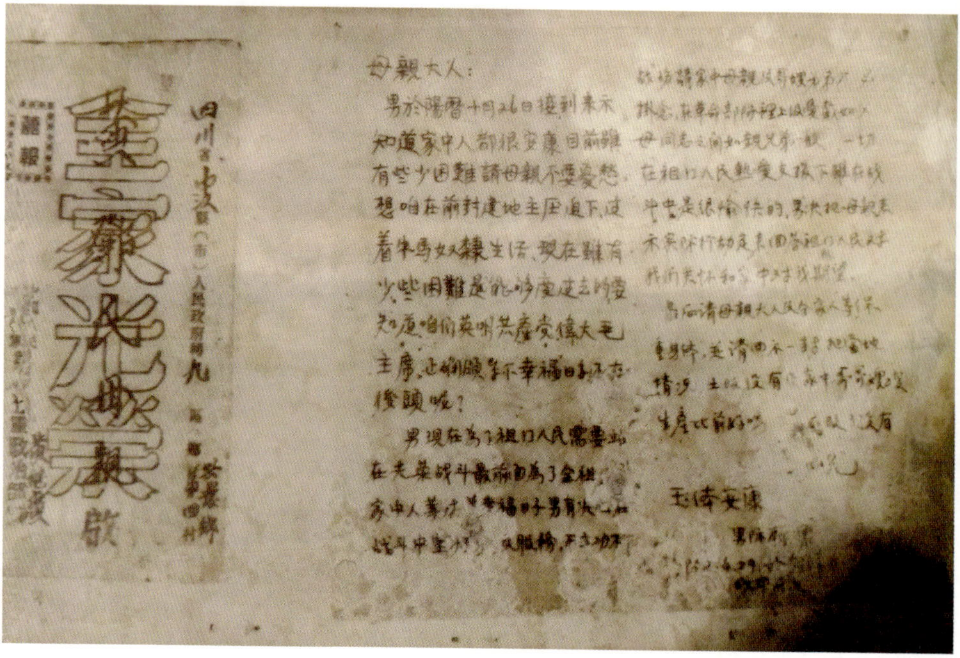
母親大人：
男於陽曆十月26日接到來示，知道家中人都很安康，目前雖有些少困難，請母親不要憂愁。想咱在前封建地主压迫下，过着牛馬奴隸生活，現在雖有少些困難，是能够度过去的。要知道咱们英明共產党偉大毛主席，[illegible]幸福日子还在後頭呢？
男現在為了祖国人民需要站在[illegible]战斗最前面，為了全祖[illegible]家中人[illegible]幸福日子，男[illegible]战斗中[illegible]
[illegible]
在祖国人民熱愛支援下，男在战斗中[illegible]是很愉快的。[illegible]
[illegible]
玉体安康
男[illegible]

1952年4月29日

母亲大人:

男于阳历十月26日接到来示，知道家中人都很安康，目前虽然有些少困难，请母亲不要忧愁。想咱在前封建地主压迫下，过着牛马奴隶生活，现在虽有少些〔些少〕困难，是能够度过去的。要知道，咱们英明共产党、伟大毛主席正确领导下，幸福的日子还在后头呢!

男现在为了祖国人民，需要站在光荣战斗最前面，为了全祖国家中人等过着幸福日子，男有决心在战斗中坚持为人民服务，不立功不下战场。请家中母亲及哥嫂弟弟不必挂念。在革命部队里，上级爱戴如父母，同志之间如亲兄弟一般，一切在祖国人民热爱支援下，虽在战斗中，是很愉快的。男决把母亲来示，实际行动□来回答祖国人民对我们关怀和［对］家中对我期望。

最后，请母亲大人及全家人等保重身体，并请回示一封，把当地情况，土改没有，及家中哥哥嫂嫂生产比前好吗?□□改了没有?

□祝

玉体安康!

男　际广　禀

1952.4.29于朝鲜

战斗间隙

鲍荣

守望在阵地上和烟火弥漫的战壕里

1952 年 10 月 15 日

鲍荣致姑妈慧瑶（一封）

家书背景

关于鲍荣的履历，目前尚无确凿的说法。笔者根据现存1948年11月10日颁发的“特等炮手证”、1949年9月第203团政治部颁发的“光荣卡”、1950年2月7日第三野战军23军政治部颁发的“革命军人家属证明书”、1950年4月泰山水手二队颁发的“积功证”、1953年5月1日志愿军第23军69师205团政治处的一封来信等资料，大概考证出了鲍荣的革命历程。

鲍荣，1929年生，广东省珠海市香洲区山场村人。自幼父母双亡，由爷爷抚养长大。1947年2月参加解放军，在华东野战军第4纵队11师32团3营担任炮手。先后参加过莱芜战役、孟良崮战役、豫东战役、淮海战役、渡江战役等。新中国成立之初，他在三野第23军68师203团3营机炮连任班长。抗美援朝战争爆发，鲍荣所在的三野第23军是第四批入朝的部队，1952年9月入朝参战后，在元山西南地区担负朝鲜东海岸防御任务。第68师撤编后，鲍荣被编入第69师205团。

第203团政治部颁发的“光荣卡”背面写着鲍荣的“光荣事迹”，共十二条，记录了入伍以来他参加过的主要战役，作战勇敢，负伤一次，遵守纪律，工作积极，思想进步，加入中国共产党，立过一等功，还被评为“特等炮手”。

值得注意的是，在泰山水手二队颁发的“积功证”背面，详细记录了他的“功劳事迹”：

一、在船上虚心学习，服从船工船长指挥，苦学苦练；

二、在班内虚心帮助大家学习文化；

三、群众观念强，从来没有违犯群纪。对老百姓做宣传工作，并说话和气；

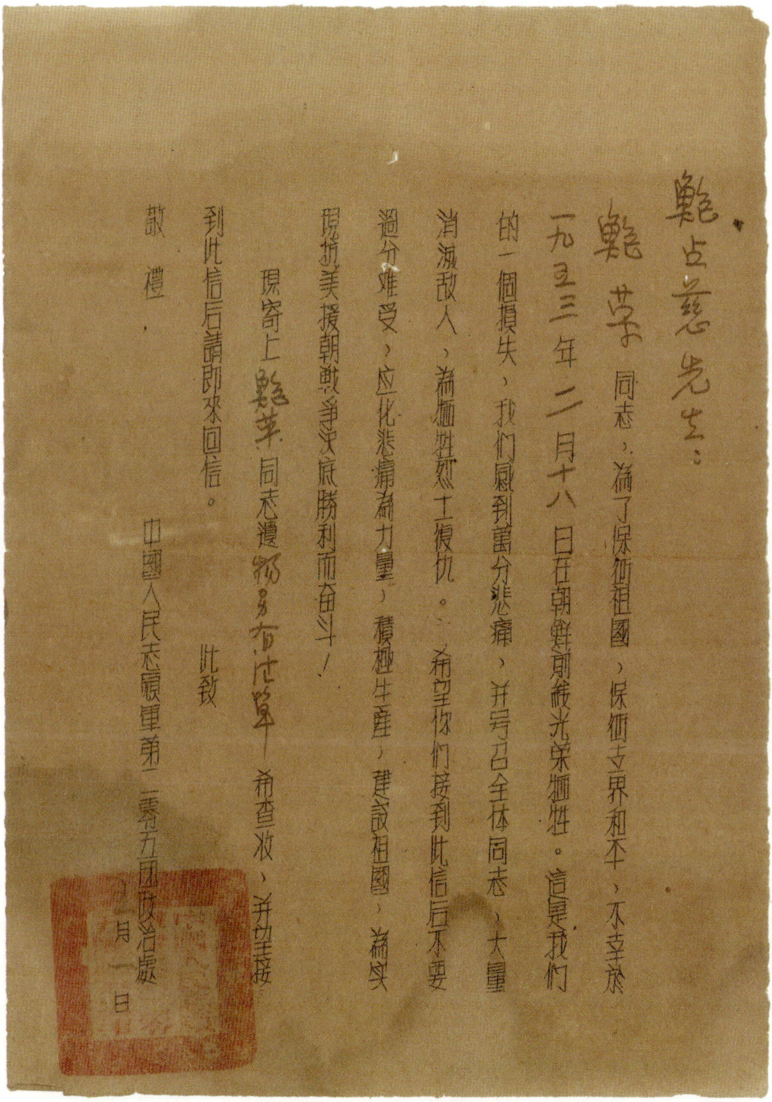

鲍占慈先生：

鲍苹 同志、為了保衛祖國、保衛世界和平、不幸於一九五三年二月十八日在朝鮮前線光榮犧牲。這是我们的一個損失、我们感到萬分悲痛、并号召全体同志、大量消滅敌人、為犧牲烈士復仇。希望你们接到此信后不要過分难受、应化悲痛為力量、積極生産、建設祖國、為实現抗美援朝戰爭彻底勝利而奋斗！

現寄上鲍苹 同志遺物另有清单、希查收、并望接到此信后請即來回信。

此致

敬禮

中國人民志願軍第二零九团政治處

五月一日

1953 年 5 月 1 日部队来函

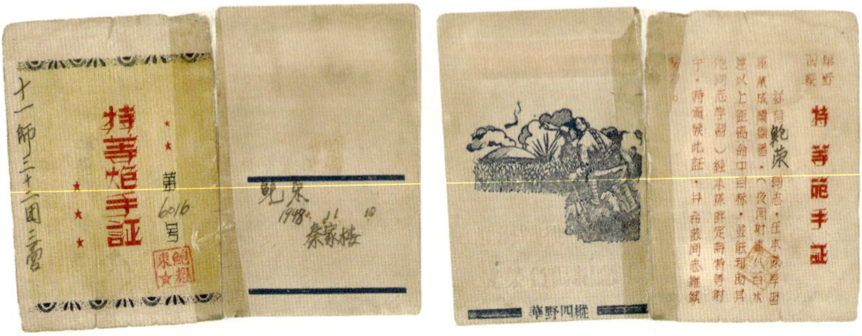

特等炮手证

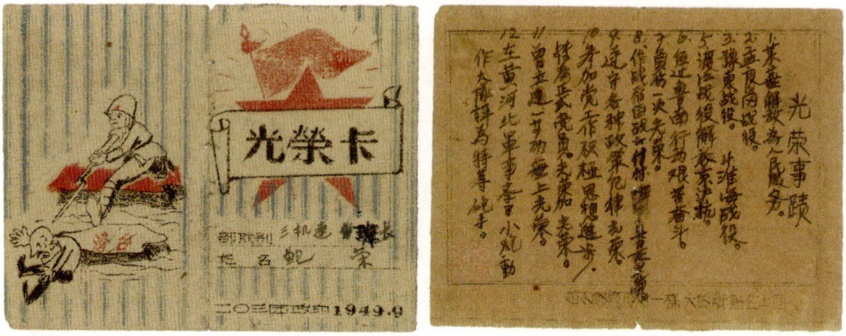

光荣卡

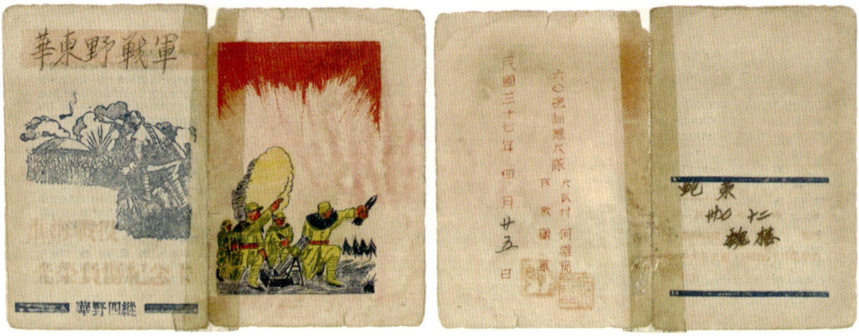

淮海战役光荣负伤纪念卡

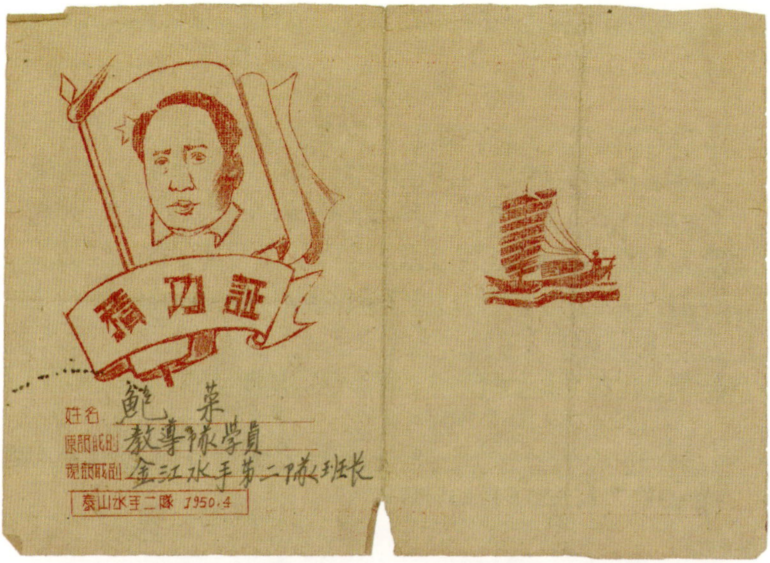

積功証

姓名　鮑菜

原部職別　教導隊学員

現部職別　金江水手第二隊一班长

泰山水手二隊　1950.4

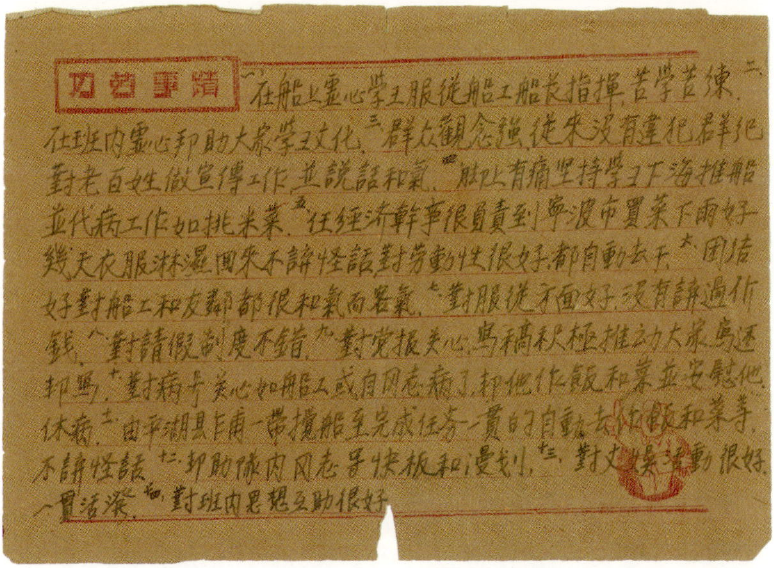

功勞事蹟

一、在船上虚心学習服従船工船长指揮，苦学苦練。二、在班内虚心帮助大家学習文化。三、群众観念強，従来没有違犯群紀，對老百姓做宣傳工作，並説話和氣。四、脚上有病坚持学習下海推船，並代病工作如挑米菜。五、任經濟幹事很負責，到寧波市買菜下雨好幾天衣服淋濕，回来不講怪話，對勞動性很好，都自動去干。六、团結好，對船工和友鄰都很和氣而客氣。七、對服従方面好，没有講過价錢。八、對請假制度不錯。九、對党报关心，寫稿积極，推动大家寫还帮寫。十、對病号关心，如船工或自同志病了，帮他作飯和菜並安慰他休病。十一、由平湖县乍浦一帶撑船至完成任务，一貫的自動去作飯和菜等，不講怪話。十二、帮助隊内同志写快板和漫划。十三、對文娱活動很好，一貫活潑。十四、對班内思想互助很好。

积功证

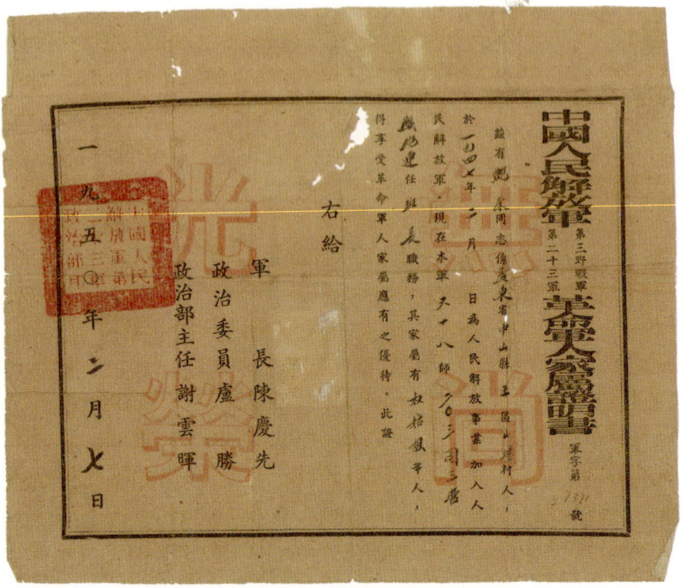
中國人民解放軍 第三野戰軍 第二十三軍 革命軍人家屬證明書 軍字第7311號

茲有鮑[illegible]同志係廣東省中山縣[illegible]區[illegible]村人，於一九四七年二月[illegible]日爲人民解放事業加入人民解放軍，現在本軍六十八師二〇三團三營機炮連任班長職務，其家屬有[illegible]等人，得享受革命軍人家屬應有之優待。此證

右給

軍長　陳慶先

政治委員　盧勝

政治部主任　謝雲暉

一九五〇年二月七日

革命军人家属证明书

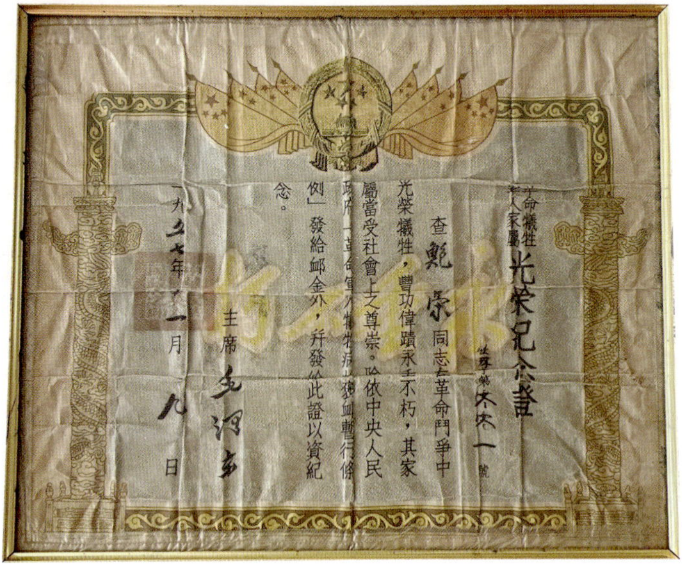
革命犧牲軍人家屬光榮紀念證 生字第[illegible]一號

查鮑宗同志在革命鬥爭中光榮犧牲，豐功偉績永垂不朽，其家屬當受社會上之尊崇。除依中央人民政府「革命軍人犧牲褒恤暫行條例」發給卹金外，并發給此證以資紀念。

主席　毛澤東

一九五七年十一月九日

牺牲证明书零零一号

四、脚上有痛，坚持学习下海推船，并代〔带〕病工作，如挑米菜；

五、任经济干事，很负责，到宁波市买菜，下雨好几天，衣服淋湿，回来不讲怪话。对劳动性很好，都自动去干；

六、团结好，对船工和友邻都很和气而客气；

七、对服从方面好，没有讲过价钱；

八、对请假制度不错；

九、对党报关心，写稿积极，推动大家写，还帮写；

十、对病号关心，如船工或自〈己〉同志病了，帮他作饭和菜，并安慰他休病；

十一、由平湖县乍甫〔浦〕一带搅船至完成任务，一贯的自动去作饭和菜等，不讲怪话；

十二、帮助队内同志写快板和漫划〔画〕；

十三、对文娱活动很好，一贯活泼；

十四、对班内思想互助很好。

从“光荣卡”和“积功证”可以看出，鲍荣在部队表现非常优秀，无论是军事业务，还是政治思想水平，包括与战友和群众的关系，都处理得很好，所以一再立功受奖。

下面这封家书是鲍荣入朝不久写给姑妈的，信中讲述了他赴朝以来的见闻和感受，表现出较高的思想境界。参加人民军队五年多，鲍荣经受了血与火的锻炼，已经成长为一名信仰坚定、业务精湛的老战士。鲍荣所在的第205团名气很大，从红军到新四军，屡立战功，被授予“老虎团”的称号。

1953年2月18日，鲍荣在战斗中不幸牺牲，年仅24岁。1957年1月9日，民政部颁发了由毛泽东署名的牺牲证明书，鲍荣位列珠海第零零一号。

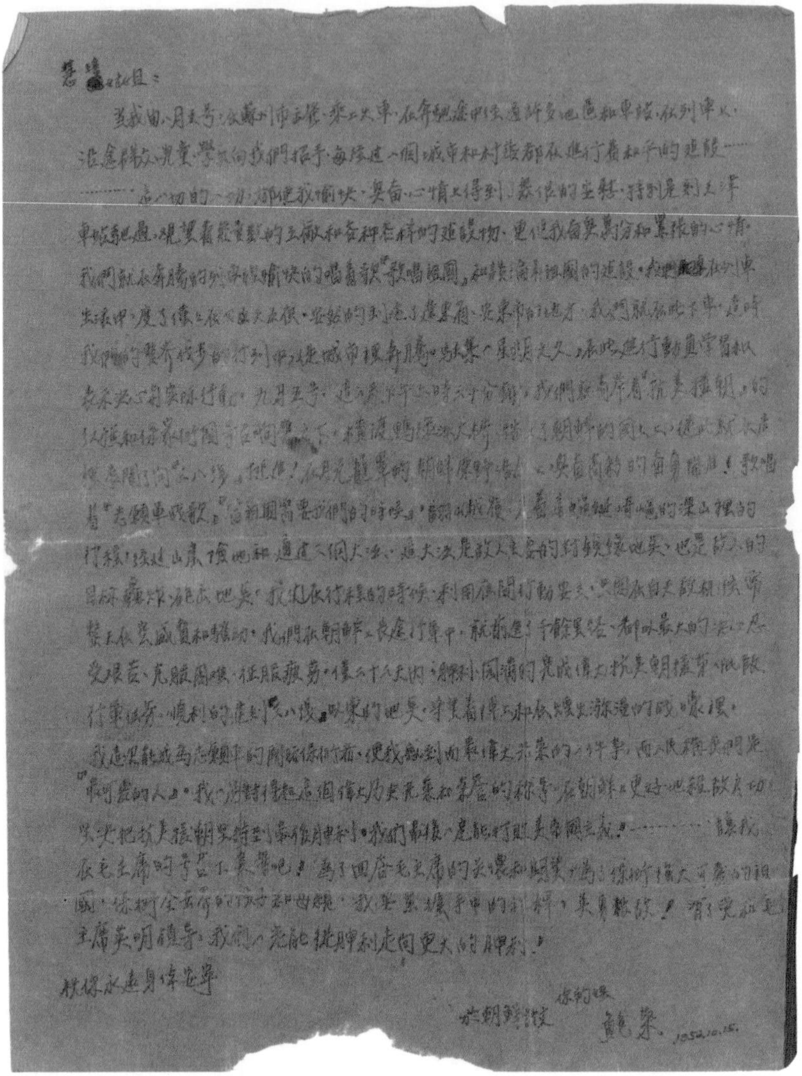
慧瑛姐姐：

兹我由八月廿五号从苏州市出发，乘上火车，在奔驰途中经过许多地区和车站，在列车上，沿途群众、儿童、学生向我们招手，每经过一个城市和村庄都在进行着和平的建设……

……这一切的一切，都使我愉快、兴奋，心情上得到了无限的安慰，特别是到天津车站的时候，观望着崭新的工厂和各种各样的建设物，更使我兴奋万分和紧张的心情。我们就在奔腾的火车上愉快的唱着歌『歌唱祖国』和赞扬祖国的建设。[illegible]在火车生活中，度过了漫漫长夜和很[illegible]的到达了[illegible]。我们就在此下车，这时我们的[illegible]在行列中走进城市，[illegible]不[illegible]，就此进行动员学习和表示决心的实际行动。九月五号，这天下午[illegible]时[illegible]分钟，我们就高唱着『抗美援朝』的[illegible]在[illegible]的[illegible]下，横渡鸭绿江大桥，踏上了朝鲜的国土，这时我们[illegible]『[illegible]』，[illegible]！[illegible]的朝鲜[illegible]！歌唱着『志愿军战歌』、『当祖国需要我们的时候』，翻山越岭，[illegible]的深山里的行军，经过山岗、[illegible]和通过[illegible]个大河，这大河是敌人[illegible]的封锁线地点，也是[illegible]的[illegible]地点。我们在行军的时候，利用夜间行动要[illegible]，[illegible]在白天敌机[illegible]，[illegible]和[illegible]。我们在朝鲜[illegible]行军中，就[illegible]了[illegible]、[illegible]的[illegible]、克服困难，征服疲劳，仅[illegible]天的[illegible]胜利完成伟大抗美援朝[illegible]行军任务，胜利的走到『[illegible]』以东的地点，穿着[illegible]和在[illegible]的战壕里。

我这里能成为志愿军的一员[illegible]，使我[illegible]到[illegible]的一件事，而[illegible]是『最可爱的人』。我一[illegible]这个伟大的光荣和荣誉的称号，在朝鲜更好地[illegible]，坚决把抗美援朝坚持到最后胜利。我们最后一定能打败美帝国主义！………让我在毛主席的学习下[illegible]吧！为了回答毛主席的关怀和[illegible]，为了保卫伟大可爱的祖国，保卫全世界的和平，我坚决[illegible]手中的[illegible]，英勇杀敌！有了党和毛主席英明领导，我们一定能从胜利走向更大的胜利！

祝你永远身体安康

你的妹

于朝鲜前线　龙[illegible]

1952.10.15.

1952年10月15日

慧瑶姑姐[1]：

当我由八月五号从苏州市出发，乘上火车，在奔驰途中经过许多地区和车站，在列车上，沿途群众、儿童、学生向我们招手，每经过一个城市和村落都在进行着和平的建设……这一切的一切，都使我愉快、兴奋，心情上得到了无限的安慰，特别是到天津车站驰过，观望着无量数的工厂和各种各样的建设物，更使我兴奋万分和紧张的心情。我们就在奔腾的列车里，愉快的唱着歌《歌唱祖国》，和谈论着祖国的建设。我们在列车生活中度了仅仅在四天五夜，安然的到达了辽东省安东市的地方，我们就在此下车。这时，我们的整齐伐步〔步伐〕的行列中，从城市里奔腾。驻集一星期之久，在此进行动员学习和表示决心与实际行动。

九月五号，这一天下午六时三十分钟，我们就高举着“抗美援朝”的红旗和保家卫国号召响应之下，横渡鸭绿江大桥，踏上了朝鲜的国土上，从此就在这里展开了向“三八线”挺进！在月光笼罩的朝鲜原野沿途上，兴奋高彩的奋勇开进！歌唱着《志愿军战歌》《当祖国需要我们的时候》，翻山越岭，走着这蜿蜒崎岖的深山里的行程，经过山崖、险地和通过三个大江。这大江是敌人主要的封锁线地点，也是敌人的目标轰炸、炮击地点。我们在行程的时候，利用夜间行动要〔为〕主，只因在白天敌机经常整天在空威胁和骚动。

---

①姑姐：在广东话里指父亲的妹妹，即姑妈。

我们在朝鲜上长途行军中，就前进了千余里路，都以最大的决心忍受艰苦、克服困难、征服疲劳，仅二十二天内，胜利园〔圆〕满的完成伟大抗美援朝第一阶段行军任务，顺利的达到“三八线”以东的地点，守望着阵〈地〉上和在烟火弥漫的战壕里。

我这次能成为志愿军的国际保卫者，使我感到而最伟大光荣的一件事，而人民称我们是“最可爱的人”。我一定对得起这个伟大历史光荣和荣誉的称号。在朝鲜〈战场〉上更好地杀敌立功，坚决把抗美援朝坚持到最后胜利。我们最后一定能打败美帝国主义！……让我在毛主席的号召下宣誓吧！为了回答毛主席的关怀和期望，为了保卫强大可爱的祖国，保卫全世界的孩子和母亲，我要紧握手中的枪杆，英勇杀敌！有了党和毛主席英明领导，我们一定能从胜利走向更大的胜利！

祝你永远身体安宁！

你的侄　鲍荣

于朝鲜敬文

1952.10.15

1952 年，柳支英在朝鲜

我坚信胜利是属于我们的

1952 年 3 月、5 月
柳支英致妻子柔贞，儿子承美，女儿海澄、西玲（两封）

家书背景

这是著名昆虫学家柳支英抗美援朝期间写给妻子和儿女们的家书，记录了一位科学家眼中的战场景象，以及他的经历和感想。

柳支英（1905—1988），字韶渊，江苏省苏州市吴县木渎镇人。著名昆虫学家，中国蚤类学的奠基人，新中国医学昆虫及其防治学科的开拓者，军事医学科学院一级教授，第五届全国人大代表。1929年毕业于金陵大学生物系，获理学学士学位。1933年赴美国明尼苏达大学昆虫和经济动物学系读研究生，以优异的成绩获硕士学位。1937—1945年间任广西农事实验场技正兼广西大学农学院教授。1945—1952年任浙江大学农学院教授，兼任杭州市昆虫学会理事长。

1952年1—2月，志愿军部队相继在朝鲜前方和后方多处发现疑似美军投掷的蜘蛛、苍蝇、跳蚤等昆虫。经过二十多天的观察、检验，志愿军总部和解放军总参谋部初步得出结论，美军可能在朝鲜北方投放了细菌武器，对中朝部队实施细菌战。2月21日，中央军委正式向志愿军下达了进行反细菌战斗争的指示，同时采取具体应对措施，包括向朝鲜紧急运送数百万份各种疫苗与防疫用品，派出近百名防疫和检验队员，携带检验药品、器材等，前往朝鲜。正在浙江大学工作的柳支英教授被抽调作为首批防疫检验队专家，3月2日，从安东（今丹东市）进入朝鲜。

3月14日，周恩来主持召开政务院第128次会议，正式成立中央防疫委员会，反细菌战斗争全面展开。各方面的专家赶赴朝鲜和东北进行现场考察，设立专门的试验室，进行检验和研究，并指导朝鲜战场和国内的防疫工作。志愿军防疫检验人员会同国内派往前线的专家，组成了四个防疫检验队，其中三个分别配属第一线各兵团，

对敌投放物进行昆虫学鉴定、细菌培养检验，对敌投放地区和疫区进行流行病学调查，对急性死亡者进行解剖和病理检查。柳支英提出的辨别敌投昆虫（动物）的防疫规律，不仅在反细菌战斗争中发挥了作用，而且以后在国内多次虫情判别中也取得良好效果，为国民经济和卫生防疫工作做出了卓越贡献。1952年获中央卫生部颁发的“爱国卫生模范”奖章和奖状，并被朝鲜民主主义人民共和国授予“三级国旗勋章”。

1952年秋，柳支英从朝鲜回国后，调入军事医学科学院，负责组建医学昆虫科研队伍。此后的三十余年，他全力投入医学昆虫的

1958 年 10 月 2 日，柳支英夫妇与三个孩子在北京颐和园合影

全家福，1973 年摄于北京

柳支英，1983 年 9 月摄于北京

教学和科研工作中，为学科建设、卫生防疫和国防科研而呕心沥血、无私奉献，多次立功受奖。他编写了中国第一部蚤类简志《中国之蚤类》。1952年后，历任军事医学科学院研究员、微生物流行病研究所副所长，兼任中国昆虫学会副理事长等。

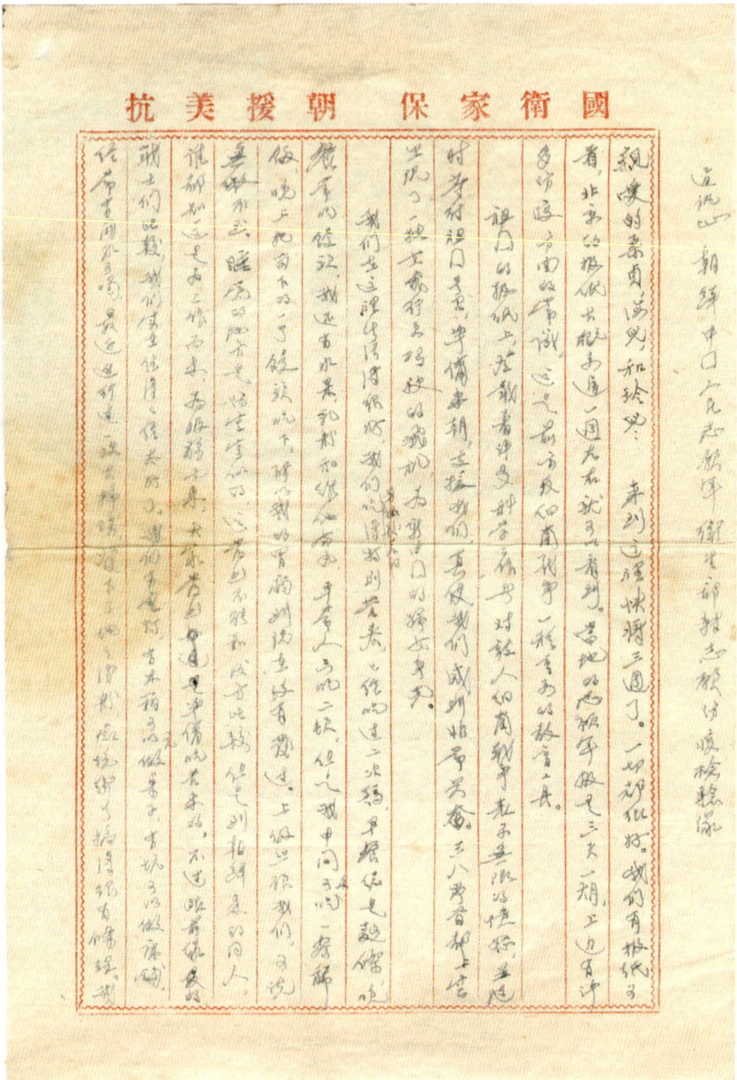

抗美援朝　保家衛國

通讯处　朝鲜中国人民志愿军卫生部刘志敏防疫检验队

親爱的桑贞、海儿和玲儿：　来到这里快将三周了。一切都很好。我们有报纸可看，北京的报纸大概要迟一周左右就可以看到。当地的志愿军报是三天一期，上边有许多前[illegible]方面的常识，这是前方[illegible]战争一种重要的教育工具。

祖国的报纸上，登载着许多妇女对敌人仇恨战争表示无限的愤怒，并随时等待祖国号召，准备来朝，支援我们。更使我们感到非常兴奋。三八节前都上[illegible]出现了一批女飞行员驾驶的飞机，为新中国的妇女争光。

我们在这里生活得很好，我们吃得到黄[illegible]，也能吃过二次[illegible]，早餐是[illegible]吃饭，[illegible]，我还有水果、乳粉和维他命丸，平常人只吃二顿，但是我中间多吃一餐稀饭，晚上把留下的一些饭热吃了，所以我的胃病也没有发过。上级照顾我们，可说无微不至，睡觉的地方是[illegible]，[illegible]，但是到朝鲜来的同人，谁都知道是来工作的来，为服务而来，大家都是准备吃苦来的，不过跟前线的战士们比较，我们生活得还是太好了。[illegible]

[illegible]

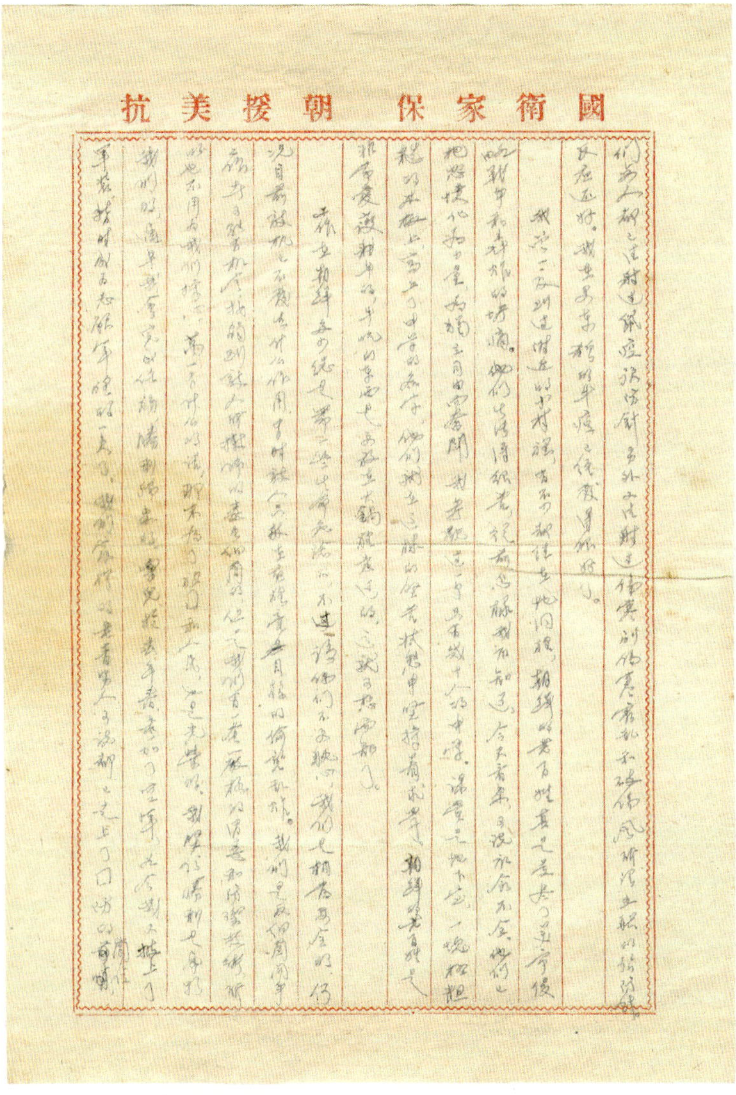

抗美援朝　保家衞國

们每人都已注射过鼠疫预防针，另外又注射过伤寒副伤寒霍乱和破伤风预防[illegible]的预防针，

身体还好。我要求家里将[illegible]写得好了。

我第一次到这附近的小村庄，看到了都住在地洞里，朝鲜的老百姓真是苦透了。受了侵

略战争和恶魔般的蹂躏。她们告诉我们说，被[illegible]烧过，今天看来，可说衣食不全。她们已

把粮食化为小量的，埋在周围的地窖，我看那里一个只有几十人的村庄。就剩下地下室一块粗

糙的木板上写了个中国的名字，她们却在这种的环境状态中坚持着战斗。朝鲜的老百姓是

非常爱戴我们中国人，我们的东西也要放在大锅里煮过的，这就可想而知了。

我在朝鲜这里觉得[illegible]比你们预想的[illegible]，不过请你们不要挂心，我们是相当安全的，但

况目前敌机已不发生什么作用，有时敌人只放在空中乱丢[illegible]的偷袭和乱炸。我们是在山洞里

居住，[illegible]

的也不用为我们担心，万一有什么的话，那不为了祖国和人民，也是光荣的。我坚信胜利也会是我

我们的，[illegible]胜利的来临[illegible]去年春[illegible]大提上了

[illegible]，特此[illegible]一点了。我们留待以后看见人再说吧。[illegible]上了口[illegible]的前哨

周[illegible]

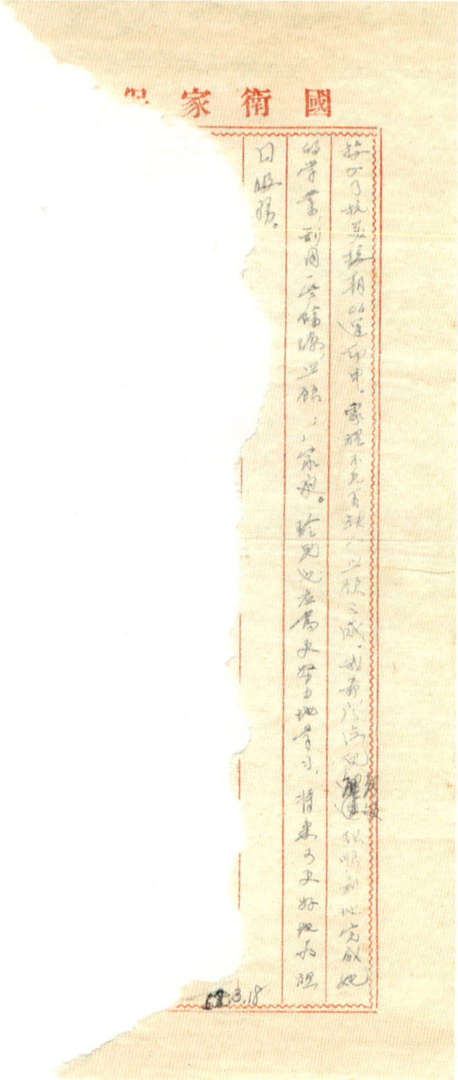
保家衛國

投入了抗美援朝的运动中。寄瑞不久有孩子，正快之域。我希望你跟[illegible]能胜利地完成她的学业，利用这好条件，正努力[illegible]家[illegible]。玲儿也应当更努力地学习，将来可更好地为祖国服务。

[illegible].3.18

第一封

1952年3月18日

亲爱的柔贞[1]、海儿[2]和玲儿[3]：

来到这里快将三周了。一切都很好。我们有报纸可看，北京的报纸大概要迟一周左右就可以看到。当地的志愿军报是三天一期，上边有许多防疫方面的常识，这是前方反细菌战争一种重要的教育工具。

祖国的报纸上，登载着许多科学工作者对敌人细菌战争表示无限的愤怒，并随时等待祖国号召，准备来朝，支援我们，真使我们感到非常兴奋。三八节首都上空出现了一批女飞行员驾驶的飞机，为新中国的妇女争光。

我们在这里生活得很好，我们身体较差的吃得特别营养，已经吃过二次鸡，早餐总是面条，晚餐常吃馒头，我还有水果、乳粉和维他命丸，平常人只吃二顿，但是我中间可多吃一餐稀饭，晚上把留下的一个馒头吃下，所以我的胃病到现在没有发过。上级照顾我们，可说无微不至，睡觉的地方是防空室似的，这当然不能和后方比较，但是到朝鲜来的同人，谁都知道是为工作而来，为服务而来，大家当然准备吃苦来的，不过跟前线的战士们比较，我们实在住得已经太好了，我们有电灯，有木箱可以充做桌子，有炕可以做床铺，经常有开水可喝。最近进行过一次大扫除，发下了地地涕粉，环境

①柔贞：邵柔贞，柳支英的妻子，1908年生，1997年在北京去世。
②海儿：柳海澄，柳支英的长女，1931年生，南京大学化学系毕业，留校，教授。
③玲儿：柳西玲，柳支英的次女，1936年生，清华大学计算机专业毕业，留校，教授。

卫生搞得很有条理。我们每人都已注射过鼠疫预防针，另外又注射过伤寒、副伤寒、霍乱和破伤风，所谓五联的预防针，反应还好。我在安东种的牛痘已经发得很好了。

我曾二次到过附近的小村里，有不少都住在地洞里，朝鲜的老百姓真是受尽了美帝侵略战争和轰炸的伤痛。他们生活得很苦，从前怎样我不知道，今天看来，可说衣食不全，他们已把悲愤化为力量，为独立自由而奋斗。我参观过一个只有几十人的中学，课堂是地下室，一块极粗糙的木板上，写上了中学的名字，他们就在这样的坚苦状态中坚持着求学。朝鲜的老百姓是非常爱护耕牛的，牛吃的东西是要放在大锅里煮过的，这就可想而知了。

工作在朝鲜，多少总是带一些生命危险的，不过请你们不要担心，我们是相当安全的，何况目前敌机已不发生什么作用，有时敌人只敢在夜里毫无目标的偷袭乱炸。我们是反细菌斗争工作者，可能有机会接触到敌人所撒布的毒虫细菌的，但是我们有一套严格的消毒和防御技术，所以也不用为我们操心。万一有什么的话，那末为了祖国和人民，也是光荣的。我坚信胜利是属于我们的，迟早我会完成任务，胜利归来的。乐儿[①]于去年春参加了空军，如今我又披上了军装，暂时成为志愿军里的一员了。我们家里的老青男人可说都已走上了国防的岗位，投入了抗美援朝的运动中，家里不免有缺人照顾之感。我希望海儿能够很顺利地完成她的学业，利用一些余

---

①乐儿：柳承美，柳支英的儿子，1934年生。1951年1月抗美援朝时参军，在第三航空学校毕业后当教师。1961年调至北京航空材料研究院，后长期从事航空工业管理工作，2022年去世。

隙，照顾照顾家庭。玲儿也应当更努力地学习，将来可更好地为祖国服务。

（信纸下残）

52.3.18

通讯〈地〉址：朝鲜中国人民志愿军卫生部转志愿防疫检验队（写于第一页信纸右边）

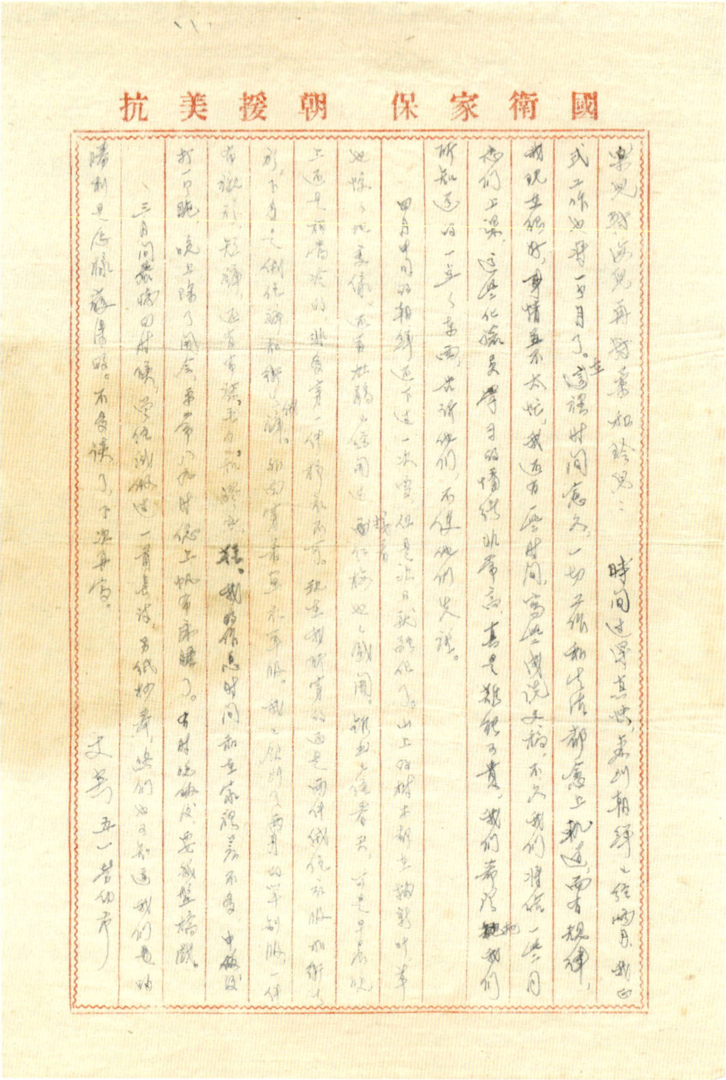
抗美援朝　保家衛國

柔兄、淑兄、再兴弟和玲儿：

时间过得真快，来到朝鲜已经两月，我的工作也有一个多月了。在这段时间里，一切工作和生活都已上轨道而有规律，我现在很好，事情并不太忙，我还有些时间写些小说文稿，另外我们将给一些同志们上课。这种文化交流及学习的情绪非常高，真是难能可贵。我们希望把我们所知道的一点点东西，告诉他们，不保留地给他们知识。

四月中旬的朝鲜还下过一次雪，但是这几日就暖化了。山上的树木都在抽新叶子，[illegible]

[illegible]

请别见怪吧。不多谈了，下次再写。

[illegible]　五一　[illegible]

第二封

1952年5月1日

乐儿转海儿再转柔和玲儿：

时间过得真快，来到朝鲜已经两月。我正式工作也将一个月了。在这里时间愈久，一切工作和生活都愈上轨道而有规律。我现在很好，事情并不太忙，我还有一些时间，写些浅说文稿。不久我们将给一些同志们上课，这些化验员学习的情绪非常高，真是难能可贵，我们希望把我们所知道的一点点东西告诉他们，不使他们失望。

四月中旬的朝鲜还下过一次雪，但是次日就融化了。山上的树木都在抽新叶，草也慢慢地变绿，还有杜鹃已经开过，接着红梅也已盛开。虽然已经春天，可是早晨晚上还是相当冷的，非多穿一件棉衣不可。现在我所穿的还是两件绒线衣服和卫衣衫，下身是绒线裤和卫生绒裤。外面穿着单衣军服。我已领到了两身的军制服，一件布衬衫、短裤、还有布袜、毛巾和胶底鞋。我的作息时间和在家里差不多，中饭后打一个盹，晚上除了开会，平常八九时总上帆布床睡了。有时晚饭后，耍几盘桥戏。

三月间养病的时候，曾经试做过一首长诗，另纸抄奉，您们也可知道我们的胜利是怎样获得的。不多谈了，下次再写。

支英

五一劳动节

1950 年，徐光耀在天津

心爱的战士们，正在山顶上流血牺牲

1952 年 8—12 月

徐光耀致未婚妻申芸（四封）

家书背景

徐光耀，1925年生，河北省雄县人。1938年参加八路军，同年加入中国共产党。历任特务营战士，县大队特派员，旅政治部锄奸科干事，军分区司令部军事报道参谋、政治部宣传科摄影记者，前线剧社创作组副组长，军报编辑，新华社兵团分社记者等。1947年到华北联合大学文学系学习，1953年毕业于中央文学研究所。1955年调解放军总政治部文化部创作室任创作员。1959年到保定市文联任编辑，1983年后历任河北省文联党组书记、主席等职。著有长篇小说《平原烈火》，中篇小说和电影文学剧本《小兵张嘎》，散文集《昨夜西风凋碧树》，十卷本《徐光耀日记》等。

徐光耀在志愿军47军政治部留影

1952 年，徐光耀（左二）与第 68 军文工团团员在朝鲜战场合影

1952 年春，徐光耀（左）与第 68 军 607 团 2 连连长、一等功臣刘敬礼在朝鲜战场合影

1950年6月，徐光耀的长篇小说《平原烈火》由三联书店出版发行，反响很大，徐光耀也引起了文坛和读者的广泛关注。10月底，徐光耀被选入正在筹建中的中央文学研究所学习。

中央文学研究所是新中国成立后由国家层面成立的专门以培养和扶植文学新人为己任的文学机构，被称为培养作家的“黄埔军校”。1950年6月国家文化部批复成立，开始筹备。9月底，各地选调的研究员（学员）陆续报到。12月，中央任命中央文学研究所的领导班子，丁玲为主任，张天翼为副主任，标志着研究所正式成立，直属文化部领导，中国文联协办。1951年1月8日，中央文学研究所举行了开学典礼，郭沫若、茅盾、周扬、丁玲、沙可夫、李伯钊、李广田等领导出席，徐光耀作为研究员代表发言。

1951年3月，新成立的人民文学出版社再度出版了《平原烈火》。《平原烈火》是人民文学出版社出版的第一本书，也是新中国成立后第一部反映抗战生活的长篇小说。小说一年内印刷四次，印数达6万册，获得了巨大的社会反响，也使徐光耀成为许多人羡慕的青年作家。

在中央文学研究所学习期间，徐光耀认识了第68军文工团演员申芸，收获了甜蜜的爱情。不久，申芸随第68军奔赴朝鲜战场，两人开始鸿雁传书，维系着彼此的牵挂和思念。

1952年初，朝鲜战争正在热战中，在文研所学习的徐光耀再也坐不住了，他想到战场上与老战友们并肩奋战，到前线收集创作素材，利用手中的笔，创作出鼓舞士气的文艺作品。为此，他找到文研所所长丁玲，试着请假，没想到得到了她的大力支持。4月16日，徐光耀乘火车离开北京，赶赴沈阳。在东北军区政治部的安排下，4月19日经丹东进入朝鲜，开始了为期八个多月的战地生活。

徐光耀（右二）、申芸（右一）与战友在朝鲜战场

1952 年 5 月，徐光耀、申芸在朝鲜战场

1952 年 6 月 23 日，徐光耀在朝鲜前线大黑山 662.0 高地

1953 年，徐光耀、申芸夫妇新婚合影

徐光耀、申芸夫妇晚年合影

来到朝鲜战场，徐光耀抱着为国牺牲的决心，他在入朝后第五天的日记中写道：“到朝鲜来就好好干吧！就是牺牲了也不冤了，也不枉此生了！这样，我可以少计较个人得失，不必畏死，我能够更勇敢些！”[①]这里所选的四封信就写于这段时间。当时徐光耀与申芸还是恋人关系，这些书信属于战地情书，记录了志愿军的战地生活，反映了青年人积极向上的精神面貌。因为他们有着共同的理想信念，信里除了儿女私情，更多的是相互鼓励，共同进步。

1952年底，徐光耀和申芸先后回国。1953年2月13日除夕之夜，二人喜结连理。

在朝鲜战场，徐光耀先后到第68军、第65军、第47军采访和深入生活，到营里、连里，与战士们吃住在一起，一直战斗在最前沿。八个多月的时间里，徐光耀亲历大小战斗几十次，往往一场战斗就要持续好几天。志愿军战士保家卫国、不怕牺牲的精神深深感动着徐光耀。回国后，他写成了歌颂志愿军英雄的战场散记《刘敬礼》《辛文立》等。1955年，他还创作了反映抗美援朝老兵、特等伤残军人、被誉为“中国保尔”廖贻训事迹的报告文学《一部尚未写完的书》，并与廖贻训一家长期保持着友谊[②]。

---

①《阳光·炮弹·未婚妻——徐光耀抗美援朝日记》，中国文联出版社2008年版，第11页。

②周永战、殷杰主编：《光辉岁月——图说徐光耀》，河北美术出版社2021年版，第30页。

年　　月　　日星期

亲爱的兰：

我很久没有想这封信能交到你手里呀！我们离开已经这样久了，在你连续寄去三封信和寄去好多东西之后，还没有给我一个回音，你该是很着急了吧！亲爱的，我是多么感激你，你一点也没有忘掉我的意思，当在人民军队出发之前，你还是那么谆谆地告诉我不要忘了我们的新生活而影响了工作。

你的人民军已经过了十天之期，我每天都为你的健康和胜利而偷偷地祝福！我想念着你，判断着你都在做些什么？会想到，你们也许半月以后才能回来，但我已经早想给你写信了，亲爱的，你对我的想念是多么强烈，我是可以感觉得到的。

以前捎来的东西我全部收到了。现在，我每日每时都能接触到你给我的东西，看见这些，仿佛就看见了你；使用着这些，就感觉到你那颗热烈的心了！

亲爱的，我们的相片照的真好呀！我真喜欢，你看，我们将来多么幸福，多么叫人羡慕！这几张照片又是多么的富有纪念意义，她偏偏在朝鲜这样个山明水秀的地方照成的。她将永远唤起我们最美好的回忆，时时都引我们到这美丽的境域中去！

亲爱的，我要问你：这次的演出你很顺利吧？你现在身体很好吧？这几日来，常有防空警报，倘连续下雨又已经好几天，气候简直有些初冬的味道了，你们既离开自己的窝，到国际友人那里去，衣服被子都带得足够吗？你不会挨

-47

48 年 月 日星期

東娘：鼻子不是发炎吗？我可以穿着衣服都有些吃紧啦！亲爱的，你说不会病倒的，你还是把你的健康情况告诉我吧！请你不要说谎话。

我现在师的前进指挥所，与首长们住在一起，天天等仗打，生活的很紧张，很快乐。他们照顾的很好。一切都请你放心。至于回军，我怕要还得几个月，你们使你勤遣些回来，还不会误了我们相见的。亲爱的，大概我们得在六十八军过春节上五个月。

近来，我接到丁玲同志给我一封信，对我的体验生活有很大启发，解决了我不少问题，简直使我感到温暖！亲爱的，她的信写得很好，我将来一定寄给你看看，每个人看了都会得到教育的。我还接到同学陈淼一封信，也给了我很大鼓励和帮助。他还说我问候你，他也很关心我们的。亲爱的，谢谢他吧！

我不久仍要到四七吉，亲爱的，请还不如果往印支那处来，有可靠的人就转给我，没有，你就替我保存着吧！亲爱的，你就是我的忠诚卫士。

祖国有信来吗？父母亲（连保定的母亲）有信来吗？我已好久不往家中（也包括保定）写信了，我实在忙。你如果有时间，还是代我写一封吧。没有时间，就告诉我一声。

亲爱的，亲爱的，我们更应忠于你啊。等待着吧！连紧来信吧！

紧紧的握着你的双手！ 你的嗣兴 8.24.

晚上九点半于坑道

第一封

1952年8月24日

亲爱的芸：

我是多么想这封信能立即为你见到啊！我们分开已是这样久了，在你连发出三封信和寄出好多东西之后，还没有见我一个回音，你该是很着急了吧！亲爱的，我是多么感激你，你一点也没有怪我的意思，在去人民军演出出发之前，你还是那么谆谆劝告我不要为了我们的私生活而影响了工作。

你去人民军已经过了十天之期，我每天都为你的健康和胜利而深深祝福！我想念着你，判断着你都在做些什么？谷枫说，你们也许半月以后才能回军，但我已经早想给你写信了，亲爱的，你对我的想念是多么强烈，我是可以感觉得到的。

以前捎来的东西我全部收到了。现在，我每日每时都能接触到你给我的东西，看见这些，仿佛就看见了你；使用着这些，就感觉到你那颗热烈的心了！

亲爱的，我们的相片照的真好啊！我真喜欢，你看，我们将来多么幸福，多么叫人羡慕！这几张照片又是多么的富有纪念意义，她偏偏是在朝鲜这样个山明水秀的地方照成的。她将长年长日唤起我们最美妙的回想，时时都引我们到温暖美丽的境域中去！

亲爱的，我要问你：这次的演出你很顺利罢？你现在身体很好吧？近几日来，常有台风警报，连绵阴雨又已是好几天，气候简直有些初冬的味道了，你们脱离开自己的窝窝，到国际友人那里去，衣服被子都带得足够吗？你不会挨冻吗？鼻子不要发炎吗？我可是穿着绒衣仍有些吃紧呢！亲爱的，你说不会病躺倒，但还是把你的健康情况告诉我吧！请你不要说谎话。

我现在师的前进指挥所，与首长们住在一起，天天等仗打，生活的很紧张，很协和。他们照顾的很好，一切都请你放心。至于回军，我怕要还得个多月，你们从后勤演出回来，还不会误了我们相见的。亲爱的，大概我总得在六十八军消磨上五个多月。

近来，我接到丁玲[①]同志很长一封信，对我的体验生活有很大启发，解决了我不少问题，简直使我感到温暖！亲爱的，她的信写得很好，我将来一定拿给你看看，每个人看了都会得到教育的。我还接到同学陈淼[②]一封信，也给了我很大鼓励和帮助。他还让我问候你，他是很关心我们的。亲爱的，谢谢他罢！

我们不久仍要到〇七去，亲爱的，暗盒子如果从邵克那儿要来，有可靠的人就捎给我，没有，你就替我保存着吧！亲爱的，你就是我的兵站基地。

祖国有信来吗？父母亲（连保定的母亲）有信来吗？我是好久不往家中（也包括保定）写信了，我实在忙。你如果有时间，还是代我写一封罢。没有时间，就告诉我一声。

亲爱的，亲爱的，我是多么想念你啊。等待着吧！赶紧来信吧！

紧紧的握着你的双手！

你的越风[③]　8.24

晚上九点半　坑道内

---

①丁玲（1904—1986）：著名作家，时任中央文学研究所所长。

②陈淼（1927—1981）：辽宁大连人。1949年毕业于华北联合大学文学系研究生部，与徐光耀是中央文学研究所的同学。徐光耀写此信时，陈淼为丁玲秘书。

③越风：徐光耀的笔名。

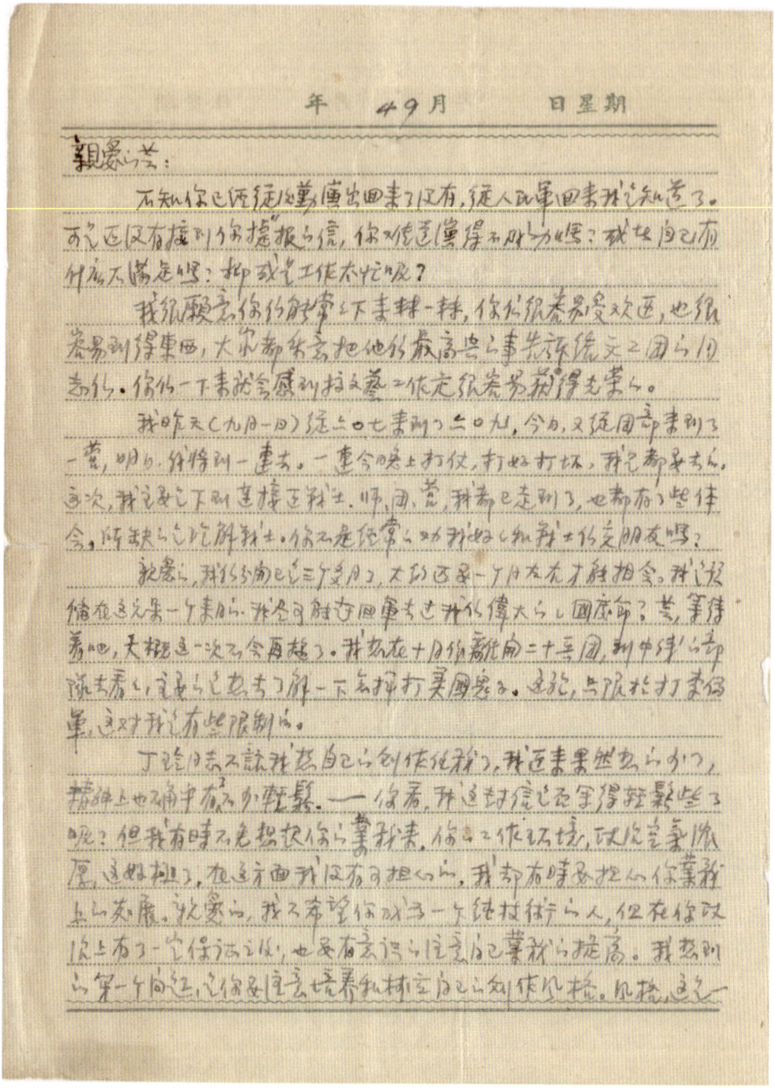

年　49月　日星期

亲爱的芝：

不知你已经从战勤演出回来了没有，从人民军回来我们知道了。可是还没有接到你的"捷报"的信，你对这次演得不够满意吗？或者自己有什么不满足吗？抑或是工作太忙呢？

我很愿意你们能常常下来锻炼一下，你们很容易受欢迎，也很容易学到东西，大家都希望把他们最高兴的事告诉从文工团的同志们。你们一下来就会感到搞文艺工作是很容易获得光荣的。

我昨天（九月一日）从六〇七来到了六〇九，今天，又从团部来到了一营，明天，我将到一连去。一连今晚上打仗，打好打坏，我们都要去的。这次，我们要一下到连接近战士。师、团、营，我都已走到了，也都有了些体会，所缺的是了解战士。你不是经常的对我好好的和战士们交朋友吗？

亲爱的，我们分离已三个多月了，大约还要一个月左右才能相会。我们很准备在这三个来月的战斗中，我全可能亲自回军去迎我们伟大的的国庆节了吧，等待着吧，大概这一次不会再拖了。我想在十月份离开二十三团，到中线的部队去看看，主要的是想去了解一下怎样打美国鬼子。过去，只限于打李伪军，这对我们有些限制的。

丁玲同志不让我想自己的创作任务了，我这来当然想的少了，精神上也确实有了一点轻松——你看，我这封信不是写得轻松些了吗？但我有时不免想起你的业务来，你的工作环境，政治空气浓厚，这好极了，在这方面我没有可担心的，我却有时要担心你业务上的发展。亲爱的，我不希望你成为一个纯技术的人，但在你政治上有了一定保证之后，也要有意识的注意自己业务的提高。我想到的第一个问题，是你要注意培养和树立自己的创作风格。风格，这是一

49

年　月　日星期

个人的创造作风和个性。有了好的突出鲜明的风格，便会使自己的艺术具有更感人的力量。一个成熟的艺术家都有自己的风格的。请你比较一下"乡村女教师"的女主角和"她们有祖国"的女主角（好象如此）两个人的特点吧，她们各有风格的，也就各有她们的特定的优美。前者丰富、魅力，后者刻苦、稳定。连歌唱也是如此的，有的人深厚、热烈，因而显得有力；有的人缠绵、悠扬，因而显得温柔、迷人。王昆、孟于、郭兰英，三个人唱一个歌子，还是各有特色的。（当然，有的适于唱这个，有的适于唱那个）不论她们意识着没有，还是各有风格的。一些没有风格的人演奏出来的东西，也便没有特色，他的东西也就就这样平平，看不出什么特别的好来。一艺，这个很重要的问题，信上不易说清，我希望能找个时间谈谈它了。性格和风格非常接近，我只希望你把你性格上的优点，发挥到创作中去，把性格上的缺点，刻意避免它。

我所想到的第二个问题，是你在朝鲜生活，要时刻留意朝鲜生活中的特点，譬如：朝鲜妇女与祖国妇女那有些不同，生活方式，生产方式，衣着，姿态，有那些特点，把这搞清了，将来你在艺术创造中，就会有丰富的资本，不会把人物演得一般化和概念化了。再，志愿军在朝鲜的生活，与祖国比较起来，又有什么特点呢？就连朝鲜的山与祖国的山有什么不同，你能说的上来吗？如果经常留意这些问题，你对生活的感受力就加强了，对某些事物的体会也便更深切了。这些对艺术创造都有直接作用的。就象的，还有个"人物"问题，就是如何把一个英雄能演出它两样个性来，不使自己的人物定型化。这我还没有想好，我想将来还有机会跟你讨论这些的。今天暂且算了，我盼你早点给回个信。

紧紧的握住你的双手！

你的铁　九月三日

下午两点半。郭

来信寄的以团的部转即可。

第二封
1952年9月2日

亲爱的芸：

不知你已经从后勤演出回来了没有，从人民军回来我是知道了，可是还没有接到你报捷的信，你难道演得不成功吗？或者自己有什么不满足吗？抑或是工作太忙呢？

我很愿意你们能常常下来转一转，你们很容易受欢迎，也很容易到得东西，大家都乐意把他们最高兴的事告诉给文工团的同志们。你们一下来就会感到搞文艺工作是很容易获得光荣的。

我昨天（九月一日）从六〇七来到了六〇九，今日，又从团部来到了一营，明日，我将到一连去。一连今晚上打仗，打好打坏，我是都要去的。这次，我主要是下到连接近战士。师、团、营，我都已走到了，也都有了些体会，所缺的是理解战士。你不是经常的劝我好好和战士们交朋友吗？

亲爱的，我们分开已经三个多月了，大约还要一个月左右才能相会。我是预备在这儿呆一个来月的。我尽可能赶回军去过我们伟大的国庆节？芸，等待着吧，大概这一次不会再拖了。我想在十月份离开二十兵团，到中线的部队去看看，主要的是想去了解一下怎样打美国鬼子。这里，只限于打李伪军，这对我是有些限制的。

丁玲同志不让我想自己的创作任务了。我近来果然想的少了，精神上也确实有了不少轻松——你看，我这封信是否写得轻松些了呢？但我有时不免想起你的业务来。你的工作环境，政治空气浓厚，这好极了。在这方面我没有可担心的，我却有时要担心你业务上的发展。亲爱的，我不希望你成为一个纯技术的人，但在你政治上有了一定保证之后，也要有意识的注意自己业务的提高。我想到的第一个问题，是你要注意培养和树立自己的创作风格。风格，这是一个人的创造作风和个性。有了好的突出鲜明的风格，便会使自己的艺术具有更感人的力量。一个成熟的艺术家都有自己的风格的。请你比较一下《乡村女教师》①的女主角和《她们有祖国》②的女主角（女保姆）两个人的特点吧，她们各有风格的，也就各有她们的特出的优美。前者平易、亲切，后者则沉着、稳定。连歌唱也是如此的，有的人激昂、热烈，因而显得有力，有的人缠绵、幽扬，因而显得温柔、近人。王昆、孟盂③、郭兰英，三个人唱一个歌子，还是各有特色的（当然，有的适于唱这个，有的适于唱那个）。不论她们意识着没有，还是各有风格的。一些没有风格的人演奏出东西来，也便没有特色，他的东西也就永远平平，看不出什么特别的好来。——芸，这是个很玄的问题，信上不易说清，我首先提起你的注意就是了。性格和风格非常亲近，我只希望你把你性格上的优点，发挥到创作中去，至于性格上的缺点，则注意避免它。

我所想到的第二个问题，是你在朝鲜生活，要时刻留意朝鲜生活中的特点，譬如，朝鲜妇女与祖国妇女有那些不同。生活方式、生产方式、衣着、姿态，有那些特点，把这闹清了，将来你在艺术创造中，就会有丰富的资本，不会把人物演得一般化和概念化了。再，志愿军在朝鲜的生活，与祖国比较起来，又有什么特点呢？就

①《乡村女教师》：苏联电影，1947年出品。

②《她们有祖国》：苏联电影，1950年出品。

③孟盂：孟于，1922年生，延安鲁迅艺术学院音乐系毕业，华北联合大学文工团演员。1945年后在《白毛女》《血泪仇》等歌剧中担任主要角色。后任中央歌舞团独唱演员、艺术处副处长、副团长、党委副书记。

连朝鲜的山与祖国的山有什么不同，你能说的上来吗？如果经常回答这些问题，你对生活的感受力就加强了，对某些事物的体会，也便更深切了。这些对艺术创造都有直接作用的。亲爱的，还有个“人物”问题，就是如何把一个老头能演出两种个性来，不使自己的人物定型化。这我还没有想好，我将来还有机会跟你讨论这些的，今天暂且算了。我盼你早点给回个信。

紧紧的握住你的双手！

你的越风　九月二日

下午两点半，朝

来信寄六〇九团团部转即可。

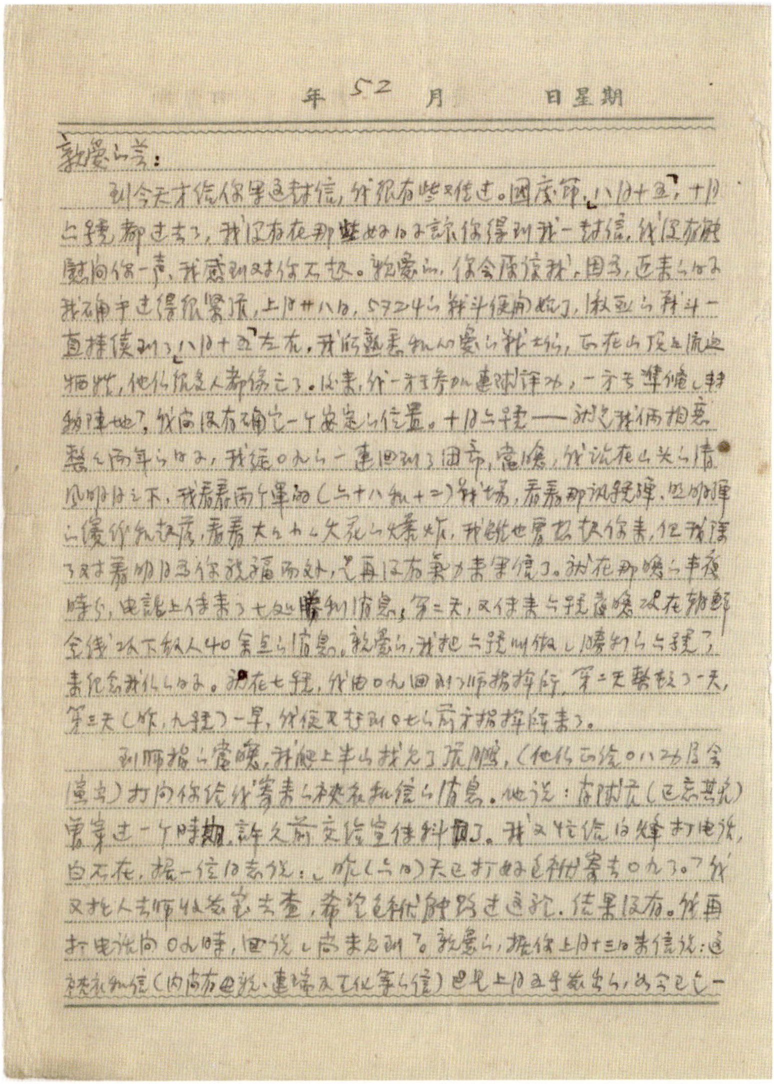

年 52 月 日星期

亲爱的芸：

到今天才给你写这封信，我很有些难过。国庆节、"八月十五"、十月六号都过去了，我没有在那些好日子让你得到我一封信，我没有能够向你问一声，我感到对你不起。亲爱的，你会原谅我的，因为，近来的日子我确实过得很紧张，上月廿八日，五七二四的战斗便开始了，激烈的战斗一直持续到了"八月十五"左右，我们熟悉和心爱的战士们，正在山顶上流血牺牲，他们很多人都负伤了。所以，我一方面参加连队工作，一方面准备上前线阵地了，我尚没有确定一个安定的位置。十月六号——亲爱的我俩相恋整整两年的日子，我从○九的一连回到了团部，当晚，我站在山头的清风明月之下，我看看两个军的（六十八军十二）战场，看看那激烈的战斗，也联想到你，看看大大小小火花的爆炸，我就也想去找你来，但我除了对着明月为你祝福而外，已再没有气力来写信了。就在那晚的半夜时分，电话上传来了七处胜利消息，第二天，又传来六号夜晚又在[illegible]全线以下歼敌40余名的消息。亲爱的，我把六号那夜的胜利作为六号了来纪念我们的日子。就在七号，我由○九回到了师指挥所，第二天整整休了一天，第三天（昨，九号）一早，我便又赶到○七的前方指挥所来了。

到师指的当晚，我爬上半山找见了[illegible]，（他们正给○八四团会演完）打问你给我寄来的棉衣和信的消息。他说：有陈[illegible]（[illegible]）曾拿过一个[illegible]，许久前交给宣传科了。我又往给白[illegible]打电话，白不在，据一位同志说："昨（六日）天已打好包裹寄去○九了。"我又托人去师供给处去查，希望包裹能够路过这里，结果没有。我再打电话问○九时，回说尚未见到。亲爱的，据你上月十三日来信说：这棉衣和信（内有我的照片、连[illegible]及工作等的信）已是上月五号寄出的，而今已过一

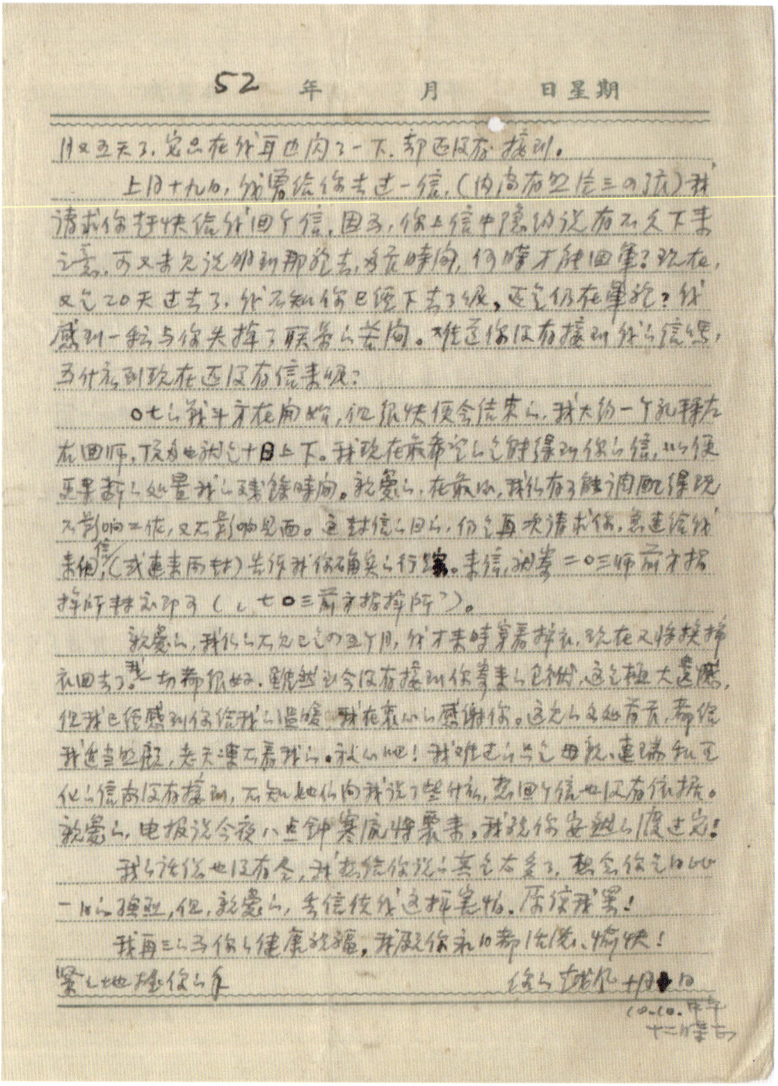

52 年 月 日星期

廿五天了，它只在我耳边闪了一下，却还没有接到。

上月十九日，我曾给你寄过一信，（内有照片三四张）我请求你赶快给我回个信，因为，你上信中隐约说有不久下来之意，可又未见说哪时到那里去，何时动身，何时才能回来？现在，又已20天过去了，我不知你已经下去了没，还是仍在单位？我感到一种与你失掉了联系的苦闷。难道你没有接到我的信吗，为什么到现在还没有信来呢？

〇七的战斗才在开始，但很快便会结束的，我大约一个礼拜左右回师，预定也就是十日上下。我现在最希望的是能得到你的信，以便更早些的处置我们的结婚时间。亲爱的，在最近，我们有了能调配得既不影响工作，又不影响见面。这封信的回的，你一再次请求你，尽速给我来信（或连来两封）告诉我你确实的行踪。来信，烦寄二〇三师前方指挥所转秘书印可（七〇三前方指挥所）。

亲爱的，我们的不见已已四五个月，你才来时穿着棉衣，现在又将换掉衣回去了。我一切都很好。虽然至今没有接到你寄来的包裹，这是极大遗憾，但我已经感到你给我的温暖，我在衷心的感谢你。这几天的天气渐暖，希望我进步更快，老天爷不要难为我们。祝福吧！我难过的是母亲、连瑞和国化的信都没有接到，不知她们向我说了些什么，我回个信也没有依据。亲爱的，电报说今夜八点钟寒流将要来，我祝你安然的度过它！

我的话似也没有完，我想给你说的真是太多了，想念你之心也一样的强烈，但，亲爱的，要信使我这样害怕。原谅我罢！

我再三的予你以健康的祝福，并祝你永远都很快、愉快！

紧紧地握你的手　　你的 [illegible] 十日

10-10. 午后十二时半

第三封

1952年10月10日

亲爱的芸：

到今天才给你写这封信，我很有些难过。国庆节、“八月十五”、十月六号都过去了，我没有在那些好日子让你得到我一封信，我没有能慰问你一声，我感到对你不起。亲爱的，你会原谅我，因为，近来的日子我确乎过得很紧张。上月廿八日，572.4的战斗便开始了，激烈的战斗一直持续到了“八月十五”左右，我所熟悉和心爱的战士们，正在山顶上流血牺牲，他们很多人都伤亡了。后来，我一方面参加连队评功，一方面准备“转移阵地”，我尚没有确定一个安定的位置。十月六号——就是我俩相恋整整两年的日子，我从〇九的一连回到了团部。当晚，我站在山头的清风明月之下，我看着两个军的（六十八和十二）战场，看看那讯号弹、照明弹的缤纷和起落，看着大大小小火花的爆炸，我虽也曾想起你来，但我除了对着明月为你祝福而外，是再没有气力来写信了。就在那晚的半夜时分，电话上传来了七处胜利消息；第二天，又传来六号夜晚在朝鲜全线攻下敌人40余点的消息。亲爱的，我把六号叫做“胜利的六号”，来纪念我们的日子。就在七号，我由〇九回到了师指挥所，第二天整顿了一天，第三天（昨，九号）一早，我便又赶到〇七的前方指挥所来了。

到师指的当晚，我爬上半山找见了张鹏（他们正给〇八功臣会演出），打问你给我寄来的夹衣和信的消息。他说：肖队长（已忘其名）曾穿过一个时期，许久前交给宣传科了。我又忙给白烽打电话，白不在，据一位同志说："昨（六日）天已打好包袱寄去〇九了。"我又托人去师收发室去查，希望包袱能路过这里，结果没有。我再打电话向〇九时，回说"尚未见到"。亲爱的，据你上月十三日来信说：这夹衣和信（内尚有母亲、连瑞及王化等的信）还是上月五号发出的，如今已是一月又五天了，它只在我耳边闪了一下，却还没有接到。

上月十九日，我曾给你去过一信（内尚有照片三四张），我请求你赶快给我回个信，因为，你上信中隐约说有不久下来之意。可又未见说明到那里去，多长时间，何时才能回军？现在，又是20天过去了，我不知你已经下去了呢，还是仍在军里？我感到一种与你失掉了联系的苦闷。难道你没有接到我的信吗？为什么到现在还没有信来呢？

〇七的战斗方在开始，但很快便会结束的，我大约一个礼拜左右回师，顶多也就是十日上下。我现在最希望的是能得到你的信，以便更果断的处置我的残余时间。亲爱的，在最后，我们有可能调配得既不影响工作，又不影响见面。这封信的目的，仍是再次请求你，急速给我来个信（或连来两封），告诉我你确实的行踪。来信，就寄二〇三师前方指挥所转交即可（"七〇三前方指挥所"）。

亲爱的，我们的不见已是四五个月，我才来时穿着棉衣，现在又将换棉衣回去了。我一切都很好，虽然至今没有接到你寄来的包袱，这是极大遗憾，但我已经感到你给我的温暖，我在衷心的感谢你。这儿的各处首长，都给我适当照顾，老天冻不着我的。放心吧！我难过的只是母亲、连瑞和王化的信尚没有接到，不知她们向我说了些什么，想回个信也没有依据。亲爱的，电报说今夜八点钟寒流将袭来，我祝你安然的渡过它！

我的话总也没有尽，我想给你说的真是太多了。想念你是日比一日的强烈，但，亲爱的，丢信使我这样害怕。原谅我罢！

我再三的为你的健康祝福，我愿你永日都活泼、愉快！

紧紧地握你的手！

你的越风　十月十日

10.10.中午

十二时正

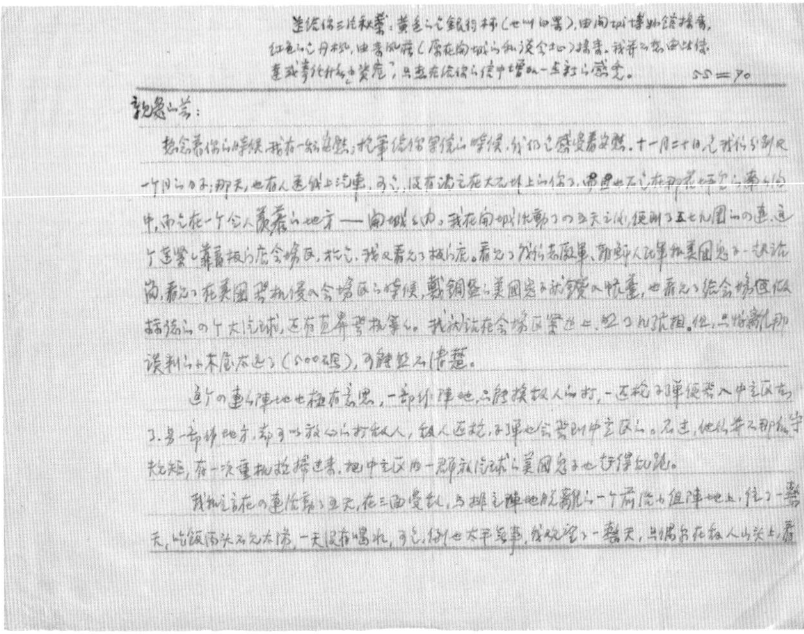

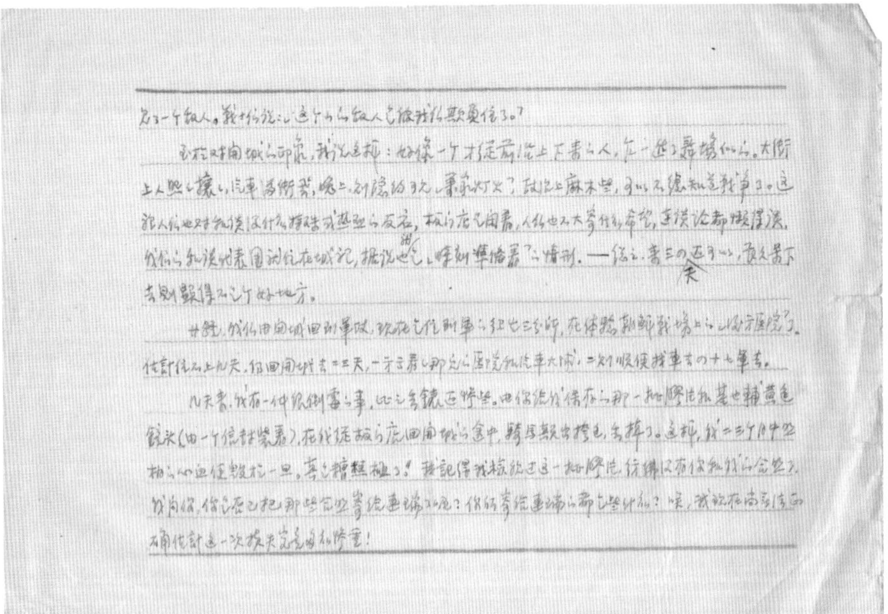

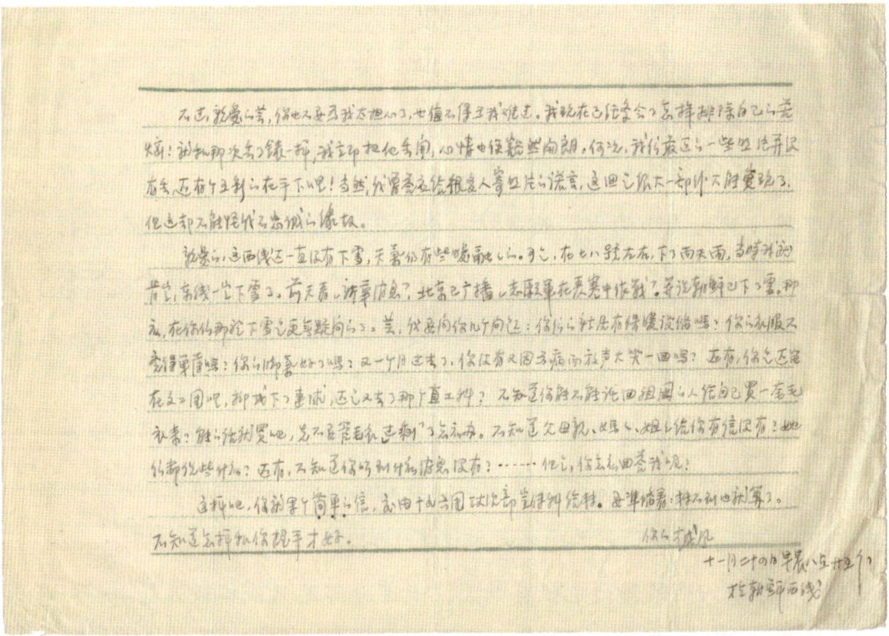

不过，亲爱的芸，你也不要为我太担心了，也值不得为我难过。我现在已经学会了怎样排除自己的苦恼！就和那次丢了钱一样，我立即把它丢开，心情也很豁然开朗。何况，我们最近的一些消息有去，还有个主动的在手下吧！当然，我曾受了很多人的些片的谎言，这回已有大一部分不能实现了。但这却不能使我不去诚心的缘故。

亲爱的，这西线还一直没有下雪，天气仍有些暖融融的。可是，在七八号左右，下了两天雨，当时我说肯定，东线一定下雪了。前天看了新华消息了，北京已广播了志愿军在严寒中作战了。并说朝鲜已下了雪。那么，在你们那里下雪已更早些向的了。芸，我要向你几个问题：你们的住房有保暖设备吗？你的衣服又穿得单薄吗？你的脚气好了吗？又一个月过去了，你没有又因为病而放声大哭一回吗？还有，你已还是在文工团吧，那城下了重城，还已又去了那个直工科？不知道你能不能说回祖国的人给自己买一套毛衣毛裤？能的话就买吧，免不是穿着毛衣过冬了怎么办。不知道父亲、妈妈、姐姐给你有信没有？她们都说些什么？还有，不知道你听到什么消息没有？……但是，你怎么回答我呢！

这样吧，你就写个简单的信，就由十九兵团政治部宣传科转转。要准备着：转不到也就算了。不知道怎样和你提笔才好。

你的[illegible]

十一月二十四日早晨八点十五分

于朝鲜西线

第四封

1952年11月24日

亲爱的芸：

想念着你的时候，我有一种安慰；提笔给你写信的时候，我仍是感受着安慰。十一月二十日，是我们分别又一个月的日子；那天，也有人送我上汽车，可是，没有站立在大石块上的你了，也不是在那花坪里的南山沟中，而是在一个令人羡慕的地方——开城城内。我在开城活动了四五天之后，便到了五七九团的四连，这个连紧紧靠着板门店会场区，于是，我又看见了板门店。看见了我们志愿军、朝鲜人民军和美国鬼子一起站岗，看见了在美国飞机侵入会场区的时候，戴钢盔的美国鬼子就钻入帐篷，也看见了给会场区做标志的四个大气球，还有直升飞机等等。我就站在会场区紧边上照了几张相，但只怕离那谈判的小木屋太远了（500码），可能照不清楚。

这个四连的阵地也极有意思，一部分阵地只能挨敌人的打，一还枪子弹便飞入中立区去了。另一部分地方，却可以放心的打敌人，敌人还枪，子弹也会飞到中立区的。不过，他们并不那么守规矩，有一次重机枪扫过来，把中立区内一群放汽球的美国鬼子也赶得乱跑。

我和立高在四连活动了五天，在三面受敌、与排主阵地脱离的一个前沿小组阵地上，住了一整天，吃饭两头不见太阳，一天没有喝水，可是，倒也太平无事，我观望了一整天，只偶尔在敌人山头上，看见了一个敌人。战士们说："这个山的敌人是被我们欺负住了。"

至于对开城的印象，我说这样：好像一个才从前沿上下来的人，乍一进了舞场似的。大街上人熙熙攘攘，汽车满街飞，晚上则隐约可见“万家灯火”。政治上麻木些，可以不总知道战争了。这里人们也对和谈没什么特殊或热烈的反应，板门店是闲着，人们也不大寄什么希望，连谈论都懒得谈。我们的和谈代表团就住在城里，据说也就是“时刻准备着”的情形。——总之来三四天还可以，长久呆下去则显得不是个好地方。

廿号，我们由开城回到军政，现在是住到军的卫生三分所，在体验朝鲜战场上的“后方医院”了。估计住不上几天，仍回开城去二三天，一方面看看那儿的医院和汽车大队，二则顺便找车去四十七军去。

几天来我有一件很倒霉的事，比之丢表还惨些。由你给我保存的那一批胶片和基也辅黄色镜头（由一个信封装着），在我从板门店回开城的途中，骑马颠出挎包，丢掉了。这样，我二三个月中照相的心血便毁于一旦。真是糟糕极了！我记得我检视过这一批胶片，仿佛没有你和我的合照了。我问你，你是否已把那些合照寄给连瑞了呢？你所寄给连瑞的都是些什么？唉，我现在尚无法正确估计这一次损失究竟多么惨重！

不过，亲爱的芸，你也不要为我太担心了，也值不得为我难过。我现在已经学会了怎样排除自己的苦恼！就和那次丢了表一样，我立即把他丢开，心情也便豁然开朗。何况，我们最近的一些照片并没有丢，还存个五彩的在手下哩！当然，我曾答应给很多人寄照片的诺言，这回是很大一部分不能实现了，但这却不能怪我不忠诚的缘故。

亲爱的，这西线还一直没有下雪，天气仍有些暖融融的。可是，在七八号左右，下了两天雨。当时我就肯定，东线一定下雪了，前天看“新华消息”，北京已广播“志愿军在严寒中作战”，并说朝鲜已下了雪。那么，在你们那里下雪是更无疑问的了。芸，我要问你几个问题：你们的新居有保暖设备吗？你的衣服不觉得单薄吗？你的脚气好了吗？又一个月过去了，你没有又因为病而放声大哭一回吗？还有，你是还留在文工团哩，抑或下了连队，还是又去了那个直工科，不知道你能不能托回祖国的人给自己买一套毛衣来？能的话就买吧，先不要管毛衣“过剩”了怎么办。不知道父母亲、妈妈、姐姐给你有信没有？她们都说些什么？还有，不知道你听到什么消息没有？……但是，你怎么回答我呢？

这样吧，你就写个简单的信，交由十九兵团政治部宣传科给转。要准备着：转不到也就算了。不知道怎样和你握手才好。

你的越风

十一月二十四日早晨八点廿五分

于朝鲜西线

送给你三片秋叶：黄色的是银行［杏］树（也叫白果），由开城博物馆采来，红色的是丹枫，由来凤庄（原在开城的和谈会址）采来。我并不想由此传达或寄托什么“小资产”，只想在给你的信中增加一点新的感觉。（写于第一页信纸上边）

1952 年 3 月李蕤在朝鲜前线

已经可以看到战士在前线安家的思想

1952 年 3—9 月

李蕤致妻子宋映雪等家人（三封）

家书背景

李蕤（1911—1998），原名赵悔深，笔名赵初、华云。河南省荥阳市人。1929年考入公费师范，1936年考入河南大学文史系，1939年肄业于河南大学中文系。30年代初涉足文艺，1935年开始在《中流》《大公报》《国文周报》等报刊上发表作品，反映农村破产和小人物的悲惨命运，作品有《柿园》《眼》《楼上》等。抗战爆发后，先后在《大刚报》《前锋报》《中国时报》任编辑、战地记者、副刊主编。1938年曾赴徐州进行战地采访，报道台儿庄大捷。

1940年，李蕤因参加胡愈之、范长江组织的国际新闻社，担任洛阳站站长，被国民党逮捕。1942年，河南发生空前大旱灾，饿死三百万人。国民党不准报道灾情，李蕤冒险深入灾区，写了十几篇报告，反映了大灾的惨景，集为《豫灾剪影》（重版时更名为《无尽头的死亡线》）。同年，由于支持学生"反饥饿反内战"运动，再次被捕入狱。

1948年，李蕤携全家进入豫西解放区，途中写作《水终必到海》，号召中原地区文艺青年和旧社会决裂，投奔革命。1949年7月，李蕤作为华中代表团代表参加了全国第一次文代会，不久就任河南省文联筹委会副主任，主编《河南文艺》和《翻身文艺》。曾两次参加土改，写有短篇小说《九九归一》等。

1952年2月，中国文联派出以巴金为组长的17人"赴朝创作组"，李蕤是成员之一。参加这支"国家队"的作家和艺术家均为一时之选，大部分来自部队：巴金、古元、葛洛、白朗、王希坚、黄谷柳、罗工柳、辛莽、菡子、逯斐、寒风、西虹、高虹、郑西野、王莘、伊明、李蕤。其中巴金年纪最大，48岁，第二是黄谷柳，44岁，李

1951年春，李蕤夫妇和母亲、妹妹赵连（后排左二）与四个孩子（致真、致善、致美、致新）在开封市南京巷茅胡同家门口合影

蕤第三，41岁；还有三位女同志，白朗、菡子和逯斐。

3月16日，“赴朝创作组”跨过鸭绿江，进入朝鲜，3月22日在桧仓受到彭德怀司令员接见，4月4日到平壤，又在郊外的地下指挥所受到金日成首相接见。此后，李蕤随巴金带领的“西线小组”下到第19兵团。李蕤先后在第63军生活了五个月零五天，又到第47军生活一个月。

李蕤本是记者出身，擅长“真人真事，快写快发”[①]。八个月间寄回通讯报告十多篇，第一时间在《人民日报》《光明日报》《解放军文艺》《人民文学》等报刊上刊登。

1952年10月下旬，李蕤结束了赴朝八个月的生活回到祖国。他

①李蕤著，宋致新编：《走近最可爱的人——李蕤赴朝家书日记》，北京人民出版社2023年版，宋致新“前言”第13页。

1952 年 3 月 11 日，“赴朝创作组”成员在沈阳东北军区第一招待所门前合影。左起（不分前后）：菡子、李蕤、西虹、王莘、罗工柳、伊明、巴金、葛洛、逯斐、黄谷柳、古元

原本打算辞去一切行政职务，沉下心来创作一部反映抗美援朝战争的长篇著作，并得到了上级批准。然而，由于新中国成立初期文艺干部奇缺，1953年初，他奉调武汉，任中南作家协会副主席，兼《长江文艺》副主编。这一年，中南人民文学艺术出版社出版了李蕤的通讯报告集《在朝鲜前线》。1956年10月，李蕤受中国作协委派，和作家西虹一起参加了朝鲜第二次作家代表大会，并作发言，接受了“朝鲜作家协会荣誉会员”称号。

在极其紧张繁忙的战地生活中，李蕤总是忙里偷闲、见缝插针给家里写信。他有太多思念需要倾诉，还有太多见闻和感想需要和亲人分享。他写信的对象主要是妻子宋映雪，每次写信，就像和妻子面对面交谈，尽情地叙事和抒情，有几封信都超过三千字，最长的一封竟达到四千多字，以至于曾和他一起深入生活的作家魏巍开

李蕤的通讯报告集《在朝鲜前线》，中南人民文学艺术出版社 1953 年版，封面图片系古元木刻

1952年5月29日，李蕤在开城前线养土洞与63军188师领导合影。前排左起：副政委陈英、师长张英辉、副师长徐成功；后排左起：李蕤、政委李真、政治部主任弃里三

1952年6月24日，赴朝作家与63军政治部首长在开城前线合影。前排左三起：魏巍、路扬、巴金、李蕤

玩笑说他每封家信都是一部“中篇”[①]。

宋映雪，本名宋秀玉，1913年生，河南省邓州市人。幼年随父亲来到省城，就读于省立开封女子师范附属小学，接受新式教育。1932年考入河南省立第一女子师范学校（1933年改为省立开封女子师范学校），在校期间学习成绩优异，担任学生会主席。1933年5月，宋映雪联合开封十几所大中专学校的代表组建了“青年抗日救国委员会”。毕业后，宋映雪到省立开封女子师范学校附属小学工作。《河南民国日报》开办《妇女周刊》，宋映雪担任主编，撰写了《发刊词》，主张妇女解放，参加全民族、全人类的解放斗争。

1938年8月29日，李蕤与宋映雪在南阳简单举办了婚礼。他们在结婚纪念册上写下誓词：“在祖国遭受着空前的苦难，全民族和敌人作殊死决斗的现在，我们把相爱五年的两心，结上了坚牢的结子。现在，迎在我们面前的，不是满地鲜花，而是残破河山;交织在我们心中的，不是鸟语虫声，而是拍天怒浪。光明与丑恶，屈辱与自由，我们正置身在分水的激流中。”[②]新中国成立后，宋映雪在河南省妇联工作，主编《河南妇女》月刊，还在省广播电台主持《妇女儿童》节目。1953年，宋映雪随李蕤调到武汉，先后在中南出版社和《长江文艺》小说组任编辑。1957年，李蕤被错划为右派，1980年平反。1978年李蕤任武汉市文联副主席，1982年参加中国共产党，同年任武汉市作家协会主席。

据李蕤与宋映雪的女儿宋致新介绍：“父亲母亲去世后，他们生前在武汉鄂城墩的住处一直保持着原来的面貌。直到2015年拆迁，

---

①贾玉民：《走近最可爱的人——读李蕤赴朝家书日记》，《光明日报》2023年8月5日，第12版。

②见1938年8月29日赵悔深（李蕤）、宋映雪结婚誓词手迹原图。

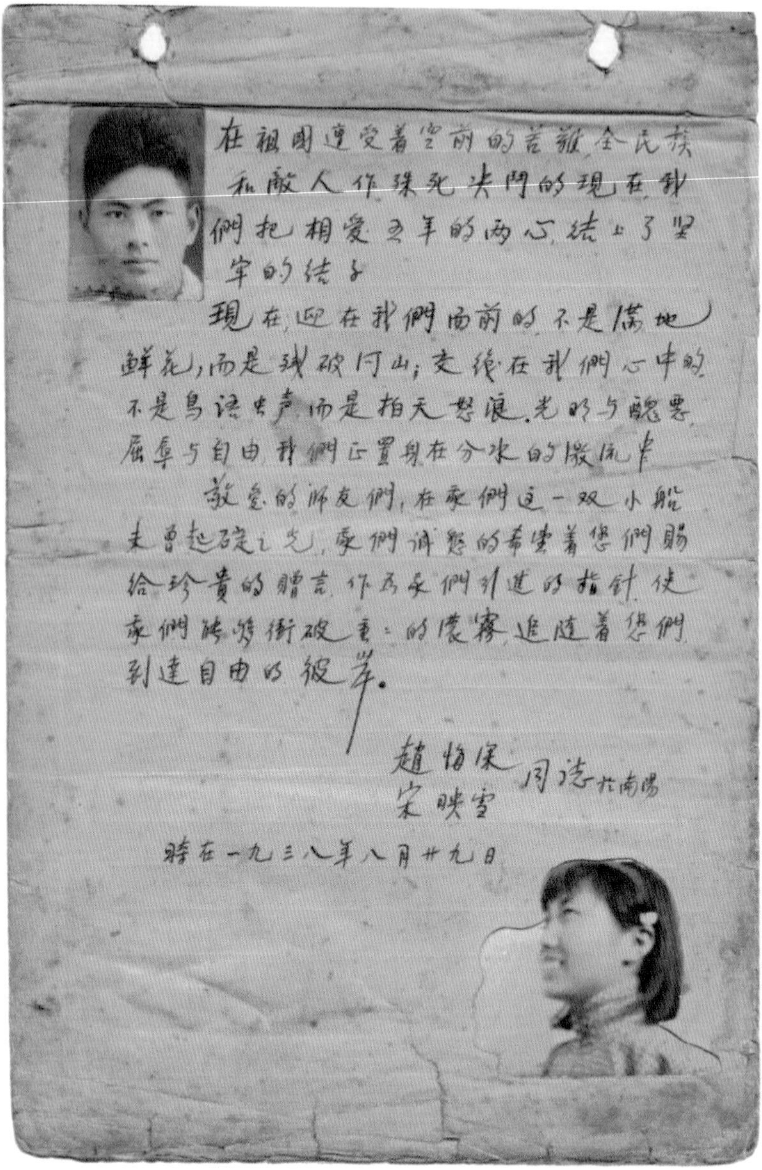
在祖国遭受着空前的苦难全民族
和敌人作殊死决斗的现在我
們把相爱三年的两心结上了坚
牢的结子
现在迎在我們面前的不是满地
鲜花，而是残破河山；交织在我們心中的
不是鸟语虫声而是滔天怒浪，光明与黑暗
屈辱与自由。我們正置身在分水的激流中
敬爱的师友們，在我們这一双小船
未曾起碇之先，我們诚恳的希望着您們赐
给珍贵的赠言，作为我們前进的指针，使
我們能够冲破重重的障碍追随着您們
到达自由的彼岸。
趙悔深
宋映雪 同誌 于南阳
时在一九三八年八月廿九日

1938 年 8 月 29 日，李蕤、宋映雪在河南南阳结婚时的誓词手迹我们兄妹才匆忙将他们的遗物进行粗略的整理和转移。在大量散乱芜杂的文稿和笔记本中，无意间发现了父亲1952年参加中国文联‘赴朝创作组’时，从朝鲜前线写给母亲的二十九封家书，还有一本保存完好的战地日记。”[①]

宋致新花了几个月时间，终于把父亲的家信和日记一字不漏地输入电脑，并整理为《走近最可爱的人——李蕤赴朝家书日记》书稿，在2023年中国人民志愿军抗美援朝出国作战73周年之际，由北京人民出版社出版。此书出版后，深受读者好评，先后荣获第十九届文津图书奖、2023年度“中国好书”等。

①李蕤著，宋致新编:《走近最可爱的人——李蕤赴朝家书日记》，北京人民出版社2023年版，宋致新“前言”第5页。

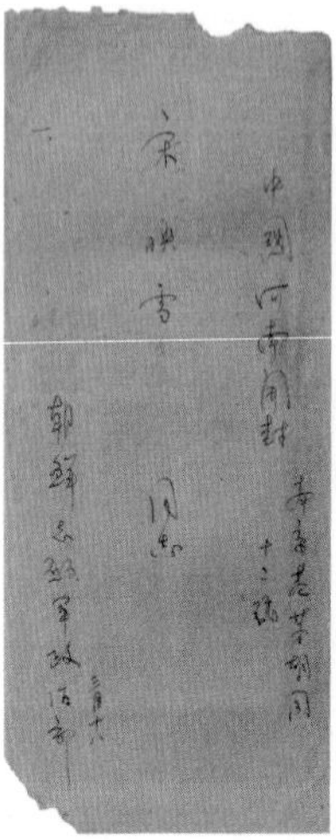

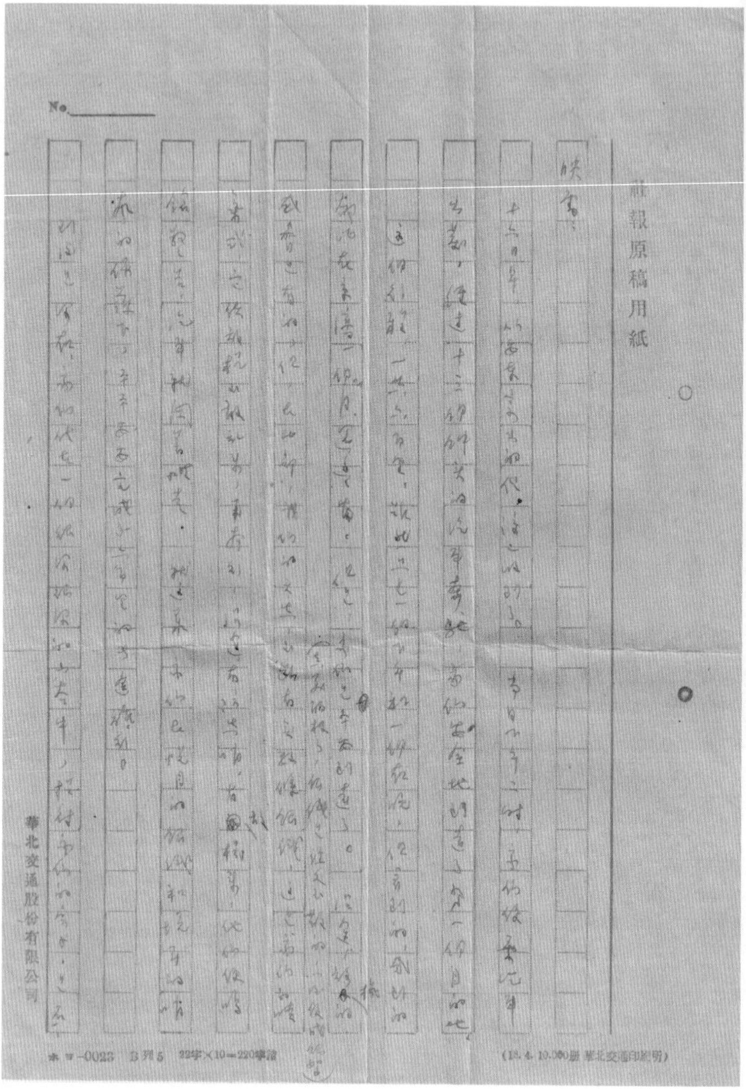
No.
社報原稿用紙
華北交通股份有限公司

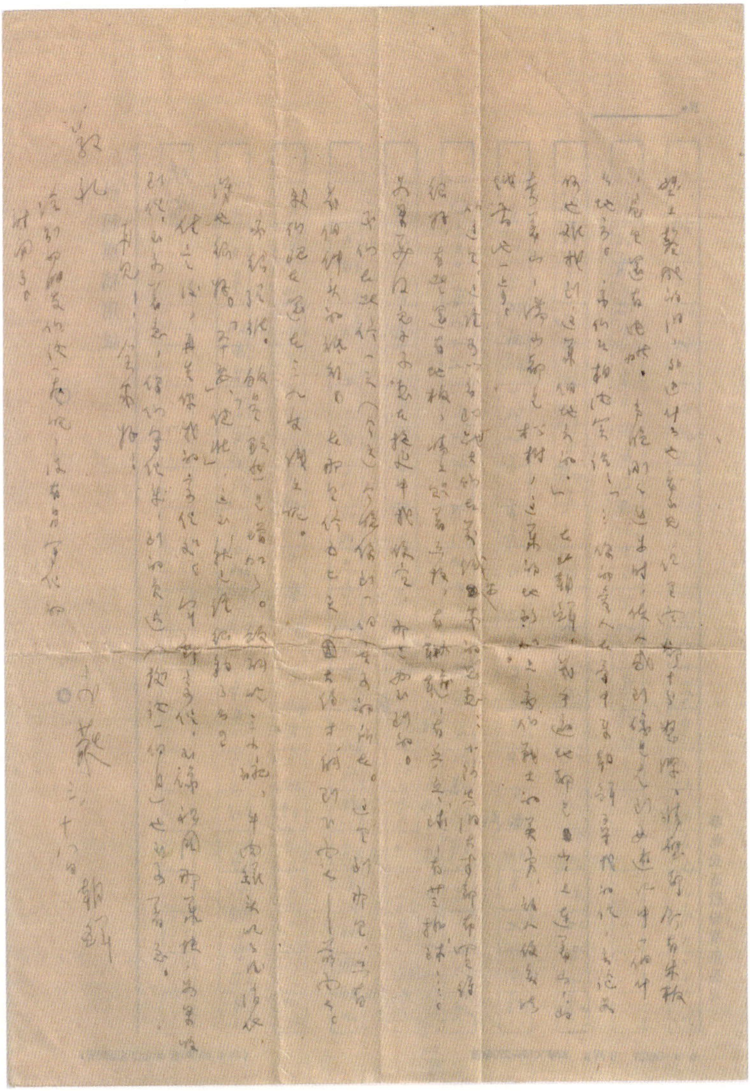

第一封

1952年3月18日

映雪：

十六日早，从安东寄出的信，谅已收到了。当日下午二时，我们便乘汽车出发，经过十三个钟头的汽车奔驰，我们安全地到达了第一个目的地。

这个行程，一共六百里，虽然只是一个下午和一个夜晚，但看到的，感到的，却比在京、沈一个月还丰富。但是，我们是平安到达了。沿途，敌机的威胁是有的，但，在北部，我们的天空，不断有无数条银线（真美丽极了，银线是经久不散的，以后便成银絮），这是我们的喷气式，它使敌机不敢乱来，再南行，沿途有防空哨，有敌机来，他们便鸣枪警告，汽车就关着灯走。就这样，我们在悦目的银线和悦耳的哨声的保护下，平平安安完成了六百里的长途旅行。

到后已是深夜，我们住在一个很深很深的山谷中。招待我们的房子，是石壁上凿成的洞，外边什么也看不见，但里面却十分整洁，墙壁都钉有木板，屋里还有电灯。当晚刚刚进来时，使人感到像是走到《西游记》中一个什么地方，我们互相说笑话："……你的爱人在梦中来朝鲜寻找的话，无论如何也难找到这样个地方的。"在北朝鲜，几乎遍地都是山，山连着山，山套着山，满山都是松树，这样的地形，加上我们战士的英勇，敌人便无法越雷池一步。

从这里，已经可以看到战士在前线安家的思想：小防空洞大半都布置得很好，有些还有地板，墙上贴着画报，有秋千，有乒乓球，有篮排球……如果美国鬼子子要想在拖延中找便宜，那是办不到的。

在此停一天（今天），今晚便到一个重要的所在。这里到那里，只有几个钟头的旅行。在那里停五七天，大约才能到下面去——前面去。我们现在还在三十九度线上呢。

我很强壮，饭量显然是增加了。饭能吃三小碗。牛肉罐头吃了后消化得也很好。“平安”“健壮”，这不就已经很够了么？

住定后，再告你我的寄信处。军邮寄信，不像祖国那样快，如果收不到信，不要着急，你们写信来，到得更迟（据说一个月），也不要着急。

再见！全家好！

敬礼！

李蕤

三月十八日，朝鲜

给别的朋友们说一声吧，没有另写信的时间了。

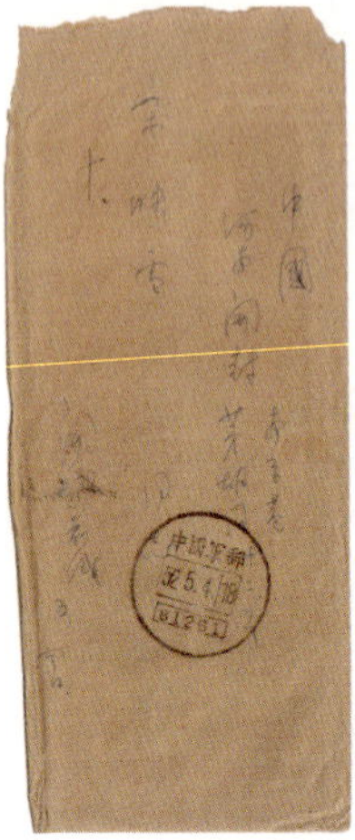

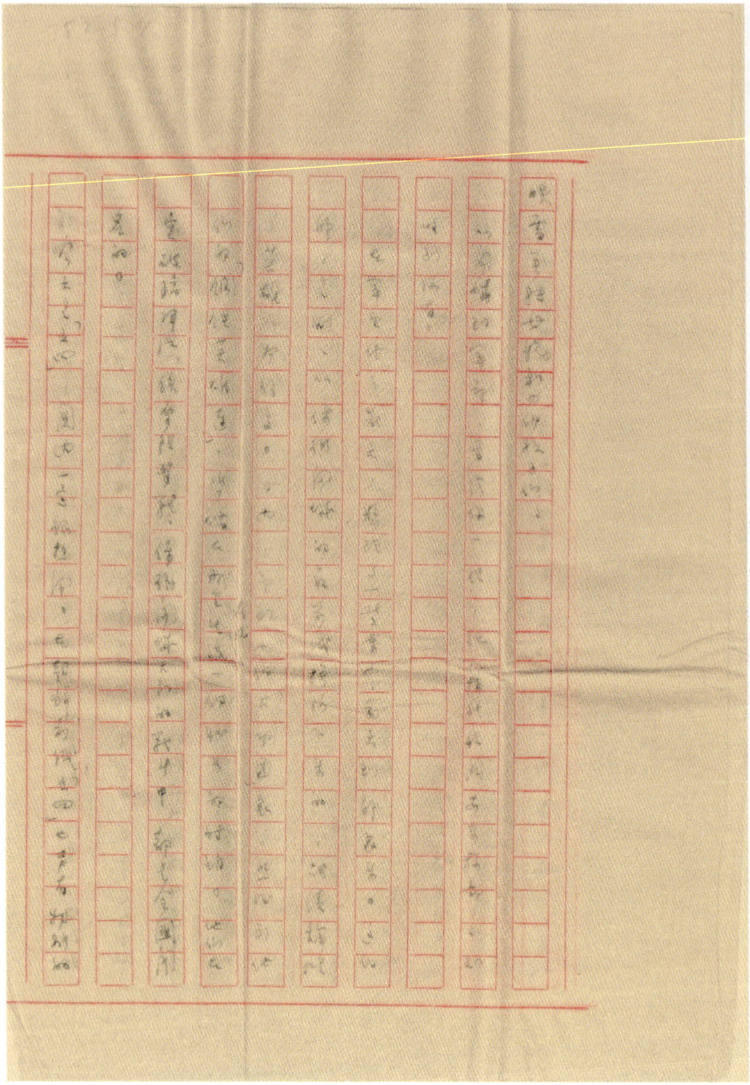

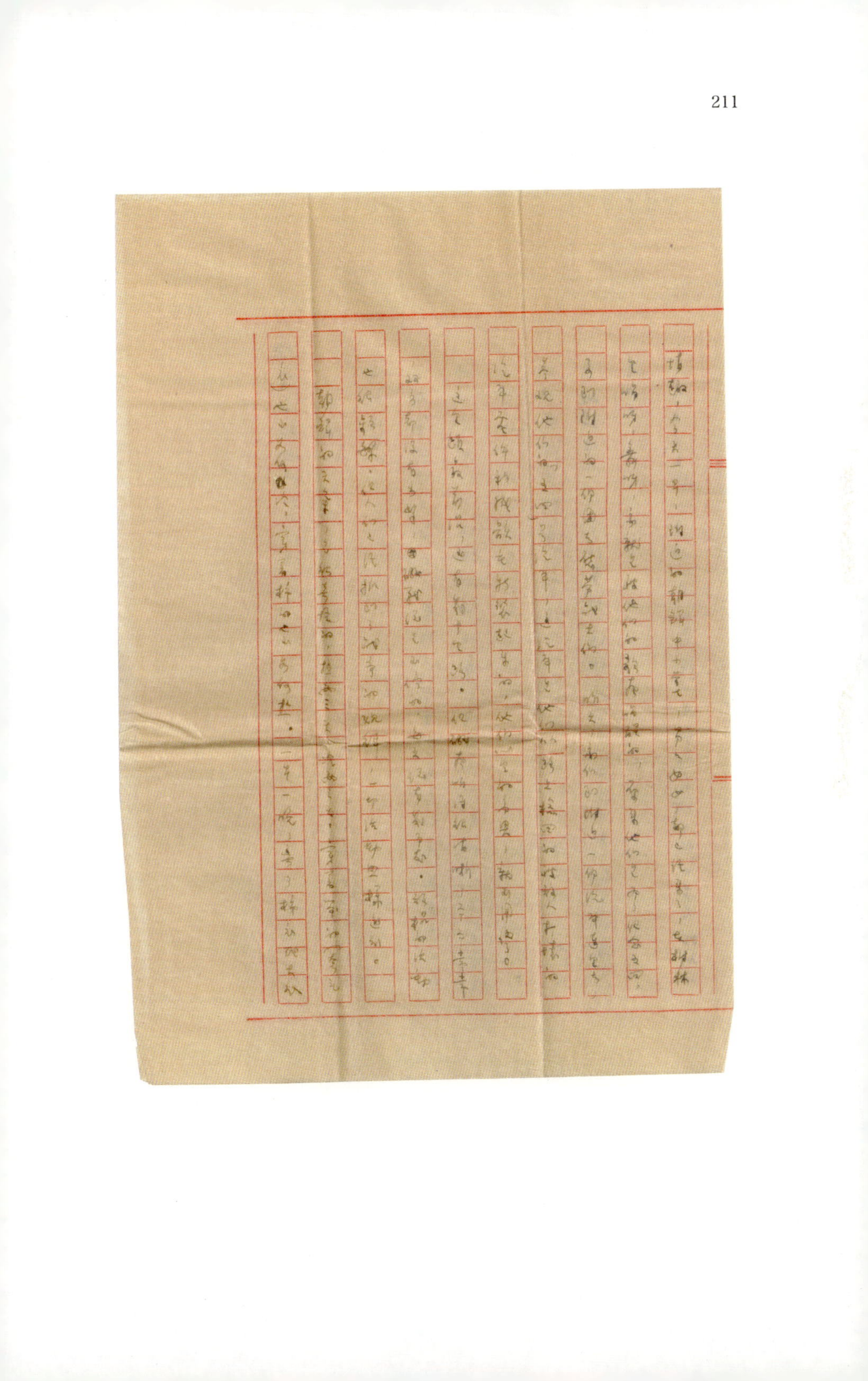

[illegible]

[illegible]

[illegible]

[illegible]

[illegible]

[illegible]

[illegible]

[illegible]

[illegible]

[illegible]

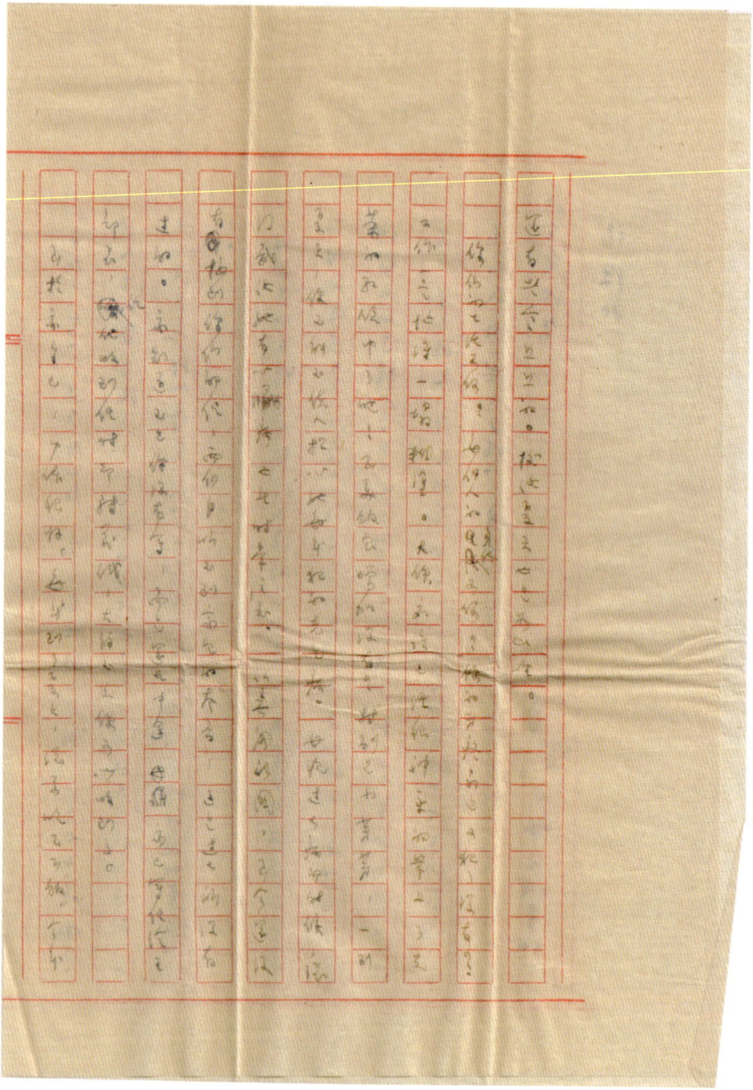

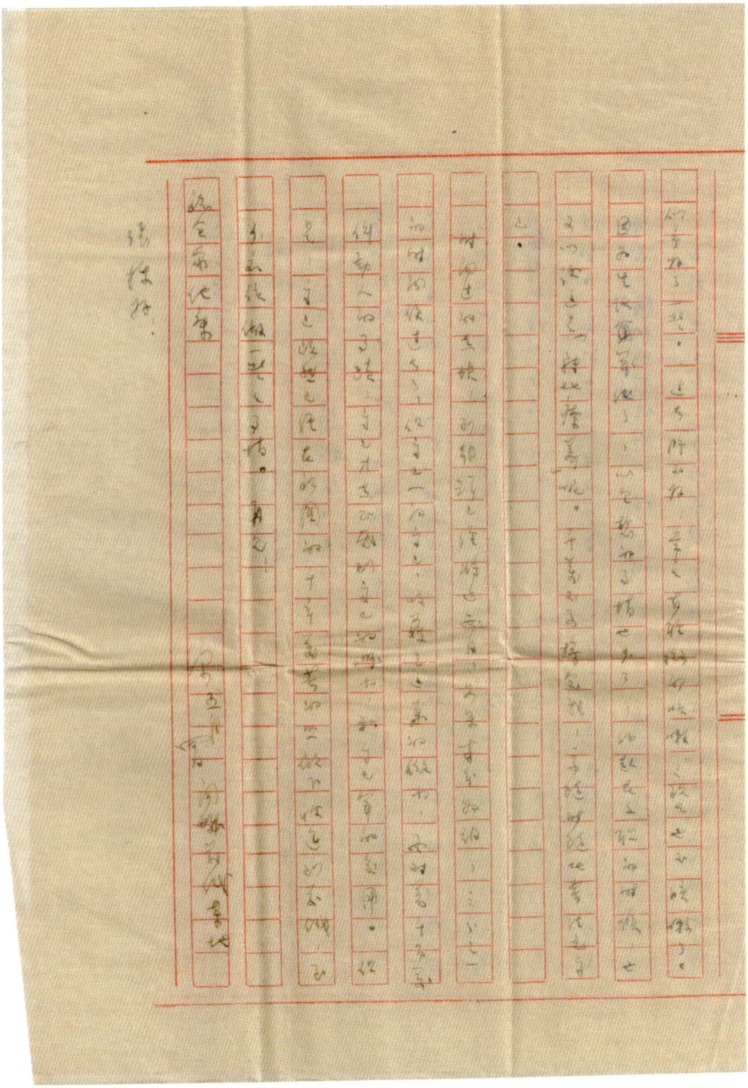

第二封
1952年5月4日

映雪并转母亲和四个孩子们：

从开城到军部，曾给你一信，托人捎往祖国安东投邮，不知收到没有？

在军里住了几天，整理了一些东西，前天到师里来。这个师，是刚刚从保卫开城的最前线换防下来的，战绩辉煌，英雄人物很多。日内，即到一个“大功团”里，然后到他们的“钢铁英雄连”，准备在那里体验生活一个较长的时期。他们在突破临津江、铁原阻击战、保卫开城大门的战斗中，都是全国闻名的。

今天是“五四”，国内一定很热闹。在朝鲜前线，“五四”也另有特别的情趣。今天一早，附近的朝鲜中小学生，男男女女，都已经来了，在树林里唱呀、舞呀，我就是被他们的歌声唱醒的，原来他们是为了纪念“五四”，要到附近一个团去慰劳战士们。昨天，我们到附近一个汽车连里去，参观他们的“五四号”汽车，这汽车是他们从路上捡回的、被敌人打坏的汽车零件和残骸重新装起来的，他们心里的高兴，就不用说了。

这里距最前沿，还有几十里路。但炮声听得很清晰，平平常常，双方都没有出击，炮战总是不停的，每天总有几百发。敌机的活动，也很频繁，但人们已经抓到了战争的规律，一切活动照样进行。

朝鲜的天气，是很奇怪的，热两三天，冷两三天，穿着单的（套头衣）也不如何冷，穿着棉的也不如何热。一早一晚，离了棉衣服或大衣，还有些寒丝丝的。据说夏天也是如此哩。

你们的生活如何？每个人的身体如何？你的牙疼最近又犯了没有？工作一定忙得一塌糊涂。大铁[①]应该已经很神气地戴上了光荣的红领巾了吧？至美[②]饭食增加没有？特别是小芽芽[③]，一到夏天，便不能不使人担心她每年犯的老毛病。母亲过去病的时候，张国威说她有心脏病，也望时常注意。从离开祖国，至今还没有接到你们的信，两个月听不到家里的声音，这是过去所没有过的。我知道不是你没有写，而是还在中途，我已写信给王部长[④]，托他收到信时即转前线，大约不久便可以收到了。

至于我自己，身体很好。每年到了夏天，总要吃不下饭，今年似乎好了一些。过去肺不好，常常有轻微的咳嗽，现在也不咳嗽了，因为生活单纯了，心里想的事情也少了，比起在文联的时候，也可以说这是"转地疗养"呢。千万不要挂念我，我随时随地会注意自己。

时间过得真快，到朝鲜已经将近两月，如果半年为期，三分之一的时间便过去了。但自己一问自己，收获是这样的微小，面对着千百万件动人的事迹，自己才真正感到自己的渺小和自己笔的无用。但是，自己既然已经在祖国的千辛万苦的照顾下被送到前线，至少应该做一些些事情。再见！

祝全家健康！

深，五月四日，开城前线某地

张嫂好！

---

①大铁：李蕤和宋映雪的长子赵至真，后改名为赵致真。

②至美：李蕤和宋映雪的长女宋致美。

③小芽芽：李蕤和宋映雪的次女宋致新，当时只有3岁。

④王部长：王永年，时任志愿军政治部文化部部长。

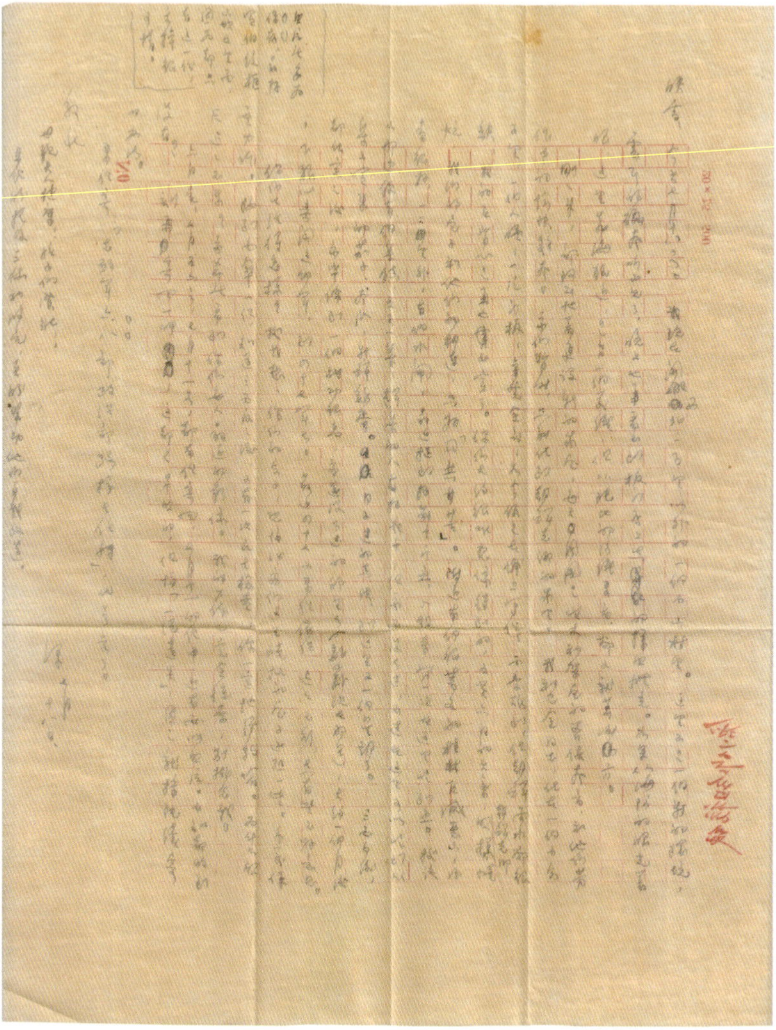

第三封

1952年7月18日

映雪：

今天七月十八了，我现在开城西北二百里以外的一个小山村里。这里又是一个新的环境。震耳的炮声听不见了，晚上也再看不到板门店上空的探照灯光。如果从海防的眼光着眼，这里靠海较近，是另一个前线，但从陆地的防线来看，却又就算后方。

刚刚来，部队正忙着建设新的家屋，每天周围是伐木和架屋的斧锯声音，和他们劳作中的愉快歌声。我们暂时只能住到朝鲜老乡的家里。我和巴金同志，住在一个小屋子里，一个人睡一张门板，桌凳全无，如今便是在铺上写信。雨季虽到，但朝鲜雨水却很缺。我的毛背心是再也不穿了。你们大约很难想像得到的，五黄六月的天气，朝鲜老乡照样烧炕，我们的屋子和他们的相连，只好“同甘共苦”。

附近有个很著名的植林区灭恶山[①]，风景很好，一二里外，有个水闸，最近捉到好几十斤鱼，入朝来第一次在这里吃到鱼。据说山那边便有个集镇，五天一集，赶集的人有好几千，但我还没有去过，不过在这里可以吃到从集上买来的茄子、南瓜、新鲜鸡蛋。

日子过得真快，到这里又一个星期了。三五日后，都住定之后，我准备到一个战功很高，我还没去过的师里去（魏巍现在那里）。大约一个月后，下狠心离开这个军，到四十七军去。最近四十七军又

①灭恶山：朝鲜山脉名称，位于黄海南道，东西走向。

来信催促，迟迟不行，真有些不好意思。

你们生活得怎样？据我想，你们的屋子，恐怕比我们这里烧炕的屋子还热一些。千万保重身体。接到金伞[1]一信，知道“三五反”之后，又有一次民主检查，你一定忙得够呛。为什么照片迟迟不来？我希望看到你们每人最近的影像。我的身体也完全复原，别挂念我。

六月尾，七月五六号，七月十一号，都有信寄回，七月十一的信中，还有两张照片，不知都收到没有？刻再寄回一张，这都是早照的，但怕“一总遗失”，因之就采陆续寄回的办法。

来信寄：志愿军六三部〔军〕政治部路扬主任转，代号变了。

敬礼！

母亲大人健康，孩子们泼壮！

深，七月十八日

来信盼提及三叔和鸿亮[2]，并盼帮助他们自我改造。

照片望妥为保存，最好买个镜框嵌在里面，因为都只有这一份，丢掉很可惜。（写于信纸上边）

---

①金伞：苏金伞（1906—1997），本名苏鹤田，河南省睢县人。著名作家、诗人。新中国成立初期与李蕤一同担任河南省文联筹委会副主任，1954年当选河南省文联主席。

②鸿亮：即赵鸿亮，李蕤的二堂弟。

王照发

我也知道过去没有文化的痛苦

1952 年

王照发致父母、弟弟（两封）

家书背景

王照发，1930年生于安徽省当涂县龙山桥乡常岭村。1949年12月参加中国人民解放军，1951年赴朝参战，在志愿军炮兵第7师21团3营7连担任通信员。1953年8月牺牲，安葬于朝鲜江原道川内郡。

抗美援朝战争结束后，别人家的战士都回来探亲了，而王照发家盼来的，却是一个小包裹，这是他的遗物。包裹里安静地躺着两封信，还有一张他和两个战友的合影——王照发还没有来得及把它们寄出，就牺牲了……

据王照发的弟弟夏传寿[①]介绍，1949年12月，新中国成立不久，19岁的王照发就满怀激情地参加了中国人民解放军，1951年随部队开赴朝鲜，成为一名光荣的志愿军战士。王照发在部队不仅训练刻苦、作战勇敢，而且还积极要求进步，抓紧一切时间学习文化知识。短短的两三年时间就摘掉了文盲帽子，当上了通信员，还光荣地加入了中国共产党。王照发从小给地主家放牛，没有读过书，不识字，仅靠参军后忙里偷闲学了点文化，识字不多。他在硝烟弥漫的战场上，利用打仗间隙，断断续续地给家里亲人写信，信很短，也没有标点符号，甚至还有不少病句和错别字。

我们按照编写体例对这两封家书的文字进行了订正、补充，这样就能清晰地读懂作者的意思。首先，作者的思想境界很高。自己参加革命工作，是为了摆脱美蒋的反动统治以及它们所带来的痛苦生活；参加抗美援朝，我军取得了歼灭一万多美军的重大胜利，把这个战果与家人分享；希望家人在后方积极生产，支援前线，就是

①夏传寿：王照发的同父异母弟弟，生于1946年。第二封信即是写给夏传寿。

王照发（中）和战友合影

对自己抗美援朝的实际支持；再三叮嘱弟弟在学校里学好文化，以自己的亲身体会，告诫弟弟没有文化的痛苦和有了文化的好处。有了文化，才能建设强大的国防军，保卫祖国和世界和平。应该说，对于一位普通的志愿军战士来说，这种思想认识水平还是很高的。有了这种认识，才有他的牺牲奉献。其次，作者对父母家人充满着爱。从家书的格式、礼仪来看，他对父母是满怀尊敬的。行文中挂念父母的身体是否健康，兄弟姐妹的身体是否饱满健壮，告诫兄弟姐妹多照顾年迈的父母，相互团结，遇事多商量，不要闹矛盾。他关心家里的一切，希望家人回信越详细越好。其实他在给父母的信中，已经对兄弟姐妹多有叮嘱，但还是觉得意犹未尽，又专门给弟弟写了一封，重点给弟弟讲学习文化的重要性，说明他十分关心弟弟的成长，是一位有责任心的哥哥。

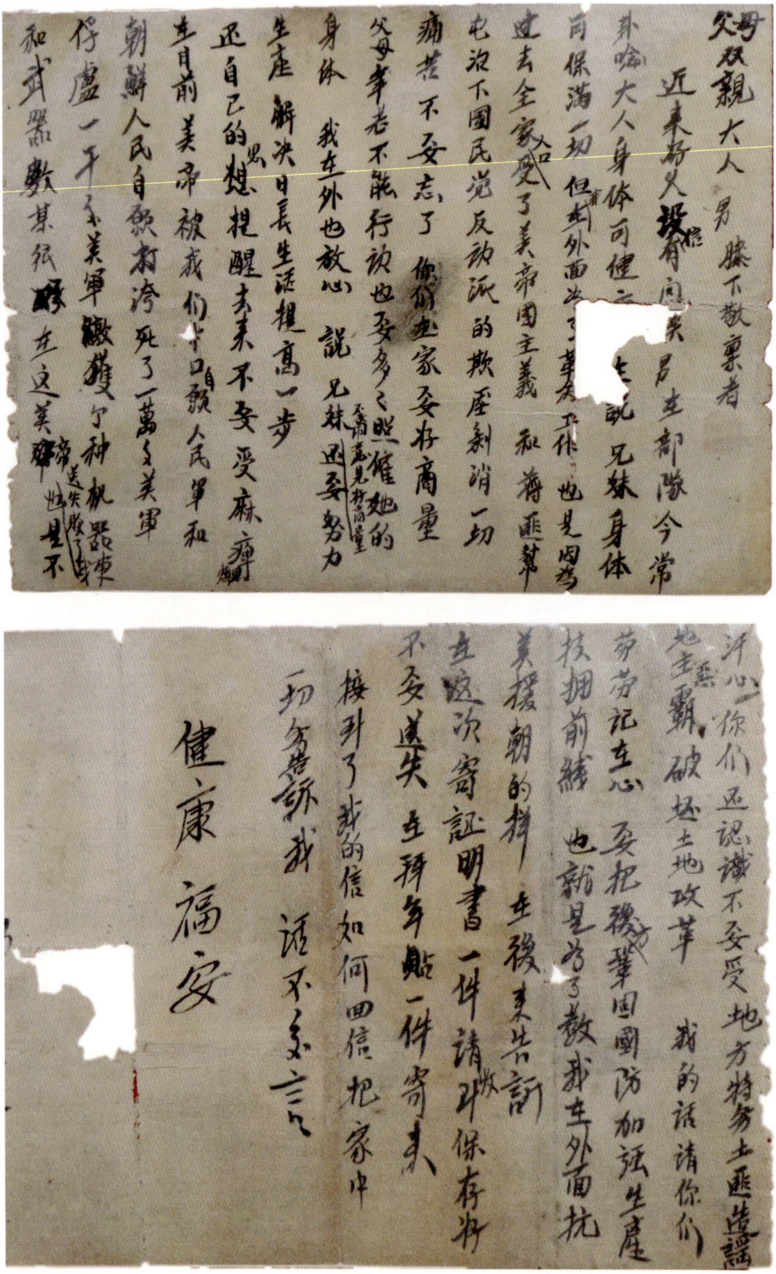
父母双親大人 男 膝下敬禀者
近来敬父寄信向安 男在部隊今常
弁喻大人身体可健 說 兄妹身体
可保満一切 但在外面沒有革命工作 也是因為
過去全家受了美帝国主義 和蒋匪幇
也沒下国民党反動派的欺压剝削一切
痛苦不要忘了 你们在家要好商量
父母年老不能行動也要多多照顧她的
身体 我在外也放心 說兄妹也要努力
生產 解決日長生活提高一步
还自己的思想提醒起来不要受麻痹
在目前美帝被我们中朝人民軍和
朝鮮人民自發打冷死了一萬多美軍
俘虜一千多美軍 繳獲了种机器東
和武器數某很多 在這美帝是不
汗心 你们还認識不要受地方特务土匪造謠
地主恶霸 破坏土地改革 我的話請你们
勞勞記在心 要把業国國防加強生產
支援前綫 也就是為了教我在外面抗
美援朝的精神 在後来告訴
在這次寄証明書一件 請收到保存好
不要遺失 在拜年貼一件寄来
接到了我的信如何回信 把家中
一切多告訴我 話不多言
健康 福安

第一封

1952年12月

父母双亲大人：

男膝下敬禀者：

近来好久没信有问候，男在部队今〔经〕常卦〔挂〕念大人身体可〈否〉健康？在〔再〕说，兄妹身体可保〔饱〕满一切？但我在外面为了革命工作，也是因为过去全家人口受了美帝国主义和蒋匪帮乇〔统〕治下，国民党反动派的欺压剥削，一切痛苦不要忘了。你们在家要好商量。父母年老，不能行动，也要多多照顾她〔他们〕的身体，我在外也放心。〈再〉说，兄妹不要闹意见，好商量，还要努力生产，解决日长〔常〕生活，提高一步。

还〈要让〉自己的思想提醒去〔起〕来，不要受〔有〕麻痹思想。在目前美帝被我们中国[自愿]人民〈志愿〉军和朝鲜人民[自愿]〈军〉打垮死了一万多美军，俘虏一千多美军，缴获个〔各〕种机器车和武器数某〔目〕很多。在这美帝送〔虽〕失败了，战也是不汗〔甘〕心。你们还〈要提高〉认识，不要受地方特务土匪造谣，地主恶霸破坏土地改革。

我的话，请你们劳劳〔牢牢〕记在心，要把〔在〕后方巩固国防，加强生产，技拥〔支援〕前线，也就是为了教我在外面抗美援朝的样。在〈最〉后来告诉，在这次寄证明书一件，请收到保存好，不要送〔遗〕失。在〔再〕拜年贴一件寄来。

接到了我的信，如何回信，把家中一切务告诉我。话不多言。

健康，福安！[1]

①此信无落款，据推测写于1952年12月。

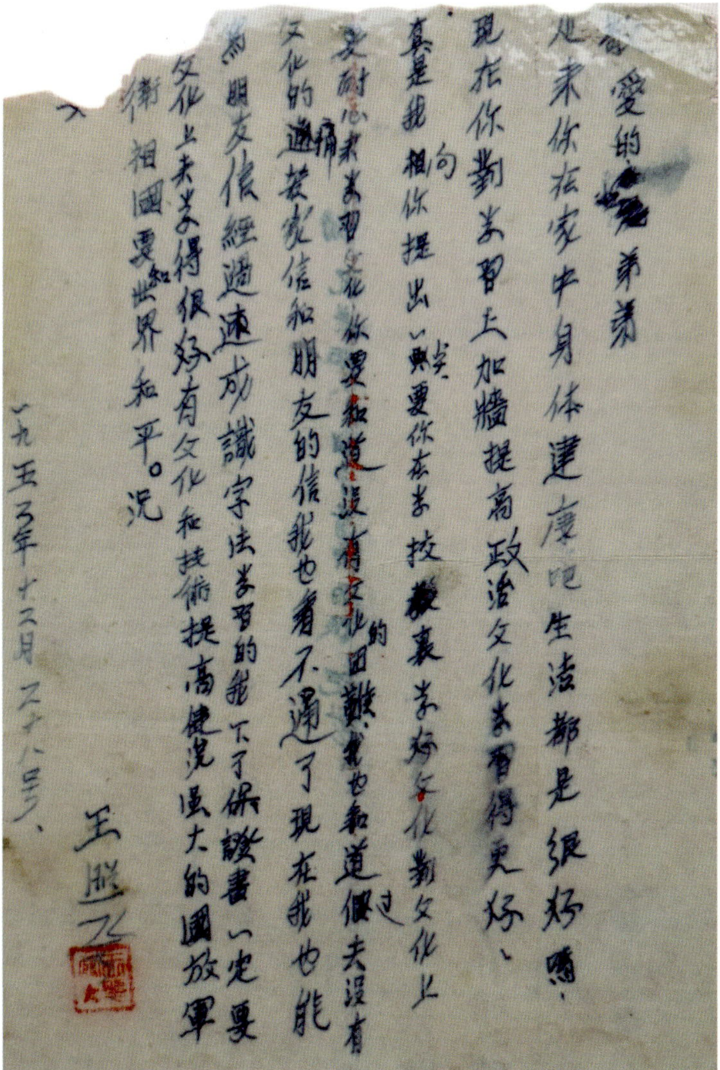
親愛的[redacted]弟弟
是來你在家中身体建康吧生活都是很好嗎、
現在你對学習上加糖提高政治文化学習得更好、
真是我向祖你提出一點要你在学技[redacted]裏学好文化對文化上
要耐心來学習文化你還知道沒有文化的困難，我也知道假過去沒有
文化的痛苦遊發家信和朋友的信我也看不通了現在我也能
為朋友信經過速成識字法学習的能下了保證書一定要
文化上來学得很好有文化和技術提高健況強大的國防軍
衛祖國要和世界和平。況
一九五三年十二月二十八号、
王照飛

第二封

1952年12月28日 王照发致弟弟

敬〔亲〕爱的弟弟：

近来你在家中身体建〔健〕康吧？生活都是很好吗？现在你对学习上加墙〔强〕提高政治文化，学习得更好，真（这）是我向你提出一点，要你在学校里学好文化，对文化上，要耐心来学习文化。你要知道没有文化的困难。我也知道过去没有文化的痛苦，家信和朋友的信我也看不通了。现在，我也能写朋友信〈了〉，经过速成识字法学习的。我下了保证书，一定要〈在〉文化上来学得很好。有文化和技术提高，健〔建〕设强大的国放〔防〕军，〈保〉卫祖国，要和世界和平。

况〔祝〕

□好！

王照发

一九五二年十二月二十八号

1953 年卢冬从朝鲜回国，转业到地方工作，此为转业前军装照。

为祖国实现新民主主义而斗争

1952、1953 年
卢冬致姐姐卢诗雅（两封）

家书背景

这是卢冬从朝鲜前线写给大姐卢诗雅的一封家书。在家书中，卢冬与姐姐相互勉励，共同进步，同时介绍了参加抗美援朝对自己的锻炼与成长。

卢冬，原名卢观颐。1932年出生于天津塘沽，1935年随家人迁至汕头。1937年全民族抗战爆发，一家人定居香港。1948年在香港培正中学初中毕业。同年9月到广州市第一中学读高中。1949年4月解放大军南下，卢冬返回香港，毅然离家出走，投奔共产党领导的东江游击队。8月，成为东（莞）宝（安）地区粤赣湘边纵队东江第1支队3团3连（海鹰队）战士。解放后编入珠江军分区独立十六团2营，历任排长、连队文化教员、营部文化干事。

卢冬从参加革命后便要求进步，1949年8月还在战斗环境下就加入了中国新民主主义青年团。1951年10月独立十六团赴朝鲜参战、卢冬坚决请战，被编入中国人民志愿军第19兵团65军，随部队驻守在开城前线临津江畔。后被调入第195师政治部文工队，在前沿阵地演出。他担任创作组长，创作的相声《访问志愿军》被选送到志愿军总部汇演，荣获优秀创作奖。这个节目在开城欢迎中国人民赴朝慰问团的晚会演出后，受到慰问团分团长巴金同志的热情赞扬。

1952年秋季，志愿军对敌进行全线战术反击。战前上级交给卢冬一个任务：到师的第一梯队采访，在战斗结束的庆功会上就要演出反映此次战斗和表彰英雄事迹的文艺节目。卢冬经过深入采访创作的山东快书《夜战86.9》荣获全军优秀创作二等奖，在开城被军首长接见并合影，卢冬也因此被任命为第195师政治部文工队的创作组长。

卢冬，1952 年摄于朝鲜临津江前线

1953年，卢冬因患肺病回国，当年12月转业到广州市工商业联合会，任人事科干事。1954年任教育科科长，担负起对私营工商业者进行社会主义教育的任务。1956年，卢冬响应国家发出的“向科学进军”号召，参加当年高考，以第一志愿考入北京大学中文系中国语言文学专业，学制为五年。1961年，卢冬从北京大学毕业，分配到广西任教，工作了二十四年。因海外关系复杂等原因，卢冬在“文革”中受到严重冲击，后被平反。1985年，卢冬调到广东教育学院中文系任副教授，

志愿军战士在朝鲜前线坑道口包饺子，摄于 1952 年

1952 年，部分志愿军文工队员（后排左二为卢冬）合影

1953 年 1 月 15 日于朝鲜开城人参厂前，志愿军第 19 兵团 65 军军首长（前右四）接见全军文艺汇演获奖人员。卢冬（前右二）荣获优秀创作奖

1949 年 12 月，卢冬与大姐卢诗雅在广州柔济医院

2018 年 2 月，卢冬与大姐卢诗雅

兼任广东海南两省教育学院系统中国古代文学教学研究会会长。

即便遭受多年的不公待遇，卢冬仍不改初心，牢记当年参加革命时“将革命进行到底”的誓言，坚持申请入党，终于在1985年8月，实现了加入中国共产党的理想。1992年10月满60岁时离休。离休后，卢冬仍在广东教育学院“关工委”和“老年协会”中担任工作，经常被邀请为青年学生讲述自己的革命经历，勉励大家努力学习，追求进步，坚定跟党走，积极投身中华民族复兴伟业。他曾三次被学院党委评为“优秀共产党员”。

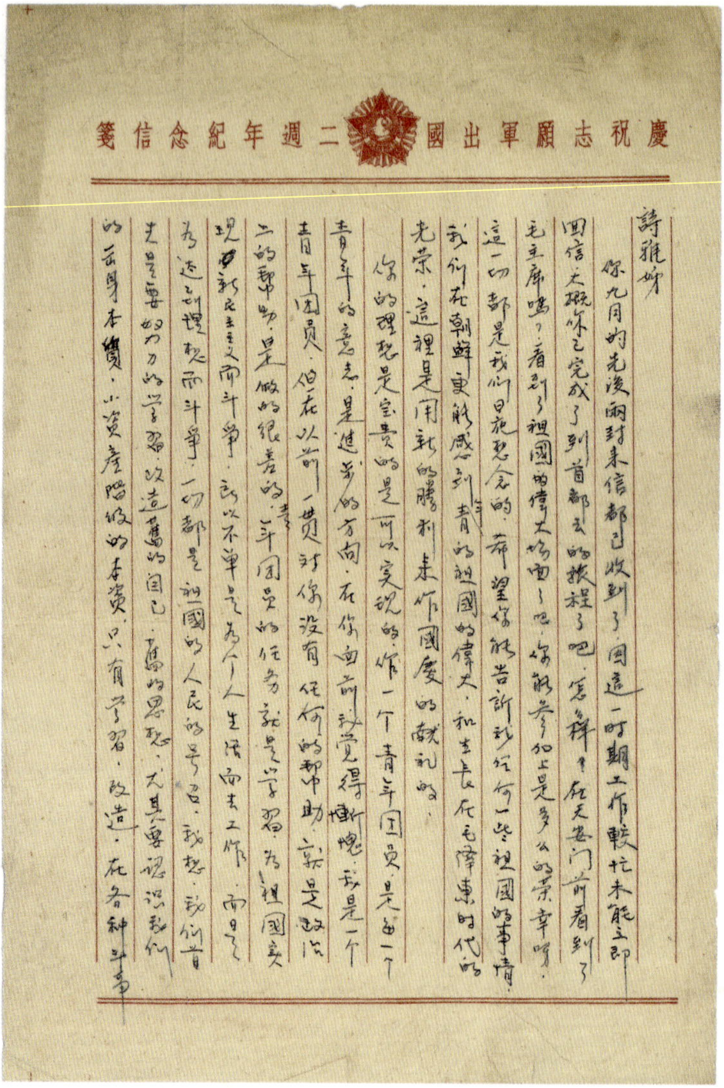

慶祝志願軍出國二週年紀念信箋

詩雅妳：

你九月的先後兩封來信都已收到了，因這一時期工作較忙未能立即回信，大概你已完成了到首都去的旅程了吧。怎樣？在天安门前看到了毛主席嗎？看到了祖國的偉大場面了吧。你能參加上是多么的榮幸呀，這一切都是我們日夜想念的，希望你能告訴我們任何一些祖國的事情。我們在朝鮮更能感到青年的祖國的偉大，和生長在毛澤東時代的光榮，這裡是用新的勝利來作國慶的獻禮的。

你的理想是宝貴的，是可以实現的。作一个青年团员，是每一个青年的意志，是進步的方向。在你面前我覺得慚愧，我是一个青年团员，但在以前一貫對你沒有任何的帮助，实是政治上的帮助，是做的很差的。青年团员的任务就是学習，為祖國实現新民主主义而斗爭，所以不單是為个人生活而去工作，而是為远大理想而斗爭，一切都是祖國的人民的号召。我想，我們首先是要努力的学習，改造舊的自己，舊的思想，尤其要認識我們的出身本質，小資產階級的本質，只有学習、改造，在各种斗爭

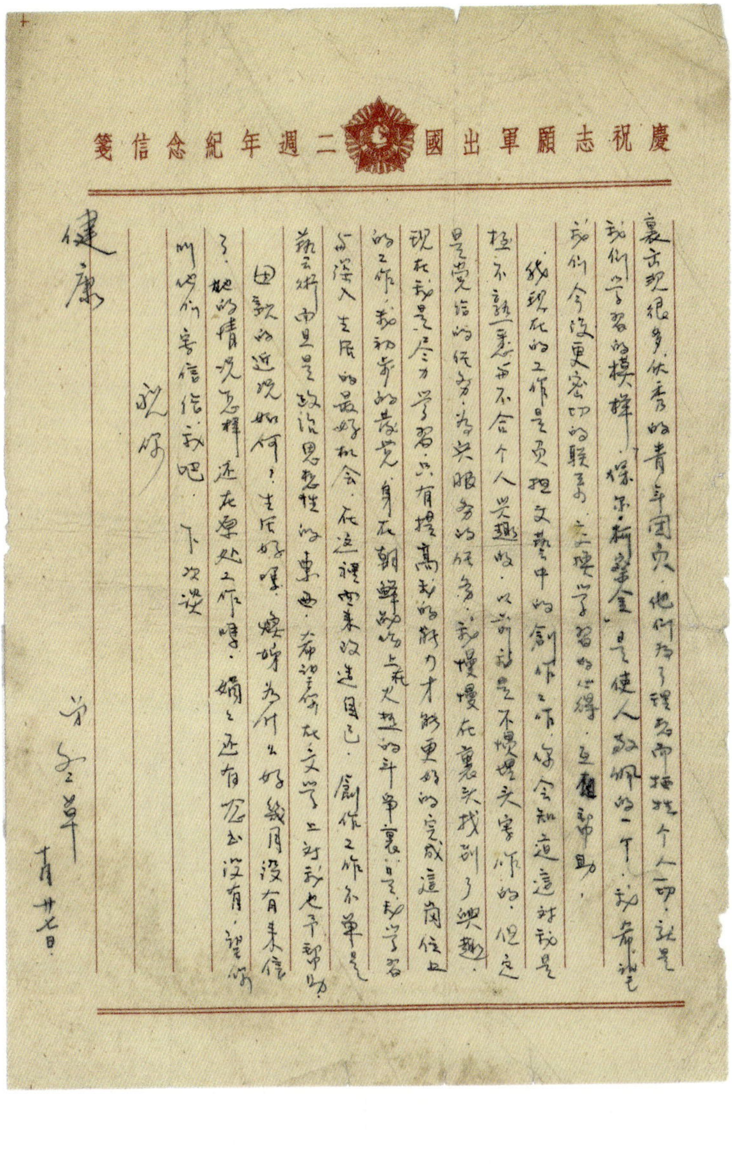

慶祝志願軍出國二週年紀念信箋

裏去现很多，优秀的青年团员，他们为了理想而牺牲个人一切，就是我们学习的模样。保尔·柯察金，是使人敬佩的一个，我希望我们今后更密切的联系，交换学习的心得，互相帮助。

我现在的工作是负担文艺中的创作工作，你会知道这对我是极不熟悉而不合个人兴趣的，以前我是不爱搞文字工作的，但这是党给的任务，为人民服务的任务，我慢慢在里头找到了兴趣。现在我是尽力学习，只有提高我的能力才能更好的完成这岗位上的工作。我初步的发觉，身在朝鲜战场上，在火热的斗争里，是我学习与深入生活的最好机会，在这里要来改造自己。创作工作不单是艺术而且是政治思想性的东西，希望你在文学上对我也予帮助。

田歆的近况如何？生活好吗？婶婶为什么好几月没有来信了，她的情况怎样，还在原处工作吗？娟娟还有念书没有，望你们也给我写信，好吧。下次谈

敬你

健康

学金草

十月廿七日

第一封
1952年10月27日

诗雅姊：

你九月的先后两封来信都已收到了，因这一时期工作较忙未能立即回信，大概你已完成了到首都去的旅程了吧，怎么样？在天安门前看到了毛主席吗？看到了祖国的伟大场面了吧？你能参加上是多么的荣幸呀。这一切都是我们日夜想念的，希望你能告诉我任何一些祖国的事情。我们在朝鲜更能感到年青的祖国的伟大，和生长在毛泽东时代的光荣，这里是用新的胜利来作国庆的献礼的。

你的理想是宝贵的，是可以实现的，作一个青年团员是每一个青年的意志，是进步的方向。在你面前我觉得惭愧，我是一个青年团员，但在以前一贯对你没有任何的帮助，就是政治上的帮助，是做的很差的。青年团员的任务就是学习，为祖国实现新民主主义而斗争，所以不单是为个人生活而去工作，而是为达到理想而斗争，一切都是祖国的人民的号召。我想，我们首先是要努力的学习，改造旧的自己，旧的思想，尤其要认识我们的出身本质，小资产阶级的本资〔质〕，只有学习、改造。在各种斗争里出现很多优秀的青年团员，他们为了理想而牺牲个人一切，就是我们学习的模样，保尔·柯察金是使人敬佩的一个，我希望我们今后更密切的联系，交换学习的心得，互相帮助。

我现在的工作是负担文艺中的创作工作，你会知道这对我是极不熟悉与不合个人兴趣的，以前就是不惯埋头写作的，但这是党给的任务，为兵服务的任务，我慢慢在里头找到了兴趣。现在我是尽力学习，只有提高我的能力才能更好的完成这岗位上的工作，我初步的发觉身在朝鲜战场上，在火热的斗争里，是我学习与深入生活的最好机会。在这里面来改造自己，创作工作不单是艺术，而且是政治思想性的东西，希望你在文学上对我也予帮助。

母亲的近况如何？生活好吗？焕姊[1]为什么好几月没有来信了，她的情况怎样，还在原处工作吗？娟娟[2]还有念书没有，望你叫他们写信给我吧。下次谈。

祝你

健康！

弟　冬　草

十月廿七日

①焕姊：作者的二姐卢焕焕。

②娟娟：作者的妹妹卢娟娟。

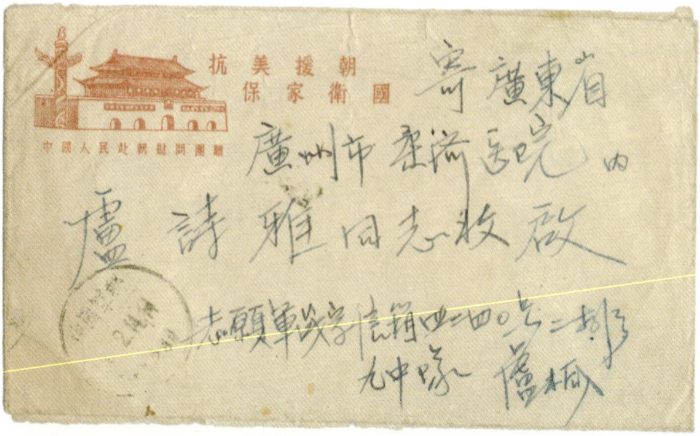

抗美援朝
保家衛國

中國人民赴朝慰問團贈

寄廣東省
廣州市柔濟医院内
盧詩雅同志收啟

志願軍战字信箱卅四号二部
九中队 盧棫

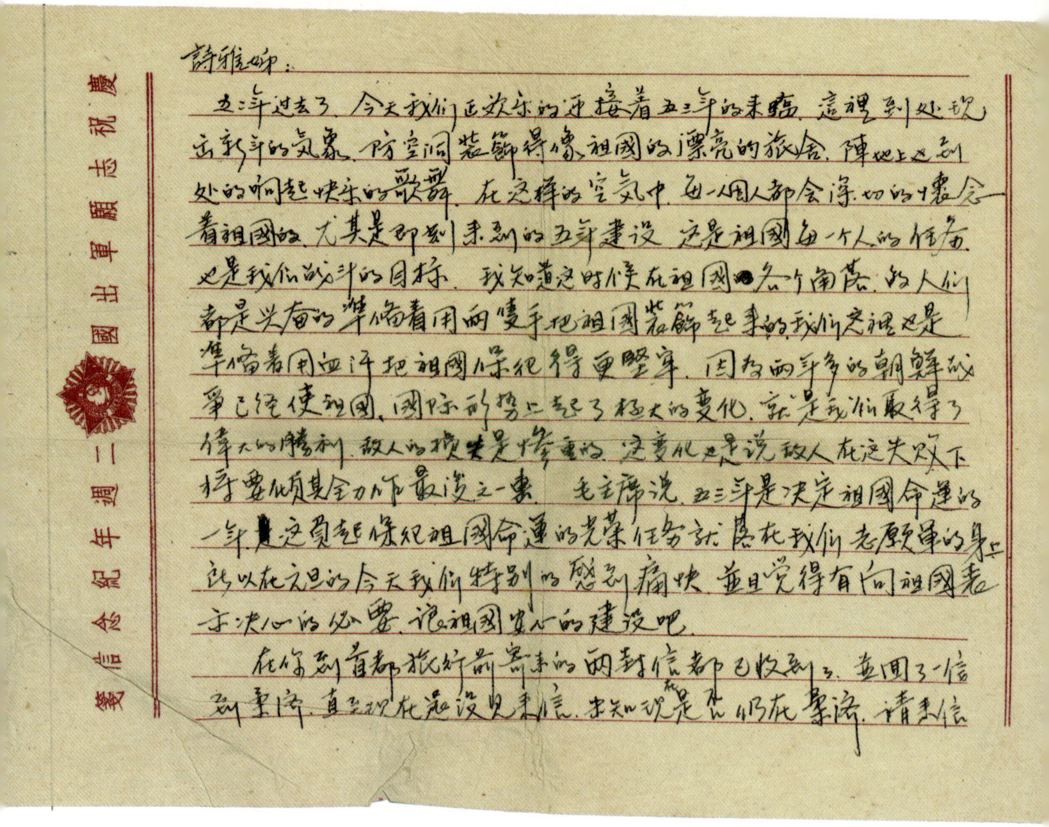

慶祝志願軍出國二週年紀念信箋

詩雅姊：

五二年过去了，今天我们正欢乐的迎接着五三年的来临。這裡到处现出新年的气象，防空洞装饰得像祖国的漂亮的旅舍，陣地上也到处的响起快乐的歌舞。在这样的空气中，每一個人都会深切的懷念着祖国的，尤其是即刻来到的五年建设，这是祖国每一个人的任务，也是我们战斗的目标。我知道这时候在祖国各个角落的人们都是兴奋的準備着用两隻手把祖国装饰起来的，我们这裡也是準備着用血汗把祖国保衛得更堅牢。因为两年多的朝鮮战爭已经使祖国、国际形势上起了極大的变化，就是我们取得了偉大的勝利，敌人的損失是慘重的。这变化也是说敌人在这失败下将要傾其全力作最後之一击。毛主席说，五三年是决定祖国命運的一年，这负起保卫祖国命運的光荣任务就落在我们志願軍的身上，所以在元旦的今天我们特别的感到痛快，並且觉得有向祖国表示决心的必要。让祖国安心的建设吧。

在你到首都旅行前寄来的两封信都已收到了，並回了一信到肇庆，直至现在還没见来信，未知现在是否仍在肇庆，请来信

第二封

1953年1月1日

诗雅姊:

五二年过去了，今天我们正欢乐的迎接着五三年的来临，这里到处现出新年的气象。防空洞装饰得像祖国的漂亮的旅舍，阵地上也到处的响起快乐的歌舞。在这样的空气中，每一个人都会深切的怀念着祖国的，尤其是即刻来到的五年建设，这是祖国每一个人的任务，也是我们战斗的目标。我知道，这时候在祖国各个角落的人们，都是兴奋的准备着用两双手把祖国装饰起来的，我们这里也是准备着用血汗把祖国保卫得更坚牢。因为两年多的朝鲜战争已经使祖国、国际形势上起了极大的变化，就是我们取得了伟大的胜利，敌人的损失是惨重的，这变化也是说，敌人在这失败下将要倾其全力作最后之一击。毛主席说，五三年是决定祖国命运的一年，这负起保卫祖国命运的光荣任务就落在我们志愿军的身上，所以在元旦的今天我们特别的感到痛快，并且觉得有向祖国表示决心的必要，让祖国安心的建设吧。

在你到首都旅行前寄来的两封信都已收到了，并回了一信到柔济[①]，直至现在还没见来信，未知现在是否仍在柔济，请来信。[②]

---

①柔济：指卢诗雅当时的工作单位广州柔济医院。

②此信无落款，根据信的内容推断写于1953年1月1日。

李家光

我当了最可爱的人了

1951—1957 年

李家光、李广贞致父母、哥哥（两封）

家书背景

李家光，1933年4月生，广西壮族自治区容县容城镇人。1951年1月参加中国人民解放军，在四野45军135师403团2营当战士。1952年10月，中央决定组建第54军入朝参战，由44军、45军各选一部分组成。1953年3月，李家光随新组建的第54军135师入朝作战。7月19日，李家光在金城反击作战中英勇牺牲，安葬于朝鲜金城志愿军烈士陵园。

李家光参加的是志愿军夏季反击战中的金城战役。第54军配属20兵团，该兵团指挥21、54、60、67、68军，合计二十四万余人。其中，54军与68军组成西集团军，攻击南朝鲜“首都师”。7月13日，第130师配属68军，向梨实洞、北齐岭之敌发起攻击，第135师配属67军，向梨船洞、金城川之敌发动攻击。

战斗最为惨烈的是第135师404团1营3连负责防御的0182号阵地。从17日开始，敌人飞机、炮弹轮番轰炸，坦克掩护步兵一次次冲锋。激战一天，3连共打退敌人九次进攻，连长吴兴隆头部负重伤牺牲，指导员、3排长也先后牺牲，二排长麻俊坤立即代理连长，指挥战斗。18日上午，3连又打退敌人六次进攻，连队仅剩下三十人，麻俊坤也受伤牺牲。至7月20日，第135师坚守的巨室里高地一线阵地，均有被敌人突破的危险，第54军军长丁盛命令预备队134师全部投入战斗。志愿军与“联合国军”反复进行了二十五次拉锯式的阵地争夺战，双方都付出巨大的伤亡，面积并不大的阵地前、壕沟边，铺满了敌我双方的尸体[①]。

①《新组建成的54军，在抗美援朝战场上，打出令人刮目相看的战绩》，微信公众号“历史的脉动”2021-01-06 23:12。

7月19日，李家光在行军中遭敌机轰炸牺牲，此时距离停战仅有八天。

1954年6月13日，李家光的战友文敬材给李国光来信，介绍了李家光的牺牲经过："五三年七月十八日的晚上，天下雨，大约有一个小时这样吧，天快亮了，部队为了金城反击战的重大胜利，连行了一晚军，部队休息了我就和他坐在一起，突然敌机来轰炸一次，敌机轰炸完以后我就对他说：家光同志，咱们走吧，他未出声，我就以为他睡着了，我又拍他两拍，他全身一歪睡在我腿上，我仔细一看，他已经……了。"①

从1953年7月17日起，整整十天，面对"联合国军"七个师的反扑，54军与67军、68军等兄弟部队一起协同作战，战士们顽强奋战，虽然付出极大代价，但却始终牢牢控制着阵地。金城战役的胜利，直接促使敌人在谈判桌上签字。

7月27日，《朝鲜停战协定》在板门店签署。当晚22时起，全线完全停火，中国人民抗美援朝战争胜利结束。

李广贞为李家光的妹妹，她于1957年入朝，是志愿军第280部队90分队门诊部护士。

李广贞在朝鲜祭拜战友

①1954年6月13日文敬材致李国光书信，中国人民大学家书博物馆藏。

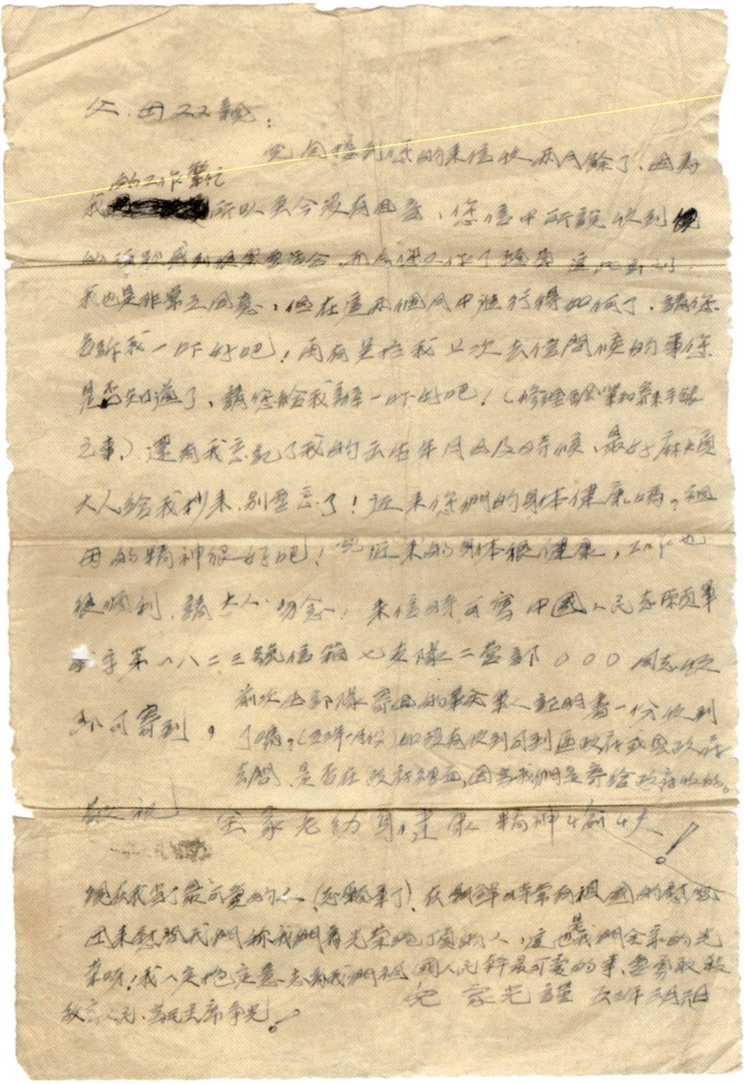
父、母二親：
兒今接到您的來信收…了，因為我的工作繁忙[redacted]所以至今沒有回音，您信中所說收到[illegible]的[illegible]，我也是非常之同意，但在這個月中進行得如何了，請您告訴我一下好吧！再有是於我上次去信問候的事您是否知道了，請您給我說一下好吧！（婚姻關係和參加手續之事）還有我忘記了我的出生年月日及時候，最好麻煩大人給我打來，別要忘了！近來您們的身体健康嗎？祖母的精神很好吧！兒近來的身体很健康，工作也很順利，請大人勿念！來信時可寄中國人民志願軍郵局第八八二三號信箱七支隊二營部000同志收即可寄到，
前次由部隊寄回的參軍紀念證明書一份收到了嗎？（立功喜報）如沒有收到可到區政府或鄉政府去問，是否在政府裡面，因為我們是寄給政府的。
敬祝
全家老幼身体健康精神愉快！
現在我當了最可愛的人（志願軍了），在朝鮮日本常為祖國的[illegible]來慰勞我們，把我們看成光榮地了偉大的人，這也是我們全家的光榮呀！我一定要決心為我們祖國人民作最可愛的事，要努力殺敵立功，為毛主席爭光！
兒　家光謹　於朝鮮

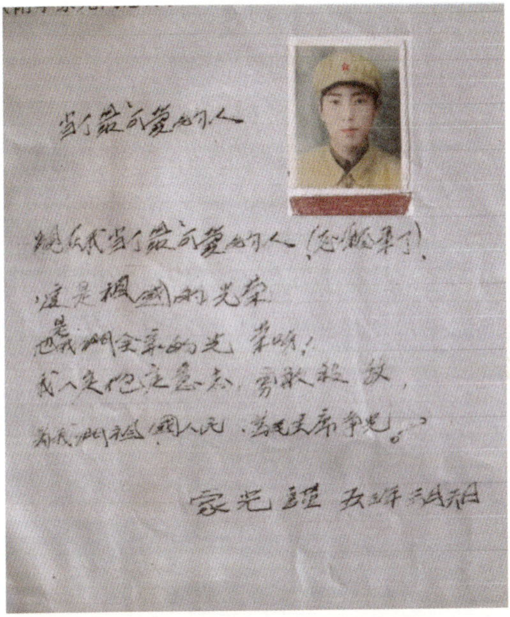

当了最可爱的人

现在我当了最可爱的人（志愿军了），
这是祖国的光荣
也是我们全家的光荣啊！
我一定记住[illegible]，勇敢杀敌，
为我们祖国人民、为毛主席争光。

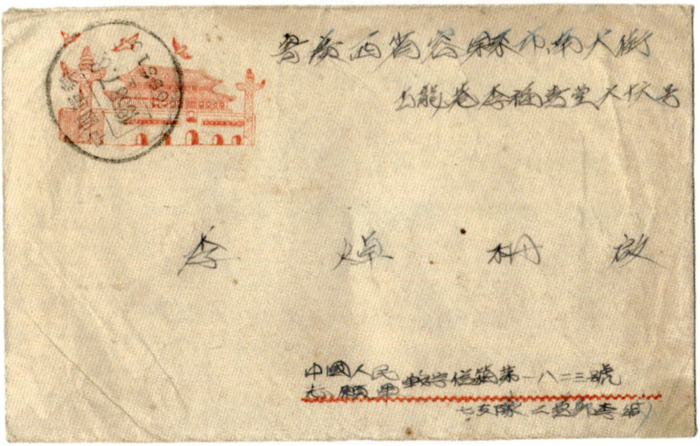

李炳桐收

中国人民志愿军邮政信箱第一八二三号
七支队

第一封

1953年3月6日

父母双亲：

儿自接到您的来信收两月余了，因为我的工作繁忙，所以至今没有回音。您信中所说收到的汇款，感到很需要适合，而为您又作了预算，这此计划，我也是非常之同意。但在这两个月中进行得如何了？请您告诉我一吓〔下〕，好吧！再有，关于我上次去信问候的事，您是否知道了，请您给我办一吓〔下〕，好吧！（修理钢笔和寄来手表之事。）还有我忘记了我的出生年月日及时候，最好麻烦大人给我抄来，别要忘了！近来您们的身体健康吗？祖母的精神很好吧！儿近来的身体很健康，工作也很顺利，请大人勿念！来信时，可写中国人民志愿军战字第一八二三号信箱七支队二营部〇〇〇同志收即可寄到。

前次由部队寄回的革命军人证明书一份收到了吗？（五三年一月份）如没有收到，可到区政府或县政府去问，是否在政府里面，因我们是寄给政府收的。

敬祝全家老幼身体健康、精神愉快！

现在，我当了最可爱的人（志愿军）了！在朝鲜时常有祖国的慰问团来慰问我们，称我们为光荣绝顶的人！这也是我们全家的光荣呀！我一定抱定意志为我们祖国人民干最可爱的事，要勇敢杀敌，为人民、为毛主席争光！

儿　家光　谨

五三年三月六日

附：另一页（贴照片的）

当了最可爱的人

现在我当了最可爱的人（志愿军）了，

这是祖国的光荣，

也是我们全家的光荣呀！

我一定抱定意志，勇敢杀敌，

为我们祖国人民、为毛主席争光！

家光　谨

五三年三月六日

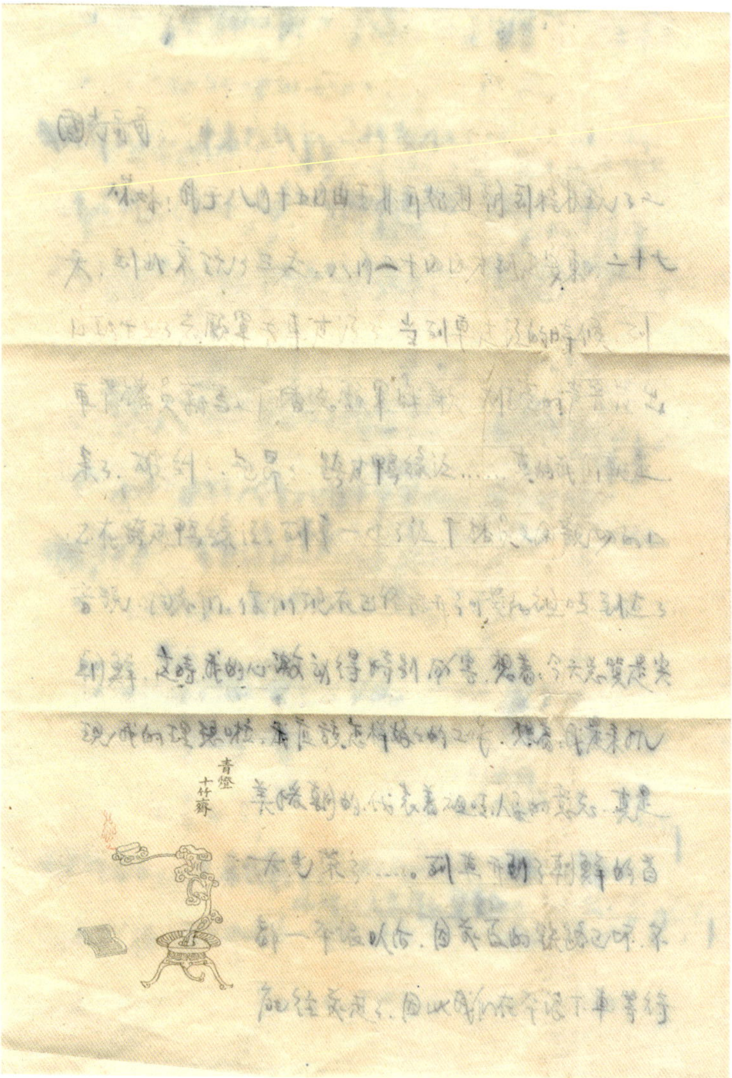
国[illegible]哥：
[illegible]：我于八月十五日由[illegible]到[illegible]之
大，到北京[illegible]三天，又[illegible]二十四日才到[illegible]，二十九
日[illegible]当列車[illegible]的时候，列
車[illegible]
来了，[illegible]跨过鸭绿江……[illegible]
已在跨过鸭绿江的列車[illegible]
音[illegible]
朝鲜，这时我的心激动得特别厉害，想着：今天总算是实
现了我的理想啦，我应该怎样好好的工作。想着[illegible]来的
美[illegible]，真是
[illegible]……到[illegible]朝鲜的首
都一[illegible]
[illegible]因此我们在[illegible]下車等待
青燈
十竹齋

贴邮票处
廣西梧州市
紅楼街道办事处
李国先 同志收

1957年9月10日从朝鲜
寄回的信（在门诊部工作）

第二封

1957 年 8 月 29 日

国光哥哥:

你好!我于八月十五日由玉林开始赴朝。到桂林玩了二天，到北京玩了三天，八月二十四日才到达安东，二十七日就坐上了志愿军专车过江了。当列车过江的时候，列车广播员就马上广播志愿军战歌，雄亮的声音发出来了:雄赳赳，气昂昂，跨过鸭绿江……。真的，我们就是正在跨过鸭绿江。列车一过了江，广播员又用亲切的口音说:“同志们，你们现在已经离开了可爱的祖国，到达了朝鲜。”这时，我的心激动得特别利害。想着，今天总算是实现我的理想啦!我应该怎样好好的工作。想着，我们是来抗美援朝的，代表着祖国人民的意志，真是太光荣了……。列车开到了朝鲜的首都——平壤以后，因前面的铁路已坏，不能往前进了。因此，我们在平壤下车，等待我们部队的汽车来接我们，这样，我们又坐了三个多小时的汽车才到达了工作地点。可能在这几天，就开始工作了。这里天气已经有冷了，早上和晚上要穿二三件衣服，晚上睡觉非要盖棉被不可。

哥哥，你买手表了吗?如果你能买给我的话，就买新的，一百多元的，不要买旧的，因旧的在冬天可能会冻坏，这里没有地方修理。不能买就算了，免得增加你的负担，也是不好的事。我现很好，

请勿念。好了，祝你

工作进步！

你的妹　贞

1957.8.29　朝鲜

来信寄：中国人民志愿军280部队90分队门诊部

毛烽、宁敏夫妇合影

那些可爱的战士们
给我留下的印象太深刻了

1953 年

毛烽与妻子宁敏往还家书（三封）

家书背景

毛烽（1923—2014），河南省武陟县人。中共党员。1938年参加八路军，历任八路军野战政治部实验话剧团团员、戏剧组组长，抗日军政大学文工团团员、副团长，东北人民解放军第十纵队宣传队长、指导员，第四野战军第47军政治部秘书科科长。1951年4月，毛烽跟随部队跨过鸭绿江，参加了三年抗美援朝战争，任志愿军第47军政治部秘书科长，负责起草军党委的重要文件，主编《政治工作通讯》。从朝鲜回国后，毛烽历任总政治部文化部文艺处处长、昆明军区文化部部长等职。

毛烽1940年开始发表作品，战争年代曾编写《为谁打天下》《杀敌立功》等剧目，解放后创作《黑山阻击战》《英雄儿女》等电影剧本。《黑山阻击战》《英雄儿女》同为“百部爱国主义教育影片”。

宁敏是毛烽的妻子，湖南省湘潭县人。中共党员。生于1927年，

1951 年初于朝鲜内洞里山上

1953 年攻打老秃山后，毛烽与战友们在军政治部驻地的防空洞顶上合影

1946年11月参加革命，历任东北军政大学学员、文工团员，第47军文工团副队长、政治部秘书，冶金工业部干部部组织部秘书、科长，云南思茅地区第一机械厂党委副书记、云南省纪律检查委员会办公室副主任。

1952年3—10月，中国文联组织了以巴金为组长的创作组赴朝鲜体验志愿军的战斗生活。八个月的时间，创作组十七名成员深入基层部队，与战士们吃住在一起，多次到前线采访，同志愿军战士结下了深厚友谊。从朝鲜回来，巴金创作了《生活在英雄们的中间》《英雄的故事》《保卫和平的人们》《明珠和玉姬》等作品。1961年，他又创作了中篇小说《团圆》，并在《上海文学》发表。时任文化部副部长的夏衍看了小说后，指示长春电影制片厂将其改编成电影。

导演武兆堤接受了这个任务。他看完了《上海文学》上的小说《团圆》，感到确是一个好本子，但要将不到两万字的中篇小说改编

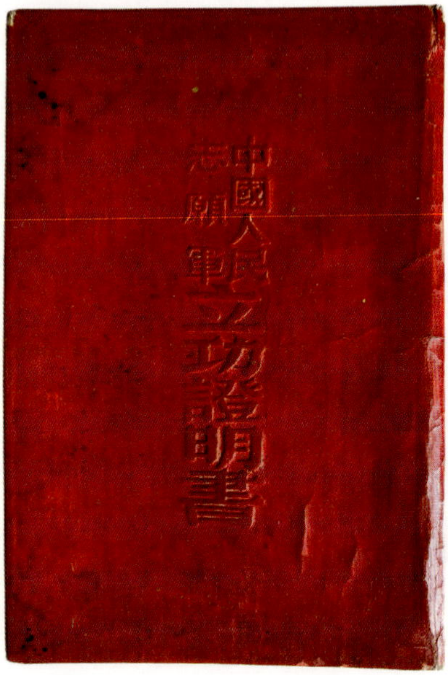

毛烽的立功证明书

成电影，却非易事。于是，武兆堤想起了延安抗大时期的老同学毛烽。因为毛烽在朝鲜战场生活战斗了三年，有着小说里同样的经历，掌握大量的素材，可以把小说《团圆》里的故事充实起来。

确实，毛烽在朝鲜经历了太多血与火的战斗。比如在3月29日信中他向妻子详细介绍了刚刚结束的老秃山战斗，“这是自上甘岭战斗以来在朝鲜战场上最大的一次战斗”。毛烽下到第433团3连十多天，亲眼目睹了志愿军战士们英勇作战、不屈不挠的感人事迹。特别是第3连11班战士滕明国、李高彪、丁兆贵、吴二华四人为了给突击队铺平胜利道路，以自己的身体伏在宽达两米多的螺旋形的铁丝网上，让突击部队从他们的身体上踩过的英雄壮举，带给毛烽强烈的震撼，使他更深刻地感到战士们太可爱了。当时他在军部《政工通信》上写了《四位不朽的马特洛索夫式英雄》一文。后来，在创作电影剧本《英雄儿女》的时候，他把其中志愿军战士的英雄事迹加在了电影作品之中，即战士们趴在铁丝网上，让战友们踏着自己的身体前进！

“英雄们的事迹就像一股股奔腾的激流，瞬间便冲开了毛烽感情的闸门。在整个创作过程中，朝鲜前线的一幕幕，再次不断地叩击着他的心灵，有时写着写着泪水会情不自禁地夺眶而出。毛烽将人物之间的感情作为整个剧本的灵魂，短短28天，一部3万字的电影剧本便完成了，名字正式改为《英雄儿女》。”①

很快，文化部领导批准剧本拍摄。接下来，摄制组邀请词作家公木创作电影主题曲歌词，著名作曲家刘炽谱曲。1964年，电影《英雄儿女》公映，大受好评，主题曲《英雄赞歌》的激昂旋律也传遍了祖国的大江南北。

① 张秀梅:《烽烟滚滚唱英雄——剧作家毛烽和电影〈英雄儿女〉》,《党史纵横》2010年第11期，第18页。

中國人民志願軍第四十七軍政治部用箋

张何俊先同志寄给我们的钱和信收到了吗。敏，你现在已经搬到了幼儿园去住了吧。工作还顺利吧，身体好吧。咱们的小驹驹长得更大了吧。

昨天我接到了周政委的信，他说每天工作很忙。并说将来粉粉回河南省去，他们回正常读去，那么你同姨姨商量商量，什么时候回去由你们自己决定。

我这个月七日同新到政治部任一处（也到）一四一师前沿阵地去了一趟，在前线待了七、八天，今才回来。前面到处都是交通沟和坑道，坑道上面的積土有几丈厚，什么炮弹炸弹也打不了坑道，敌人扔原子弹也不要紧。今年伙食比前年较好多了，又是缴获的东西不知多少，强过去了。供应状况也大大的改进了，快·吃大米和麦面。战士中國人民志願軍第四十七軍政治部用箋 P.2.

们情绪很高，完全有把握有信心粉碎敌人的任何冒险进攻。当然前沿部队的生活还是很苦的，每天除隐蔽修筑工事外，每天要打上百十个炮弹，在坑道狭窄阴暗潮湿，终日不见太阳。毅，拿我们在前线的後方的人和前沿部队的生活来比较，真是感到我们太幸福太安全了。生活在祖国的人们就更加幸福了。当然正是由于前沿部队的艰苦作战，祖国才能够进行大规模的建设。毅，学习常常想念在前线上的战士们，更加努力工作吧！你的工作将是光荣的，培养新生的一代是最光荣的。（我希望你有机会看看乡村女教师那个电影片子，她给你在工作上以莫大的教育和鼓舞。）

毅，我在前面待了七八天，还很安全，虽然炮弹时常在空中飞啸和在地上爆炸，但我没有挨到炮弹。过了几天，身体更结实了，生活也就更丰富了一些。我感到我们的部队我们的战士是太

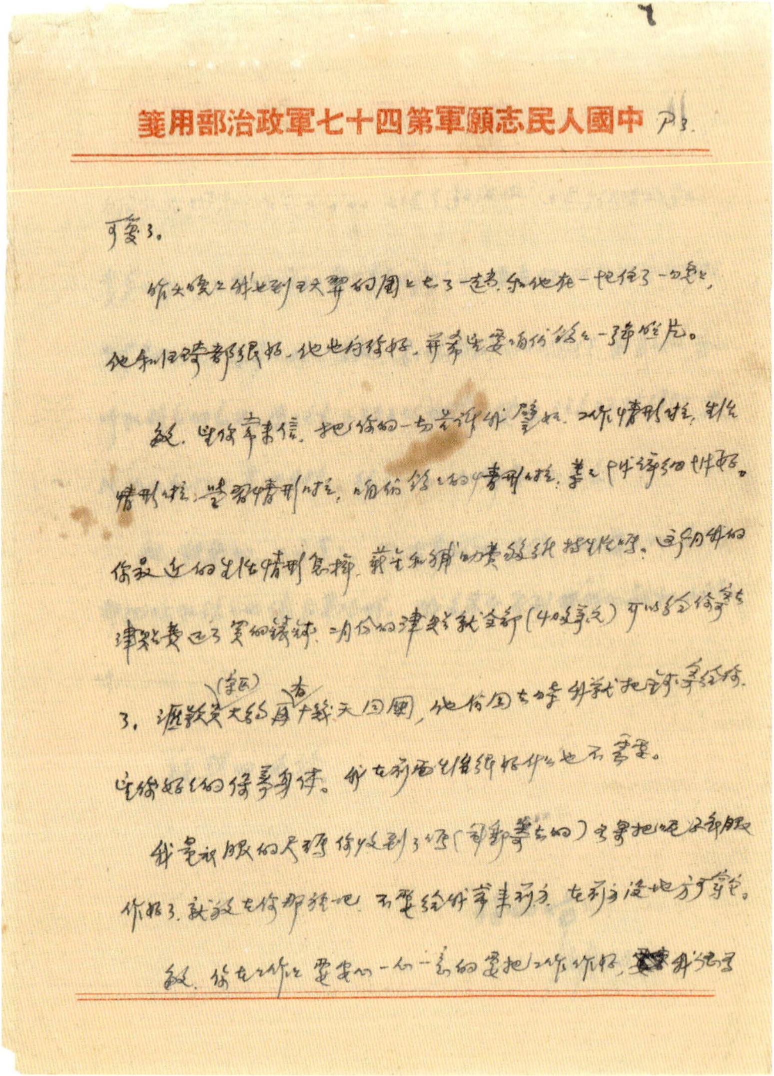

中國人民志願軍第四十七軍政治部用箋　P3.

可爱了。

你大姨之我也到过大舅的围上去了一趟，和他在一起住了一两天，他和旧时都很好，他也问你好，并希望要你给他一张像片。

敏，望你常来信，把你的一切告诉我，譬如工作情形如何，生活情形如何，学习情形如何，你哥哥的情形如何，等等要详细些好。你最近的生活情形怎样，薪金和补助费够不够生活啊。这个月我的津贴费迟了算的结果，二月份的津贴就全部（40万元）可以给你寄去了。源敏（宝臣）大约再有十几天回国，他们回去时我就把全部寄给你，望你好好的保重身体。我在前面生活很好什么也不需要。

我是初服的尺码你收到了吧（自部寄去的），可寄把吃的和服作好了，就放在你那里吧，不要给我寄来了，在前面没地方穿它。

敏，你在工作上要安心一心一意的要把工作作好，我希望中國人民志願軍第四十七軍政治部用箋　P4.

女同志作妇孺工作是光荣的，也是个锻炼的，这是个很有前途的业务工作。你要经常的看些业务书籍（也不要忽视政治学习，特别是要常看报纸）要常向别人请教，要注意好同志的团结，尊重上级，虚心听取群众的意见，要注意个人的健康，注意环境卫生，严格防火和防止其他事故。总之一切一切都要小心在意。

亲爱的，不多写了。望你常给我来信，也不要忘记把自个们都把你和孩子的像片寄给我。我也常想看到我们的亲爱的小孩子呀！

亲热的吻你。

你的[illegible]
六月十五日

第一封

1953年1月15日

托何俊先同志带给我的敏的信收到了吗？敏，你现在已经搬到了幼儿园去住了吗？工作还顺利吗，身体好吗？咱们的小鸽鸽[1]长得更大了吧！

昨天我接到了周政委[2]的信，他说你一天工作很忙。并说将来妈妈[3]回河南省去，他派闫正有送去。那么你同妈妈商量商量，什么时候回去由你们自己决定。

我这个月七日同彭副主任[4]一起到一四〇师前沿阵地去了一趟，在前线待了七八天，今天才回来。前面到处都是交通沟和坑道，坑道上面的积土有几十米厚，什么炮弹炸弹也能顶的住。就敌人扔原子弹也不要紧。今年的工事比前年秋季攻势时不知要强多少倍，供应状况也大大的改善了，顿顿是大米白面。战士们情绪很高，完全有把握有信心粉碎敌人的任何冒险进攻。当然前沿部队的生活还是很苦的，除随时准备战斗外，每天要修工事十二个钟头，在坑道里住阴暗潮湿，终日不见太阳。敏，拿我们在前线的后方的人和前沿部队的生活来比较，真是感到我们太享福太安全了。生活在祖国的人们就更不能比了。当然正是由于前沿部队的艰苦作战，祖国才能够进行大规模的建设。敏，望你常常想起在前线上的战士们，更加

---

①小鸽鸽：作者的女儿毛白鸽。

②周政委：时任47军政委周赤萍。

③妈妈：指毛烽的母亲，当时在沈阳照顾作者的女儿白鸽。

④彭副主任：彭清云，后任47军副政委。

努力工作吧！你的工作任务是繁重的，培养新生的一代[①]是很光荣的。（我希望你有机会看看乡村女教师[②]那个电影片子，她会给你在工作上以莫大的教育和鼓舞。）

敏，我在前面待了七八天，还很安全。虽然炮弹时时在空中飞啸和在地上爆炸，但我没有挨到炮弹。跑了几天，身体更结实了，生活也就更丰富了一些。我感到我们的部队我们的战士是太可爱了。

昨天晚上我也到王天羿的团上去了一趟，和他在一起住了一晚上，他和汪琦都很好，他也问你好，并希望要咱们鸽鸽一张照片。

敏，望你常来信，把你的一切告诉我，譬如工作情形啦，生活情形啦，学习情形啦，咱们鸽鸽的情形啦，等等越详细越好。你最近的生活情形怎样，薪金和补助费够维持生活吗？这个月我的津贴费还了买的表钱，二月份的津贴就全部（40多万元）可以给你寄去了。汇款员（□□）大约再有十几天回国，他们回去时，我就把钱寄给你。望你好好的保养身体。我在前面生活很好什么也不需要。

我量衣服的尺码你收到了吗（军邮寄去的）？如果把呢子衣服[③]作好了，就放在你那里吧，不要给我带来前方，在前方没地方可穿它。

敏，你在工作上要安心，一心一意的要把工作作［做］好，我认为女同志作保育工作是光荣的，也是个“铁饭碗”，这是个很有前途的业务工作。你要经常的看些业务书籍（也不要忽视政治学习，特别是要常看报纸），要常向别人请教，要注意好同志的团结，尊重

①宁敏在生下女儿白鸽之后，从军政部调到47军在沈阳的留守处，组织上让她负责军幼儿园的工作。

②见页185页下注。

③当时全军为团以上干部配发呢子军服。

上级，虚心听取群众的意见，要注意小孩子们的健康，注意环境卫生，严格防火和防止其他事故。总之，一切一切都要小心在意。

敏，亲爱的，不多写了。望你常给我来信，也不要忘记每个月都把你和鸽鸽的像片寄给我。我多希望常看到我的敏和小鸽鸽呀！

亲热的吻你。

你的烽

元月十五日

中國人民志願軍第四十七軍政治部用箋

敏：我最親愛的：

從江安義鎮寄給你第七一封信後，至今一月了，還沒有給你去信，我親愛的敏一定是很焦慮的。請原諒我，因為我又下了部隊，在前面住了十幾天，在前線時未想給你去信，又怕你知道我在前面而更加躭心，說不定就又胡思亂想了，所以就索性等我從前面回來後才給你寫了這封信。現在我已是平安地從前線返回了軍政治部的駐地，正伏在桌上給你寫信，那麼你可以完全放心了。

~~在前~~我這一次是到的四二三團，住在三連一直住了十幾天，正趕上他們打仗，一直從戰前到戰後都直接參加了工作。他們打的就是二二二點九以東的無名高地（敵人稱之為老禿山）全團都參加了戰鬥。按新華社的廣播說這是自上甘嶺戰鬥以來

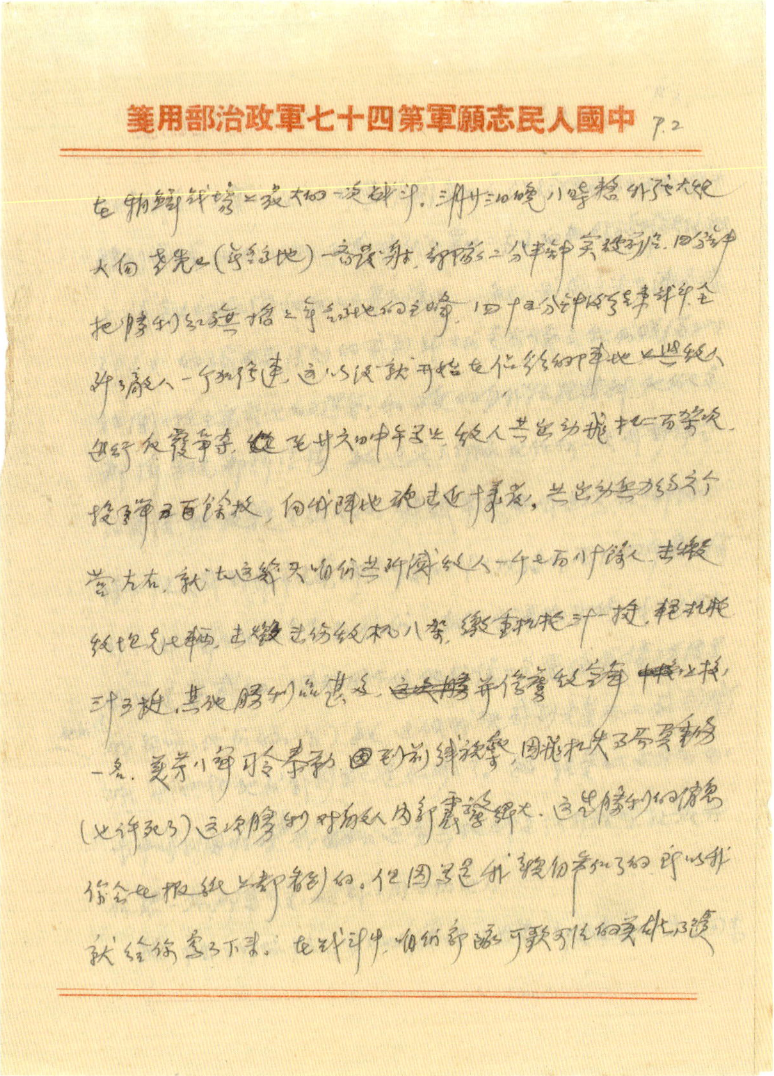

中國人民志願軍第四十七軍政治部用箋　P.2

在朝鲜战场上最大的一次战斗。三月廿三日晚八时整，我们向敌人的老秃山（有名地）一齐发射，部队二分半钟突破前沿，四分钟把胜利红旗插上了有名地的主峰。四十五分钟以后结束战斗，全歼守敌人一个加强连。这以后就开始在我们阵地上与敌人进行反复争夺。~~敌~~至廿六日中午为止，敌人共出动飞机一百架次，投弹五百余枚，向我阵地炮击近十万发，共出动步兵约六个营左右，就在这几天我们共歼灭敌人一千七百八十余人，击毁敌坦克七辆，击落击伤敌机八架，缴重机枪十一挺，轻机枪三十多挺，其他胜利品甚多，~~这次胜~~并俘虏敌官兵~~中校~~上校，一名。美第八军司令泰勒因到前线视察，因飞机失了平衡的（也许死了）这次胜利对敌人内部震动很大。这是胜利的消息你会在报纸上都看到的。但因为是我亲身参加了的，所以我就给你写了下来。在战斗中，咱们部队可歌可泣的英雄事迹

P.3.

中國人民志願軍第四十七軍政治部用箋

定晚飯盒。這十几位战士勝明同学们入了了给突击部队辅导
勝利通过。他们以自己的肉体伏在冰天雪地之中走的保证部队能够
上，讓突击部队從他們的身上踩过。叔，我因这次在连队待
了几天，的确更深刻的看到战士们是太可爱了。他们既富于对
祖国对领袖无限忠心的热爱，和高度的自我牺牲精神。他们又是
那样和蔼那样谦虚。叔，这次下部队比任何一次我都体会
得更深，收获是很大的。我很荣幸，我这次在连部队
待了十几天感到非常光荣，那些可爱的战士们给我留下的印象太深
刻了，我一辈子也不会忘记他们。叔，我离开连队时，战士们对
我也是热爱的，二连的同志们，他们说一定要给我们写信，因为
（他们说我帮助了他们的工作）叔，这使我既感到光荣而又感到惭
愧，我比起他们看到自己是太渺小了。叔，敬爱的，当我们在工
作中碰到困难时，我们还有其他许多个人打算时，就让我
们想一想那些可爱的战士同志们吧！

叔，由我下部队十几天，身上也许瘦了些，但思想上却更健康了一些。回来

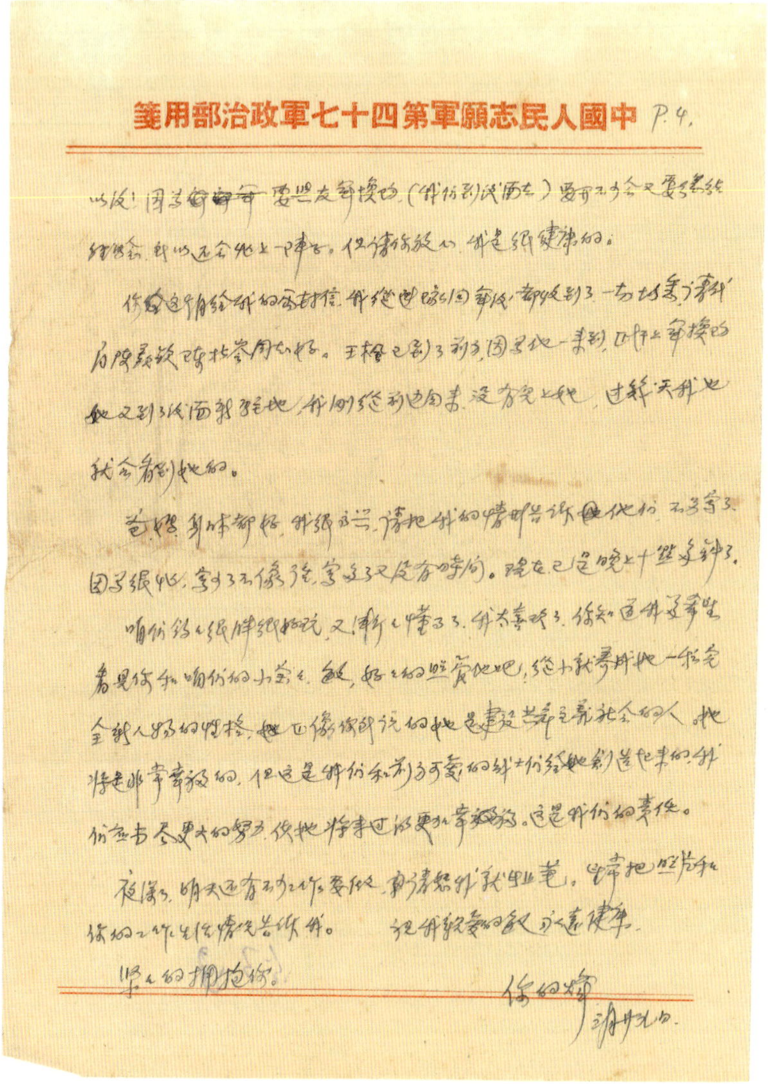

中國人民志願軍第四十七軍政治部用箋 P.4.

以後！同志們 要與友軍換防（我們到後面去）要开不少会又要学习總結經驗，所以还会忙上一陣子。但请你放心，我是很健康的。

你從這月給我的兩封信，我從前線回來後，都收到了。[illegible]自修[illegible]，唸書也念得很好。王梅已到了前方，同志們[illegible]她又到了後面新的崗位，我們從前也見過，沒有見上她，过幾天我也就會看到她的。

爸媽身體都好，我很高興，請把我的情形告訴他們，不多寫了。因為很忙，寫了不像樣，寫完了又沒有時間。現在已是晚上十點多鐘了。

咱們的小孩胖胖的，又漸漸懂事了，我太喜歡了。你知道我多常想看見你和咱們的小寶寶。紋，好好的照顧她吧，從小就要把她一般完全新人的性格，她正像你所說的她是建設共產主義社會的人。她將是非常幸福的，但這是我們和前方千萬的戰士們給她創造起來的，我們要出更大的努力，使她將來過得更加幸福。這是我們的責任。

夜深了，明天還有不少工作要做，就請恕我就此止筆。常常把照片和你的工作生活情況告訴我。 祝我親愛的紋永遠健康。

緊緊的擁抱你。

你的烽

[illegible]廿九日.

第二封

1953年3月29日

敏，我最亲爱的：

从陈美钦同志给你带去一封信后，至今一月了，还没有给你去信。我亲爱的敏一定是很焦虑的。请原谅我，因为我又下了部队，在前面待了十多天。在前线时本想给你去信，又怕你知道我在前面而更加耽心，说不定就又胡思乱想什么，所以就索性等我从前面回来后才给你写了这封信。现在我已是平安的从前沿返回了军政治部的驻地，正伏在桌子上给你写信，那么你可以完全放心了。

我这一次是到的四二三团，在三连一直住了十多天，正赶上他们打仗，一直从战前到战后都直接参加了工作。他们打的就是二二二点九以东的无名高地（敌人称之为老秃山）。全团都参加了战斗。据新华社的广播说，这是自上甘岭战斗以来在朝鲜战场上最大的一次战斗。三月廿三日晚八时整，我强大炮火向老秃山（无名高地）一齐发射，部队二分半钟突破前沿，四分钟把胜利红旗插上无名高地的主峰，四十五分钟后结束战斗，全歼了敌人一个加强连。这以后就开始在占领的阵地上与敌人进行反复争夺。至廿六日中午为止，敌人共出动飞机二百架次，投弹五百余枚，向我阵地炮击近十万发，共出动兵力约六个营左右。就在这几天咱们共歼灭敌人一千七百八十余人，击毁敌坦克七辆，击毁击伤敌机八架，缴重机枪三十一挺，轻机枪三十五挺，其他胜利品甚多，并俘虏敌空军上校一名，美第八军司令泰勒到前线视察，因飞机失事而负重伤（也许死了）。这次胜利对敌人内部震惊很大。这些胜利的消息你会在报纸上都看到的。但因为是我亲自参加了的，所以我就给你写了下来。在战斗中，咱们部队可歌可泣的英雄事迹出现很多，三连十一班战士滕明国等四人为了给突击部队铺平胜利道路，他们以自己的肉体伏在宽达二米多的螺旋形的铁丝网上，让突击部队从他们的身上踩过。敏，我这次在连队待了十多天，的确更深刻的感到战士们是太可爱了，他们充满了对祖国对毛主席无比的热爱，和高度的自我牺牲精神。他们又是那样乐观那样淳朴。敏，这次下部队比任何一次我都体会的更深，收获是很大的。我很幸运，我这次在部队待了十多天，感到非常光荣，那些可爱的战士们给我留下的印象太深刻了，我一辈子也不会忘记他们。敏，我再告诉你，战士们对我也是爱戴的，三连的同志们，他们说一定要给我请功（因为他们说我帮助了他们的工作），敏，这使我既感到光荣而又感到惭愧，我比起他们感到自己是太渺小了。敏，亲爱的，当我们在工作中碰到困难时，当我们还有其他许多个人打算时，就让我们想一想那些可爱的战士同志们吧！

敏，我下部队十多天，身上也许瘦了些，但思想上却更健康了一些。回来以后，因为要与友军换防（我们到后面去），要开不少会，又要总结经验，所以还会忙上一阵子，但请你放心，我是很健康的。

你这个月给我的两封信，我从连队回军后都收到了，一切均悉。请代问陈美钦、陈松岭同志好，王枫已到了前方，因为她一来到，正赶上军换防，她又到了后面新驻地。我刚从前边回来没有见上她，过几天我也就会看到她的。

爸妈身体都好，我很高兴，请把我的情形告诉他们。不另写了，因为很忙，写少了不像话，写多了又没有时间。现在已是晚上十点多钟了。

咱们鸽鸽很胖很好玩，又渐渐懂事了，我太喜欢了。你知道我多希望看见你和咱们的小宝宝。敏，你好好的照管他［她］吧，从小就养成她一种完全新人物的性格。正像你所说的，她是建设共产主义社会的人。她将是非常幸福的，但这是我们和前方可爱的战士们给她创造起来的。我们应当尽更大的努力，使她将来过得更加幸福。这是我们的责任。

夜深了，明天还有不少工作要做，请恕我就此止笔。望常把照片和你的工作生活情况告诉我。

祝我亲爱的敏永远健康。

紧紧的拥抱你。

你的烽

三月廿九日

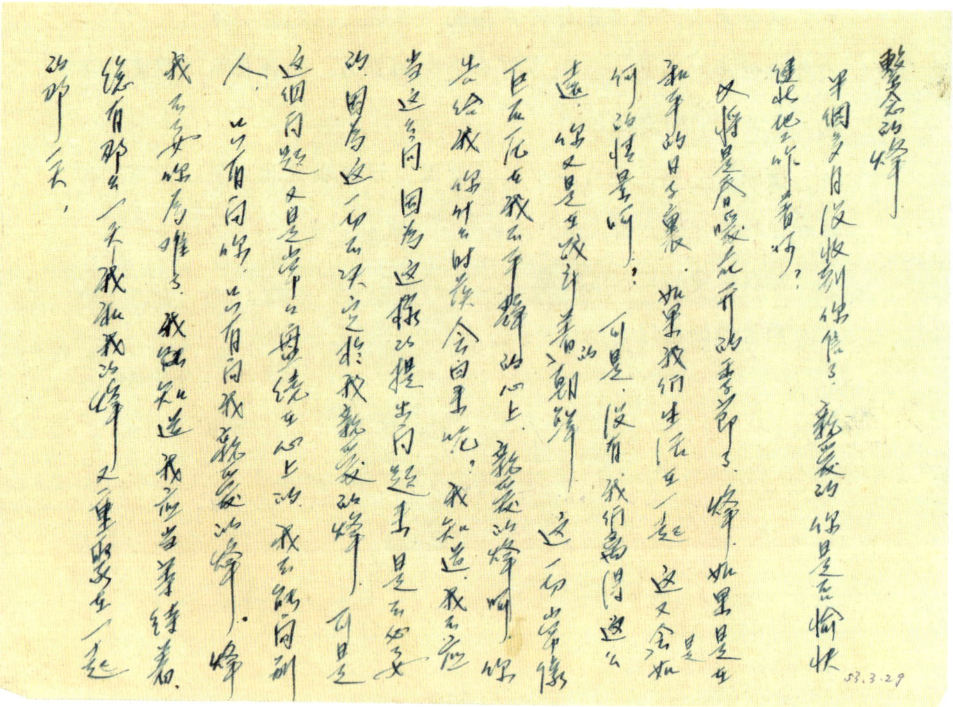
繫念的烽：

半個多月沒收到你信了。親愛的，你是否愉快健康地工作著呀？

又將是春暖花開的季節了。烽，如果是在和平的日子裏，如果我們是生活在一起，這又會如何的情景呀？可是，沒有，我們离得這么遠。你又是在戰斗著的朝鮮。這一切常常像巨石压在我的烽的心上。親愛的烽啊，你告給我，你什么時候會回來呢？我知道，我不应当这么问，因为这樣的提出问题来是不必要的，因为这一切不决定於我親爱的烽。可是这個问題又是常常的缠绕在心上的，我不能向别人，只有向你，只有向我親爱的烽。烽

我不要你为难了，我能知道我应当等待着，总有那么一天，我和我的烽又一塊兒在一起的那一天，

53.3.29

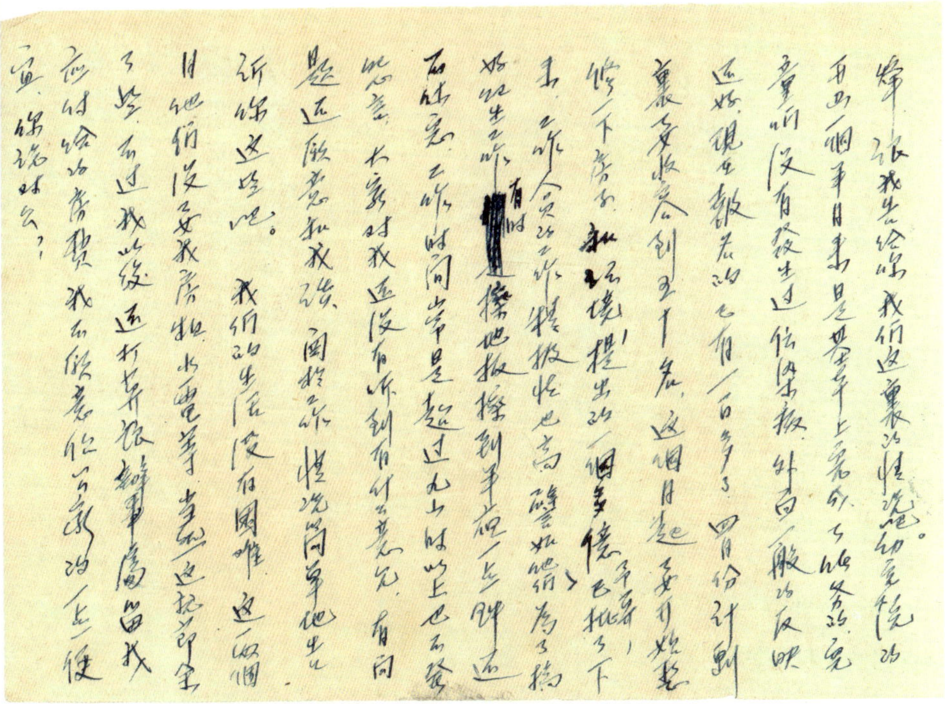
烽：很想告给你我们这里的情况。他的意見的
再一個單月來只是基本上完成了他們的競
賽，我們沒有發生過什麼問題，外面一般的反映
還好。現在整黨的已有一百多了。四月份計劃
黨裏要吸收到五十名，這個月起要開始整
修一下黨。社會環境提出的一個要求，平常，已批了下
來，工作人員的工作積極性也高，譬如他們為了搞
好生產工作，有时[redacted]連擦地板，擦到半夜一點鐘還
不休息。工作時間也常是超過九小時以上也不發
怨言。大家對我還沒有啥什麼意見，有問
題還願意和我談，關於工作情況同事他們也
訴給我這些吧。 我們的生活沒有困難，這個
月他們沒要我管伙食，水電等費都是由這裡節省
了些。不过我以後還打算很節省留我
應付給的醫費，我不願意給公家的一點便
宜。你說對么？

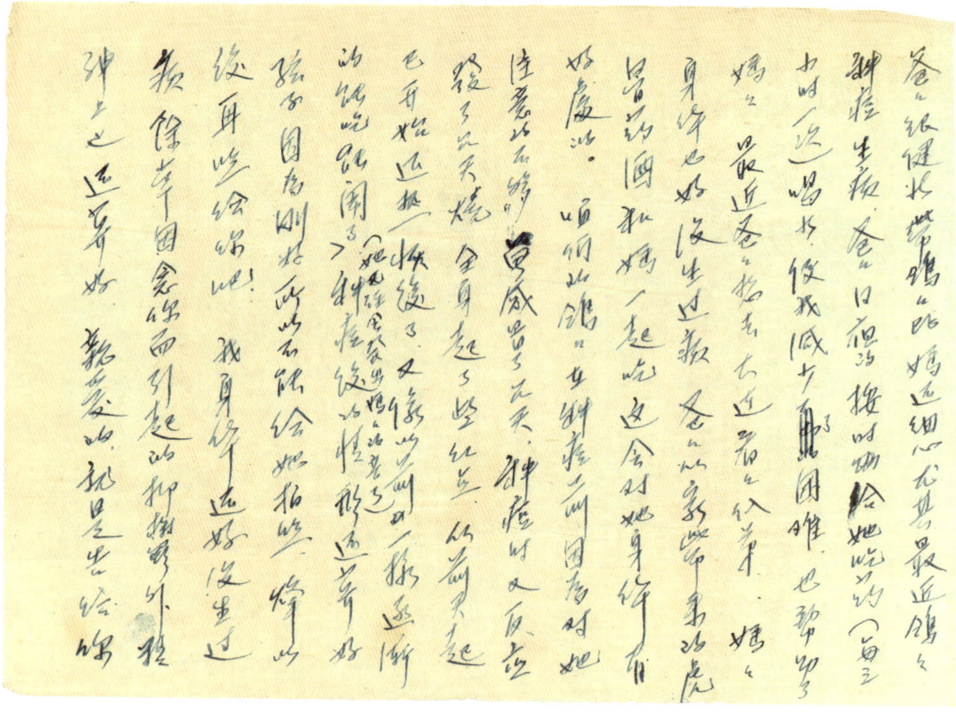

爸爸很健壮，带妈妈的妈也细心，尤其最近妈妈
神经生病，爸爸日夜的按时的给她吃药（每三
小时一次）喝水，使我减少了困难，也帮助了
妈妈。最近爸爸就去看过看看人参。 妈妈
身体也好，没生过病，爸爸以前带来的虎
骨药酒和妈妈一起吃，这会对她身体有
好處的。 咱们的妈妈在神经病前因为对她
注意的不够，曾感冒了几天，神经病时又反应
發了几天烧，全身起了些红点，以前只起
也开始退了，现换一块後了。又像以前的一样逐渐
的能吃能闹了，（她经常会说出妈妈的名字）神经病後的性格还算好
话可因为刚好所以不能给她拍照，等以
後再照些给你吧！ 我身体还好，没生过
病，除了常因念你而引起的抑郁外，精
神上还算好。 亲爱的，就是告诉你

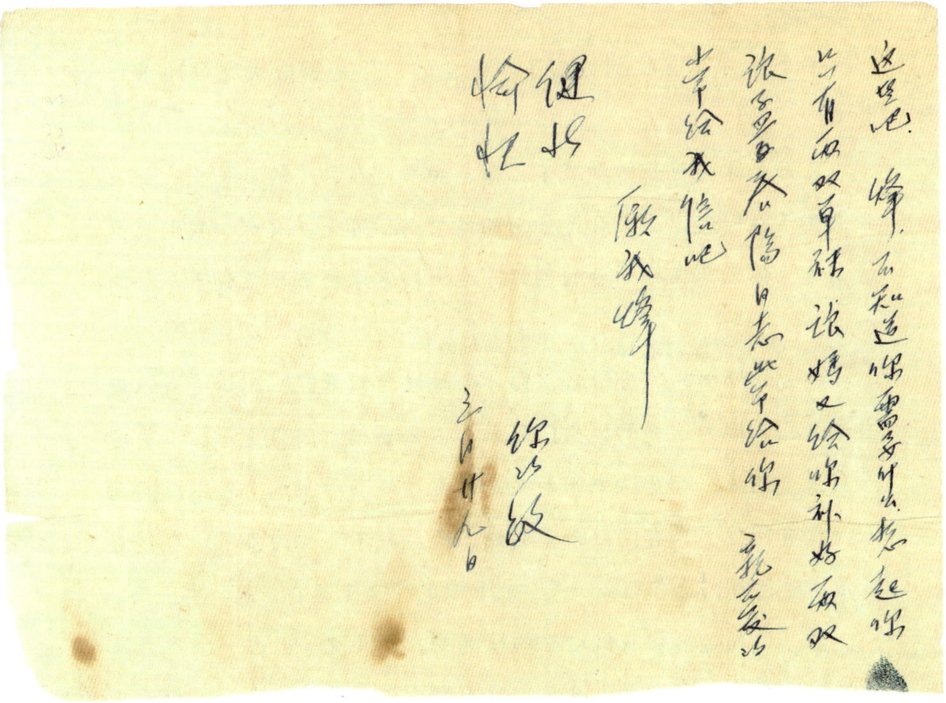

这些吧。峰，不知道你需要什么，想起你
只有两双草鞋，张妈又给你补好两双
张爸爸答应隔日寄些给你 就会寄出
些给我信吧
吻我峰
健好
愉快
你的敏
三月廿八日

第三封

1953年3月29日　宁敏致毛烽

系念的烽：

半个多月没有收到你信了。亲爱的，你是否愉快健壮地工作着呵？

又将是春暖花开的季节了。烽，如果是在和平的日子里，如果我们生活在一起，这又会是如何的情景呵！可是，没有，我们离得这么远，你又是在战斗着的朝鲜，这一切常像巨石压在我不平静的心上。

亲爱的烽呵，你告给我，你什么时候会回来呢？我知道我不应当这么问，因为这样的提出问题来是不必要的，因为这一切不决定于我亲爱的烽。可是这个问题又是常常盘绕在心上的，我不能问别人，只有问你，只有问我亲爱的烽。烽，我不要你为难了。我知道我应当等待着，总有那么一天，我和我的烽又重聚在一起的那一天。

烽，让我告给你我们这里的情况吧。幼儿院的开办一个半月来是基本上完成了任务的，儿童们没有发生过传染病，外面一般的反映还好。现在报名的已有一百多了，四月份计划里要收容到五十名。这个月起要开始整修一下房子和环境，提出的一个多亿预算，已批了下来。工作人员的工作积极性也高。譬如她们为了搞好卫生工作，有时擦地板擦到半夜一点钟还不休息，工作时间常是超过九小时以上也不发怨言。大家对我还没有听到有什么意见，有问题还愿意和我谈。关于工作情况简单地告诉你这些吧。我们的生活没有困难，这两个月他们没要我房租、水电等，当然这就节余了些。不过我以后还打算让办事处留我应付给的房费，我不愿意占公家的一点便宜。你说对么？

爸爸[①]很健壮，带鸽鸽比妈[②]还要细心。尤其最近鸽鸽种痘生病，爸爸日夜的按时给她吃药（每三小时一次）喝水，使我减少了困难，也帮助了妈妈。最近爸爸想去大连看看儒弟。妈妈身体也好，没生过病。爸爸从家带来的虎骨药酒和妈一起吃，这会对她身体有好处的。咱们的鸽鸽在种痘前因为对她注意的不够，曾感冒了几天，种痘时又反应，发了几天烧，全身起了些红点。从前天起已开始退热恢复了，又像以前一样逐渐的能吃能闹了（她已经会发出妈妈的音了）。种痘后的情形还算好，孩子因为刚好所以不能给她拍照。烽，以后再照给你吧。我身体还好没生过病，除常因念你而引起的抑郁外，精神上也还算好。亲爱的，就是告给你这些吧。烽，不知道你需要什么，想起你只有两双单袜，让妈又给你补好两双，让孟春阳同志带给你。亲爱的，常给我信吧。

愿我烽

健壮愉快！

你的敏

三月廿九日

①爸爸：指宁敏的父亲，当时在家里帮助照看白鸽。

②妈：指毛烽的母亲。

1953 年，宋云亮在朝鲜

一个令人兴奋的消息是朝鲜停战签字了

1953 年

宋云亮致妻子胡玉华（两封）

家书背景

这是宋云亮自朝鲜战场写给妻子胡玉华的家书，描述了他亲身经历的金城战役和停战经过，以及对和平的盼望和对亲人的思念。

作者宋云亮（1923—1977），陕西省临潼县（今西安市临潼区）人。1938年8月参加八路军，同年到陕北公学学习。12月入延安中国人民抗日军事政治大学（简称抗大）学习，同月加入中国共产党。1940年1月从抗大毕业后，到晋察冀第3军分区1支队政治处任干事，参加了百团大战。后在晋察冀第3军分区1支3队任副政治指导员。1945年2月入晋察冀军区炮兵训练队学习。同年10月任晋察冀军区炮兵团2营4连政治指导员。1949年任华北军区第66军炮兵团2营营长。1951年任第66军第198师炮兵团代理团长。抗美援朝战争期间，任志愿军第66军198师炮兵团团长。1955年被授予中校军衔。从朝鲜回国后相继在北京炮兵司令部和第66军炮兵工作，1966年因病离休。

1949年10月，宋云亮与胡玉华结婚照

1977年不幸逝世，被追认为“烈士”。

收信人胡玉华，小名玉花。1930年生于河北省保定市。1948年加入中国共产党。1949年10月24日，与宋云亮结婚。在天津护士学校毕业后，留校当职员。1970年到陕西省临潼县文教局，担任文秘工作。1980年调入西北纺织学院，从事党务、人事等部门的工作。1989年离休。

据胡玉华女士介绍，她和宋云亮的相识颇具传奇色彩。

1946年的秋天，一位解放军指挥员在与国民党军队的战斗中负伤。那时，胡玉华刚满16岁，正在家乡上学，与乡亲们一起做支前工作。是她和乡亲们救护了这位解放军同志，并为他包扎、医治。当时，这位细心的解放军伤员记下了胡玉华的姓名、住址和学校名称。后来，胡玉华才知道，她救的伤员，是晋察冀野战军炮兵部队的指挥员，名叫宋云亮。

宋云亮伤愈归队后，立即给胡玉华写信，对她和老乡们的救治表示衷心的感谢，同时也热心地鼓励胡玉华努力学习，不断进步。胡玉华收到这封信后，马上回信，表达了对解放军的崇敬之情，并决心学好文化，争取进步。

在解放战争的三年里，宋云亮与胡玉华尺牍频繁，鸿雁往复。随着漫长的书信来往，两人的感情也日益加深。

1948年7月，宋云亮第一次提出结婚的请求。在随后的信中，宋云亮对胡玉华的称呼从“亲爱的妹妹”变成了“亲爱的玉花”，而且在信的结尾，都会说上一两句只有情人之间才会有的亲昵话语，如“吻你”“紧握你的手”等。胡玉华被这个感情细腻、乐观开朗的年轻军官深深吸引。当宋云亮再次提出结婚的请求时，胡玉华终于腼腆地同意了。于是，宋云亮在1949年8月向组织递交了结婚申请。

1951 年 2 月，宋云亮（前排中）与志愿军战友于安东市合影

1953 年春，志愿军在朝鲜动手抢修悬吊桥

1954 年，朝鲜停战，宋云亮回国后与胡玉华合影

1949年9月17日，宋云亮奉命从天津开赴北平，参加开国大典的大阅兵。10月2日，宋云亮回到了部队驻地天津。不久，他的结婚申请得到了组织的正式批准。胡玉华得知消息后，向学校请了假，同母亲一起从保定赶到天津。10月24日，两人举行了婚礼。

结婚后不久，胡玉华就返回学校，继续完成学业。抗美援朝战争开始，为了保家卫国，1950年10月中国人民志愿军跨过鸭绿江，开赴朝鲜战场。1951年2月25日，宋云亮也随军入朝。就这样，两人一直过着异地分居的日子，感情的维系、思念的传递，就一直依靠那一片片又轻又薄的信纸。

抗美援朝战争初期，战事艰难紧张，宋云亮进入朝鲜五个月来，一封家书都没有捎回，这让在国内焦急等待的胡玉华坐立难安。最艰难的日子熬过去之后，他们的通信总算又恢复了，宋云亮就抓紧战争的空闲时间给胡玉华写信。

胡玉华说："在抗美援朝战争的那几年里，我们两个都学会了用写信来表达那种原本生活中已有的、点点滴滴的、浓浓的情意，特别是那种思念之情，不用直说。那种浓郁的情感、那种深沉的

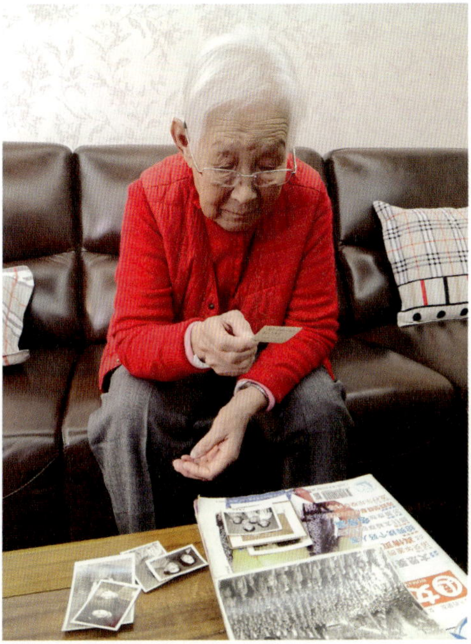

2020年11月，胡玉华在西安家中重温当年的老照片

爱，我们都把它洒在字里行间，有时候一个字、一句话就能流露出来了。”

到了1953年7月，从宋云亮寄回的家书中，胡玉华感觉到，在朝鲜的战斗快要结束了。1953年7月27日上午10时，《朝鲜停战协定》签字仪式在板门店举行。朝鲜战争结束，宋云亮回到国内，终于和胡玉华团圆。胡玉华陪着宋云亮到了天津，这一对已结婚近四年的夫妻到现在才真正生活在一起。

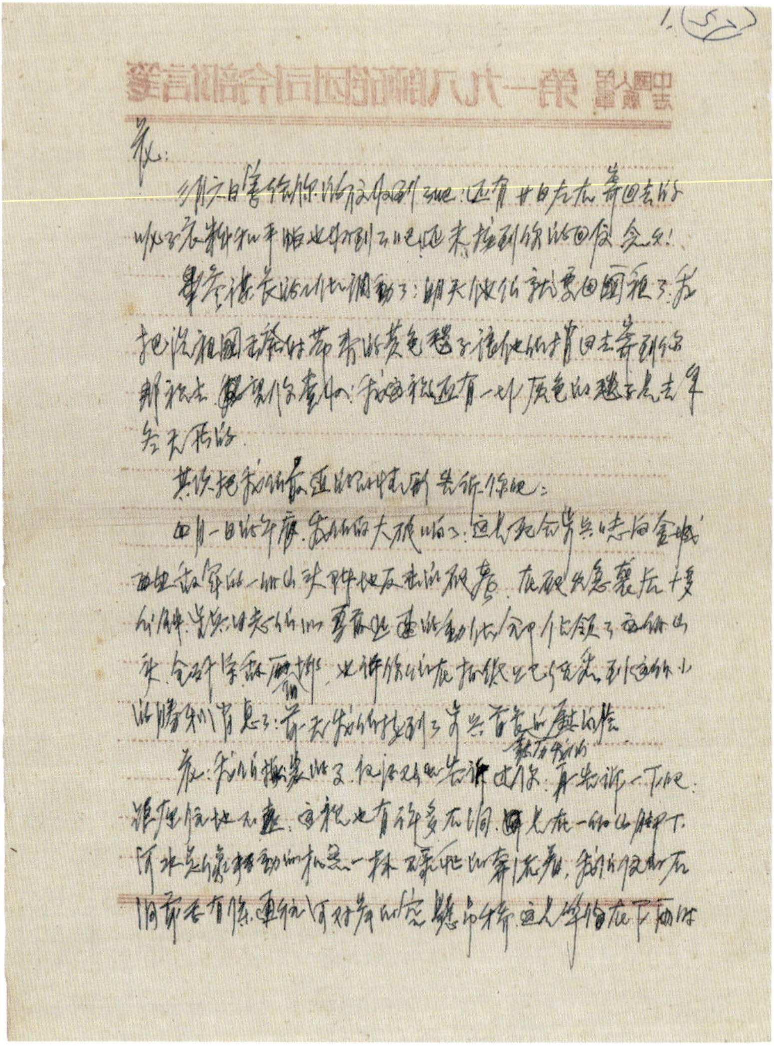
1.（5）

中国人民志愿军第一九八师政治部[illegible]信笺

[illegible]：

八月六日寄给你的信收到了吧？还有廿日左右寄回去的[illegible]衣料和手帕也收到了吧？但未接到你的回信，念念！

最近部队的工作调动了，明天他们就要回国了，我把从祖国慰问团带来的黄色毯子请他们带回去寄到你那里去，[illegible]留作纪念。我这里还有一件灰色的毯子是去年冬天发的。

其次把我们最近的情况告诉你吧：

四月一日的午夜，我们的大反攻开始了，这是[illegible]向金城地区敌军的一次[illegible]反击的[illegible]。[illegible]十[illegible]分钟[illegible]我们的[illegible]，[illegible]了[illegible]，[illegible]，也许你们在报纸上已经看到这个小的胜利消息了，今天我们接到了[illegible]

[illegible]：我们自撤退以后，很久没告诉过你，再告诉一下吧：[illegible]很[illegible]，这里也有许多石洞，[illegible]在一个山脚下，河水[illegible]动的[illegible]一样[illegible]流着，我们住的石洞前面有条通往河对岸的[illegible]，[illegible]在下面的

2

洪水退了我们建造的，总之我住的地附近已经是非常美丽的。现在我们住了一个大洞子。在石洞旁不远的地方才用木材搭起了一间小屋，里面都用木板钉了，还用着报纸糊的，有窗子也有门子，我也有我的床铺和办公桌。木板上贴着好几张祖国画家所画的年画，屋子里美丽极了！陈玉田同志看了说"真是漂亮，他妈的比洞房还漂亮——漂亮急了！"我把我这屋子的样子画给你看看吧！

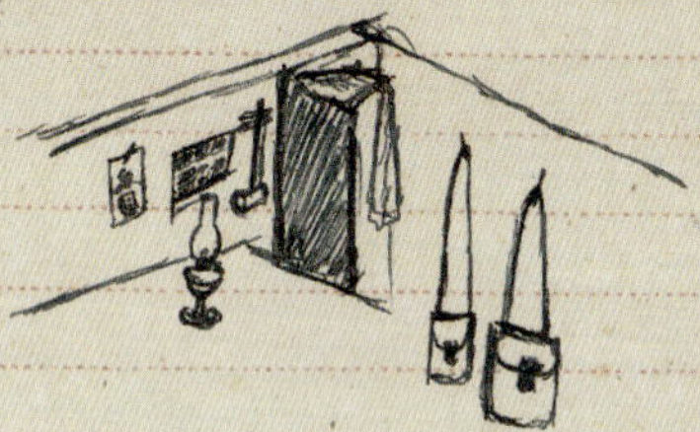

我画的样子：这是我坐在桌子前面，在墙上贴的画的，床铺和衣服的样子，你也知道我不会画，不要笑话我。

我亲爱的：寄给你三张小像片，这是我们连长照的，是请朝鲜老乡给照的，其中两个人站在第一排的你猜是谁？我和他们一起拍下来的像片——我站在中间，这是我告诉你吧：我和我一起照的是陈玉田同志（他是我们团组织部的干事）。

事情记录的很清楚，就是写信告诉你了。另外还有三张底板，没有洗出，也给你寄去，你洗出吧；洗了以后也给我寄几张来吧！每张寄几张来，不要太少了，过去我们拿去朝鲜去洗的像还没有洗出

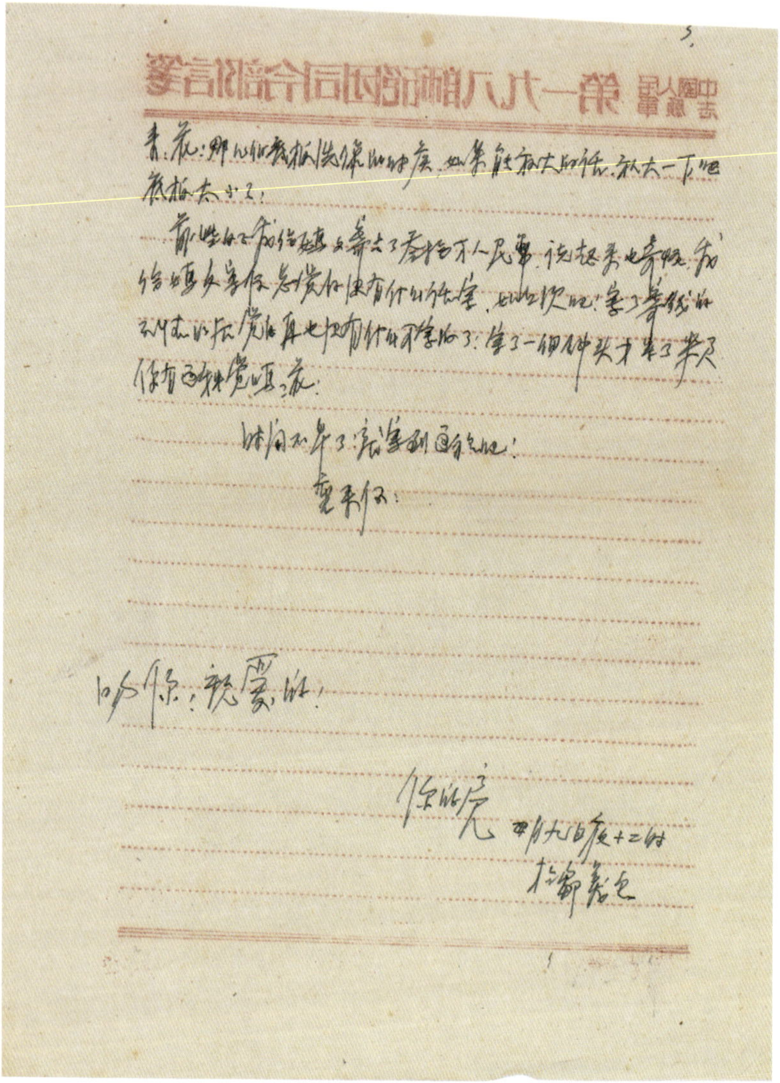

第一封

1953年4月9日

花：

三月六日写给你的信收到了吧？还有廿日左右寄回去的呢子衣料和手帕也收到了吧？还未接到你的回信，念念！

毕参谋长的工作调动了，明天他们就要回祖国了。我把从祖国出发时带来的黄色毯子让他们捎回去，寄到你那里去，望你查收。我这里还有一块灰色的毯子，是去年冬天发的。

其次，把我们最近的情形告诉你吧：

四月一日的午夜，我们的大炮响了。这是配合步兵同志向金城西边敌军的一个山头阵地反击的炮声。在炮火急袭后十多分钟，步兵同志们以勇敢迅速的动作全部占领了一个山头，全歼守敌两个排。也许你们在报纸上已经看到这个小的胜利消息了！前一天，我们接到了步兵首长鼓历〔励〕我们的慰问信。

花，我们搬家的事，记得已经告诉过你，再告诉一下吧。距原住〔驻〕地不远。这里也有许多石洞，是在一个山脚下。河水总像转动的机器一样忙碌的奔流着。我们住的石洞前面，有条通往河对岸的空悬吊桥。这是准备在下雨时涨水后来往通过的。总之，新住〔驻〕地的自然环境是非常美丽的。现在，我自己住了一个石洞子。在石洞里面拐弯的地方用木材架起了一间小屋，周围都用木板钉了，还用旧报纸糊了。有窗子，也有门子，里边有我的睡铺和办公桌。木板墙贴着好几张祖国慰劳的美丽的年画。当屋子刚弄好时，陈玉田同志看了说：“真是漂亮他妈不给漂亮娶媳妇——漂亮急

（极）了！”

花！我把我这屋的门口〈的样子画出来〉，寄给你看看吧！

花，怎么样？这是我坐在桌子前面，面对屋子的门口画的。床铺在我的后边。你也知道，我不会画，不要笑话我。

花，亲爱的，寄给〈你〉三张小像片。这是我们最近照的，是让朝鲜老乡给洗的。其中，两个人站在吊桥上的，你猜是我和谁？别往下看，先看像片——猜着了吗？还是我告诉你吧，和我一块站着的小个子是陈玉田同志（他来我们团任实习副团长的事情，记得上次去信已经告〈诉〉你了）。另外还有三张底板，没有洗出，也给你寄去，你洗吧！洗了以后，你也给我寄几张来吧（每片寄几张来，明白不？）。过去，我们拿回祖国去洗的像还没有洗回来。花，那几个底板［版］洗像的时候，如果能放大的话，放大一下吧，底板［版］太小了！

前些日子，我给妈妈寄去了叁拾万人民币。说起来也奇怪，我给妈妈写信总觉得没有什么话写。如上次吧，写了寄钱的事情以后，觉得再也没有什么可写的了，写了一个钟头才写了半页。你有这种〈感〉觉吗？花！

时间不早了，就写到这里吧！

望来信！

吻你，亲爱的！

你的亮

四月九日夜十二时　于邹义里

(68)

玉花：

前些天在我未上前线的时候寄给你的信和寄给你的像片收到了吗？念念。

在我上前线后接到了你从学校寄来的像片，同我们都看了，高兴很多。现在没有什么好回答你的，就把我们这次我们的胜利消息告诉你吧！我是在今年战斗的一个胜利的序幕！我们是从八月十日大战役的开始，还有七月份"嘉陵江"大概也参加了，是七月十三晚八时——这是一个雨夜，我们开始了，在金城前线廿八公里宽的战线上向敌人发起了震耳的难以形容的攻击——我们歼灭的敌人包括敌人的阵地和部队，敌人失去阵地，并敌人逃跑时我们即突破了敌人的前沿阵线，接着又有战报说："现在我们已经攻占了××阵地，歼灭敌首××师长"……这消息不仅说前面部队在敌纵深猛插的战斗人员都完成了任务，激烈的战斗连续了好几天，此战我们歼灭敌人三万多人，恢复阵地一百七十多平方公里，缴获的大炮、车辆也很多，还有一架飞机，敌人的一个野战医院的男女工作人员也都被俘虏。总之这次我们是反击战最大的一次，胜利也很大。

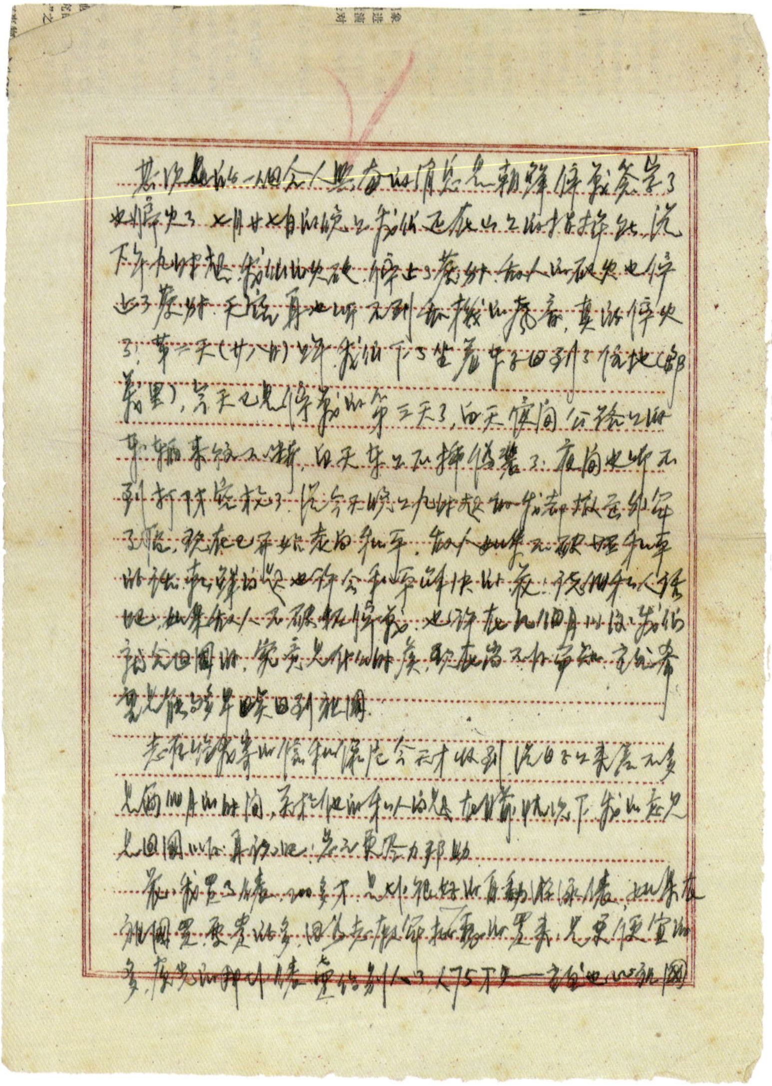

其次最近的一个令人兴奋的消息是朝鲜停战签字了也就停火了。七月廿七日的晚上我们还在山上的掩蔽部，说下午九时起我们的炮火就停止了射击，敌人的炮火也停止了射击，天空再也听不到敌机的声音，真的停火了。第二天（廿八日）晚我们下了山坐着车子回到了休地（部队里），今天已是停战的第三天了，白天夜间公路上的车辆来往不断，白天车上不挂伪装了，夜间也听不到轰炸扫射的声音了。从今天晚上九时起我们就都撤出非军事区，现在已开始走向和平。敌人如果不破坏和平的话，朝鲜问题也许会和平解决的。[illegible]吧，如果敌人不破坏停战，也许在几个月以后我们就会回国的，究竟是什么时候，现在尚不能肯定，总之希望是能够早日回到祖国。

[illegible]寄的信和照片今天才收到，说自你上来后不多是两个月的时间，关于[illegible]在[illegible]情况下我的意见是回国以后再说吧！总之要尽力帮助

最近我买了个表，一共十万多，不是很好的自动游泳表，如果在祖国买要贵的多，因为是[illegible]买来，是很便宜的多，[illegible]

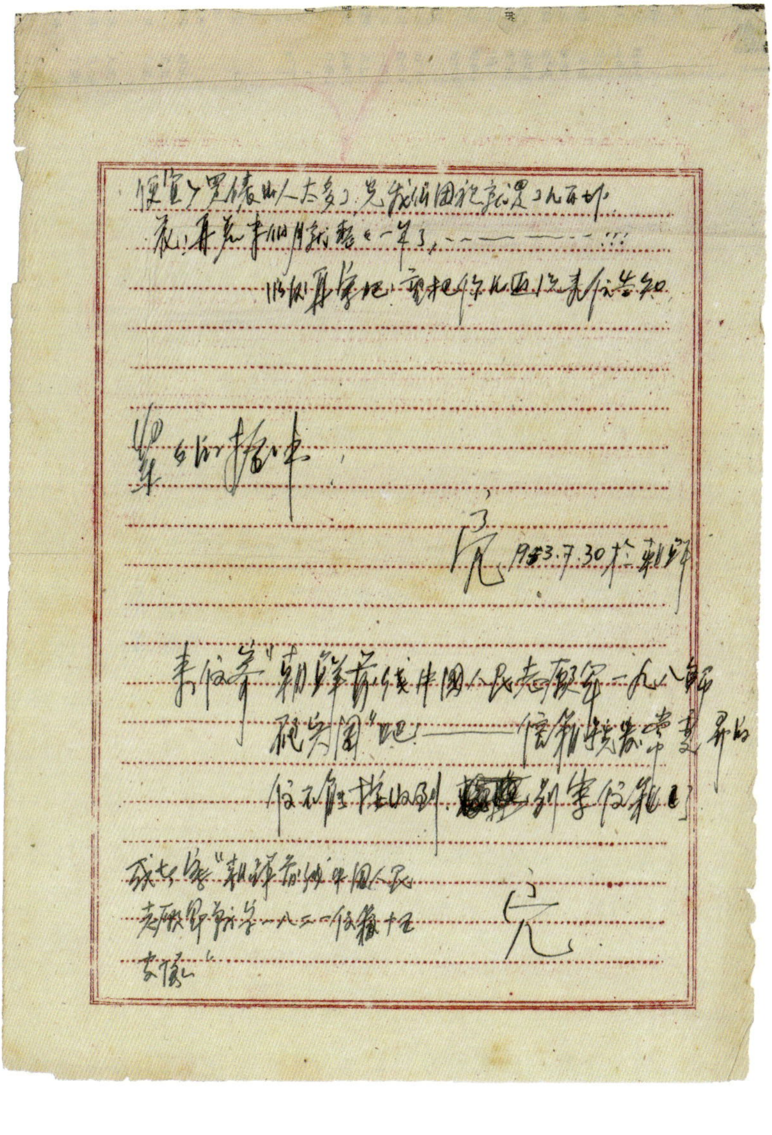

便宜了，買價出人太多了，光我們團就買了八百張，

衣，再若寄你們就整整一年了。——————！！！

以後再寫吧，並把你們通訊處告知

緊緊的握手，

完 1953.7.30於朝鮮

來信寄"朝鮮前線中國人民志願軍一九八部

砲兵團"吧！——信封地址常要寫的

信不能接收到，就寫信箱」

或者寄"朝鮮前線中國人民

志願軍第一八二一信箱十五

支隊"

完

第二封

1953年7月30日

玉花：

前些天在我准备上山作战时写给你的信和寄给你的像片，收到了吗？念念。

在我上山以后，接到了你从学校寄的信与像片，因战斗就要开始，事情很多，所以没有及时回信，望原谅。

把我们这次战役的胜利消息告诉你吧！我是西集团军的一个炮群的群长！我们群里有几十门大口径的野榴炮，还有坦克及“喀秋莎”大炮也参加了。在七月十三日夜八时——这是一个雨夜，战役[1]开始了。在金城前线廿八公里宽的战线上，响起了震耳的、难以形容的炮声——我们神威的炮兵向敌人的阵地开始了炮火急袭。当炮火延伸射击之后，步兵即突破了敌人的前沿防线，接着又开始纵深战斗。“现在我们已占领了××阵地，要求炮火向××射击”……等消息不继〔断〕从前面传来。炮兵指挥所的所有人员都高兴的了不得。激烈的战斗连续了好些天。

次此〔此次〕战役，我们歼敌三万余人，占领敌军阵地一百七十多平方公里，缴获的大炮、车辆、坦克很多，还有一架飞机。敌人的一个野战医院的男女工作人员也当了俘虏。总之，这次战役是反击战规模最大的一次，胜利也较大。

---

①1953年7月13日至27日，志愿军发起的夏季反击战役第三次进攻。

其次的一个令人兴奋的消息是朝鲜停战签字了，也停火了。七月廿七日的晚上，我们还在山上的指挥所，从下午九时起，我们的火炮停止了发射，敌人的炮火也停止了发射，天空再也听不到敌机的声音，真的停火了！第二天（廿八日）上午，我们下了〈山〉坐着车子回到了住［驻］地（邹义里）。今天已是停战的第三天了。白天夜间，公路上的车辆来往不断。白天车上〈也〉不插伪装了，夜间也听不到打防空枪了。从今天晚上九时起，敌我都撤出非军事区。现在已开始走向和平。敌人如果不破坏和平的话，朝鲜问题也许会和平解决的。

花！说个私人话吧，如果敌人不破坏停战，也许在几个月以后，我们就会团圆的。究竟是什么时候，现在尚不得而知，当然希望是能够早点回到祖国。

志存给我寄的信和像片，今天才收到。从日子上来，差不多是两个月的时间。关于他的私人问题，在目前情况下，我的意见是回国以后再说吧！总之，要尽力帮助。

花，我买了表，200多才，是块很好的自动游泳表，如果在祖国买，更贵的多，因为志愿军批整的买来，是更便宜的多，原先的那块表卖给别人了（75万）——应该也比祖国便宜了。买表的人太多了，光我们团里就买了几百块。

花！再差半个月，就整整一年了……！！！

以后再写吧！望把你的近况来信告知。

紧紧的握手！

亮

1953.7.30于朝鲜

来信寄“朝鲜前线中国人民志愿军一九八师炮兵团”吧——信

箱号□常变，弄的信不能按〈时〉收到。别写信箱了，或者写“朝鲜前线中国人民志愿军战字一八二一信箱十五支队”。

亮

1950 年 10 月，邵尔谦在沈阳

在朝鲜这三年，有几个月夜我是忘不掉的

1951—1953 年

邵尔谦致父母和弟弟邵尔钧（四封）

家书背景

邵尔谦，又名少康、邵康、邵亢，1929年生于北平。1948年7月从北平市立第七中学高中毕业，12月从北平教育部师资训练所肄业。1949年3月自愿参军入伍，在第四野战军特种兵炮兵第2师文工队任队员、演员、乐手、创作员。1950年10月入朝作战，1953年10月归国。

少康入朝后，他的大弟弟尔钧在西安市西北区工作。尔钧，1931年生。1948年北平南堂中学初中毕业，1949年3月加入南下工作团，在西安市西北区政务委员会财务委员会计划室工作。当时，志愿军被人们称作“最可爱的人”，备受崇敬，所以邵尔钧就把哥哥寄来的书信都保存了起来。虽然邵尔钧的工作足迹踏遍西北数省，又历经多次政治运动，但这批家书却丝毫无损。直到2002年9月，邵尔钧终于托可靠的朋友把这批家书由西安带到天津，送到哥哥的手里。2005年，抢救民间家书项目启动，少康捐赠了这批珍贵的家书，现分别收藏于中国人民大学家书博物馆和国家博物馆。

志愿军入朝作战之初，出于保密，按照总部的要求，不许官兵携带有中国文字的书籍、笔记本、书信，所以，最初半年无法给家里写信，以致家人不知少康去了何处，同时他也收不到家中的来信。据家人后来告诉少康，因为想念他，过年时母亲单独盛一盘饺子，放到小屋的桌子上，再摆上一个小碟、一双筷子，在他的照片前燃起三炷香，表示心意。家人因他的生死未卜而提心吊胆。

少康说，等到我军进行了五次战役，战局逐渐稳定下来，他们才有工夫写信。当时，为了保密，信中不能谈战争情况。实际上，在第五次战役之后，他们又进行了秋季战术作战、上甘岭战役和金

少康（右一）与战友合影

城战役等，停战后才回国。

在抗美援朝的战场上，尽管环境非常艰苦，但志愿军战士充满了革命豪气和乐观主义精神。少康主要从事文艺工作，他想方设法编排节目，为前线的战友们送上精神食粮。从家书中也可以看出，面对流血和牺牲，他们更加珍爱生命。在他们的眼中，阵地上的一草一木，都是美丽的风景。至于松鼠这样的小动物，更是他们亲爱的朋友。在紧张的战斗间隙，他们更加想念祖国，思念亲人，所以才有少康详细记述连续五年在战地过中秋节的情形。

少康的战友李亦文同志在《难忘的战地中秋节》一文中写道："朝鲜的节日也同中国一样，他们也把中秋节作为一年中的大节来过。农历八月十五日的那天下午，有十几位朝鲜老乡带着自己用木榔头捣出来的糍粑，来到我们团部驻地进行节日慰问，其中一位阿

1952 年 10 月，志愿军欢迎祖国慰问团，少康（中立者）领呼口号

1953 年 4 月，志愿军文工队小分队演出后合影

1953 年 8 月，朝鲜停战后，
少康于防空洞前留影

爸基（老大爷）见到我们引吭高歌中国歌曲：'你是灯塔，照耀着黎明前的海洋，你是舵手，掌握着航行的方向，伟大的中国共产党，你就是核心，你就是力量，我们永远跟着你走……人类一定解放。'他老人家虽然年逾花甲，由于战争的困扰、生活的磨难，身体比较瘦弱，但精神颇佳，声调十分洪亮，受到同志们的赞扬。还有一位年轻姑娘，身着一件用降落伞的尼龙绸做的白色上衣，仪表俊秀，很引人注目。在战场上见到长头发的都不容易，何况如此靓丽的女子？更令人钦佩的是，她有一个美丽的歌喉，当那位老大爷唱完了歌颂中国共产党的歌子以后，她双手交叉在胸前学着歌星的模样唱起了：'二呀吗二郎山，高呀吗高万丈，枯树荒草遍山野，巨石满山岗，羊肠小道难行走，康藏交通被它挡……'我们还是第一次听到

1958 年 4 月，少康（后排左二）与父母、弟弟、妹妹合影

1998 年 9 月 12 日，少康（左）与弟弟邵尔钧在西安

这支赞扬祖国筑路大军的歌曲，她的吐词虽然不很准确清晰，但让人感到非常亲切，于是受到一遍又一遍地欢迎，姑娘也一遍又一遍兴致勃勃地唱给大家听。”[1]

①李宝春、杨麦龙主编:《血与火的战斗洗礼——志愿军小战士回忆录》，河南大学出版社2002年版，第22—23页。

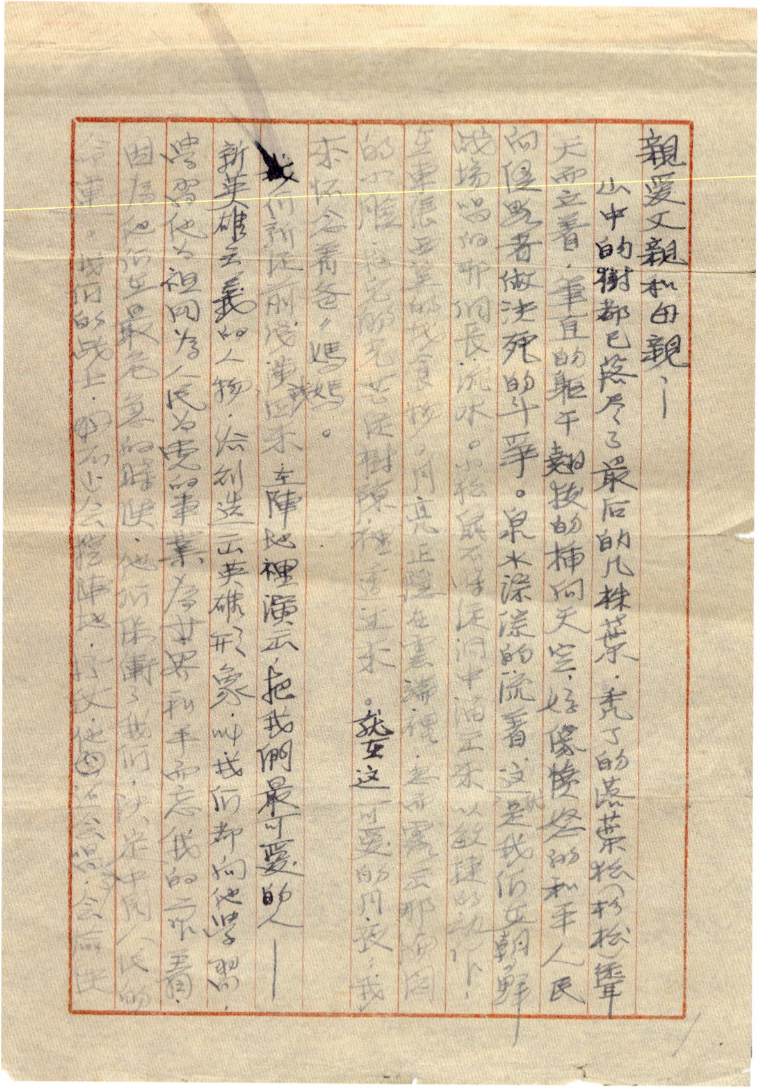
親愛父親和母親：——
山中的樹都已落盡了最后的几株葉，秃了的落葉松（杉松）筆
天而立着，筆直的軀干翹拔的插向天空，好像憤怒的和平人民
向侵略者做決死的斗爭。泉水深深的流着，这就是我们在朝鮮
战場上的那個長流水。小松鼠在[illegible]洞中[illegible]以敏捷的[illegible]！
在軍隊[illegible]的伙食[illegible]，月亮正隐在雲端裡，忽然露出那[illegible]
的小臉，[illegible]樹頂，[illegible]。就在这可愛的月夜，我
不怀念着爸爸、媽媽。
我们新从前线凯旋回來，在陣地裡演出，把我們最可愛的人——
新英雄主義的人物，给創造出英雄形象，叫我们都向他学習，
学習他为祖國为人民為党的事業，為世界和平而忘我的[illegible]，
因为他们在最危急的时候，他们保衛了我们，保衛了中國人民的
[illegible]。我们的战士，[illegible]陣地，[illegible]

快樂生活，我們部隊的文藝工作者，以前是戰場上的文藝大軍，用我們的文藝武器摧毀了敵人的[illegible]，鼓舞了我們的部隊翻山越嶺，接二連三的打勝仗。 2

我們已穿着厚厚的棉衣、大衣、高統皮毛靴子。天氣雖算太冷，時常下陣陣的寒雨。我們吃的鮮魚罐頭、紅燒豬肉罐頭、牛肉罐頭，油脂花生米咸菜。這些食品都是富有營養的。我們的主食是大米白麵和小米高粱米。祖國人民都在熱烈支援着我們。我們要好好的打敵人。

敵人的「秋季攻勢」在我們鐵拳下粉碎了。十月六號敵人進攻天德山，敵人先以數以萬計炮彈打在山上。守山的英雄們沉着之手鎮靜等待敵人炮聲停止後的衝鋒進攻。一片可怕的寂寞，敵人在指揮官督促下，向前面怯懦的往山上爬上來。二百米一百米五十米、三十米二十米，開始攻擊！機槍吐着火舌，手榴彈飛出去。敵人敗退下去。

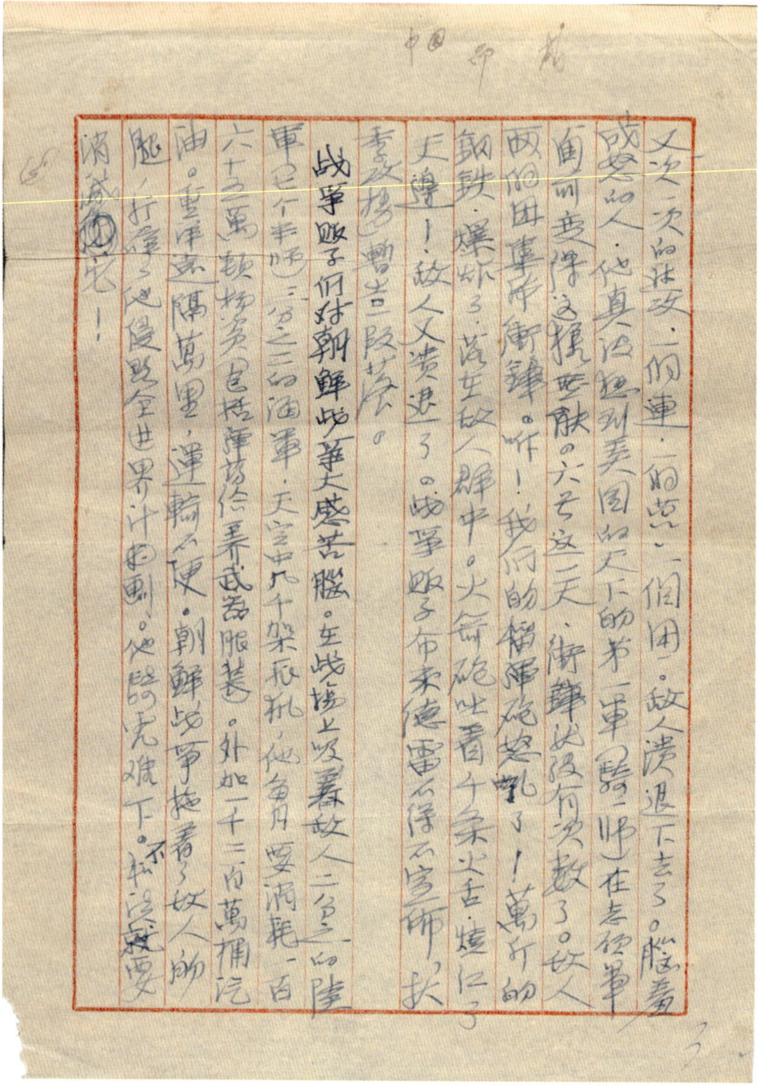

又一次一次的进攻，一個連、一個营、一個团。敌人溃退下去了。脑袋成熟的人，他真没想到美国的天下的第一軍骑一师在志愿軍面前要揹这樣坚默的六天这一天，衛驊没有泼数了。敌人两個团集中衛驊。听！我們的榴弹炮怒吼了！萬斤的鋼鉄，爆炸了，落在敌人群中。火箭炮吐着千条火舌，燒红了天邊！敌人又溃退了。战爭贩子布来德雷不得不宣佈，扶季政揺曹吉段落。

战爭贩子們对朝鲜战爭大感苦脑。在战場上，只靠敌人二分之一的陸軍（已介半师）三分之二的海軍，天空中八千架飛机，他每月要消耗一百六十二萬噸物资（包括軍装給养武器服装）。外加一千二百萬桶汽油。重洋远隔萬里，運輸不便，朝鲜战爭拖着了敌人的腿，打痛了他侵略全世界計划。他路的充满下。不我没说要消灭他！

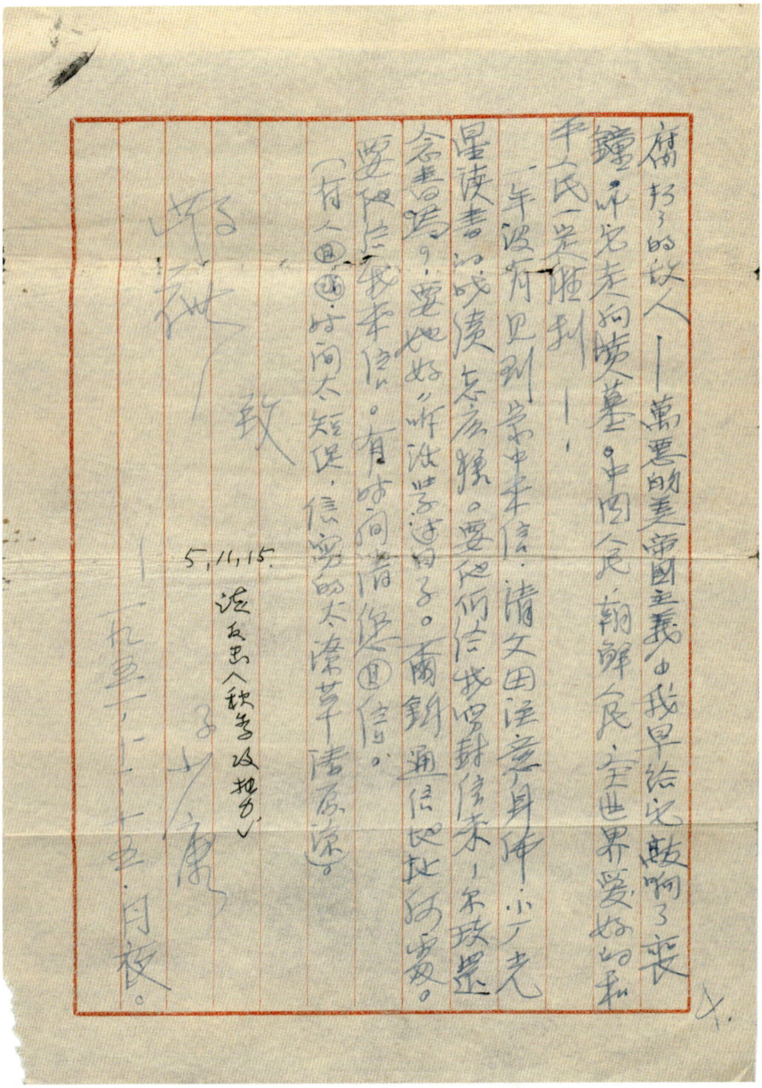
痛打了的敌人——万恶的美帝国主义。我早给它敲响了丧
钟。它定走向坟墓。中国人民、朝鲜人民、全世界爱好和
平人民一定胜利——！
一年没有见到常中来信。请文田注意身体。小丁光
星读书如何？读怎么样？要他们给我写封信来。小东琪
念书好吗？要她好好听话学好了。南钢通信地址何处。
要他给我来信。有时间请您回信。
（有人回国时间太短促，信写的太潦草请原谅。）
致
敬礼
子康
一九五一、十一、十五、月夜。
5,11,15.
送友出入秋季攻势
4.

第一封

1951年11月15日

亲爱〈的〉父亲和母亲：

山中的树都已落尽了最后的几株叶，秃了的落叶松（杉松）耸天而立着，笔直的躯干翘拔的插向天空，好像愤怒的和平人民向侵略者做决死的斗争。泉水淙淙的流着，这就是我们在朝鲜战场喝的那个长流水。小松鼠不时从洞中溜出来，以敏捷的动作在东张西望的找食物。月亮正隐在云端里，忽而露出那偏园〔圆〕的小脸，把它的光芒从树隙里透过来。就在这可爱的月夜，我来怀念着爸爸妈妈。

我们新从前线演戏回来，在阵地里演出，把我们最可爱的人——新英雄主义的人物，给创造出英雄形象，叫我们都向他学习，学习他为祖国、为人民、为党的事业、为世界和平而忘我的工作着。因为他们在最危急的时候，他们保卫了我们，决定了中国人民的命运。我们的战士，不止会挖阵地、打仗，他还会唱、会愉快的生活，我们部队的文艺工作者，就是一支战场上的文艺大军，用我们的文艺武器揭露了敌人的残暴无能，鼓历〔励〕了我们的部队翻山越岭，接二连三的打胜仗。

我们已穿上了厚厚的棉衣、大衣、高统皮毛靴子。天气尚不算太冷，〈不〉时落下一阵阵的寒雨。我们吃的鲅鱼罐头、红烧扣肉罐头、牛肉罐头，还有黄花、草蘑菇。这些副食品都是富有滋养的。我们的主食是大米、白面和少数高粱米。祖国人民节衣缩食支援着我们。我们更要好好的打胜仗。

敌人的“秋季攻势”在我们的铁拳下粉碎了。十月六号敌人进攻天德山。敌人先以数以万计的炮弹打在山上。守山的英雄们蹲在工事里，专等敌人的炮声停止后的进攻。一片可怕的寂寞，敌人在指挥官督战队的前面怯懦的往山上爬上来。二百米、一百米、五十米、三十米、二十米，开始攻击！机枪吐着火舌，手榴弹飞过去。敌人败退下去。又一次一次的进攻，一个连、一个营、一个团。敌人溃退下去了。恼羞成怒的人，他真没想到美国的天下的第一军（骑一师）在志愿军面前变得这样无能。六号这一天，冲锋就没有次数了。敌人两个团集体冲锋。听！我们的榴弹炮怒吼了！万斤的钢铁爆炸了，落在敌人群中，火箭炮吐着千条火舌烧红了天边！敌人又溃退了。战争贩子布来德雷[①]不得不宣布“秋季攻势”暂告一段落。

战争贩子们对朝鲜战争大感苦恼。在战场上吸着敌人二分之〈一〉的陆军（七个半师），三分之二的海军，天空中几千架飞机，他每月要消耗一百六十五万吨物资（包括弹药、给养、武器、服装）。外加一千二百万桶汽油。重洋远隔万里，运输不便。朝鲜战争拖着了敌人的腿，打碎了他侵略全世界计划。他骑虎难下。不和谈就要消灭它！腐朽的敌人——万恶的美帝国主义，我早给它敲响了丧钟，叫它走向坟墓。中国人民、朝鲜人民、全世界爱好和平的人民一定胜利！

一年没有见到家中来信，请父母注意身体，小厂、光星[②]读书

---

①布来德雷：又译作布莱德雷，时任美国参谋长联席会议主席。

②小厂、光星：分别是少康的三弟和四弟。小厂名邵尔厂，厂，音ān，同“庵”，人名用字。光星名邵尔巽。

的成绩怎么样？要他们给我写封信来，尔玫[①]还念书吗？要她好好听话，学过日子。尔钧通信地址何处，要他给我来信。有时间请您回信。

（有人回国，时间太短促，信写的太潦草，请原谅。）

致

敬礼！

子　少康

一九五一.十一.十五月夜

①尔玫：邵尔玫，少康的大妹妹，杨村师范学校毕业，从事教师工作。

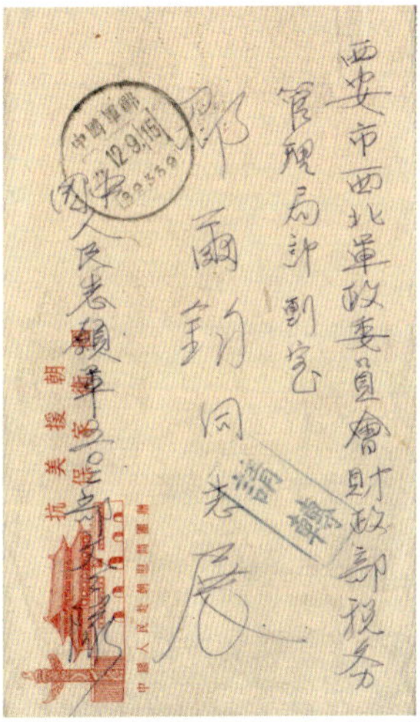

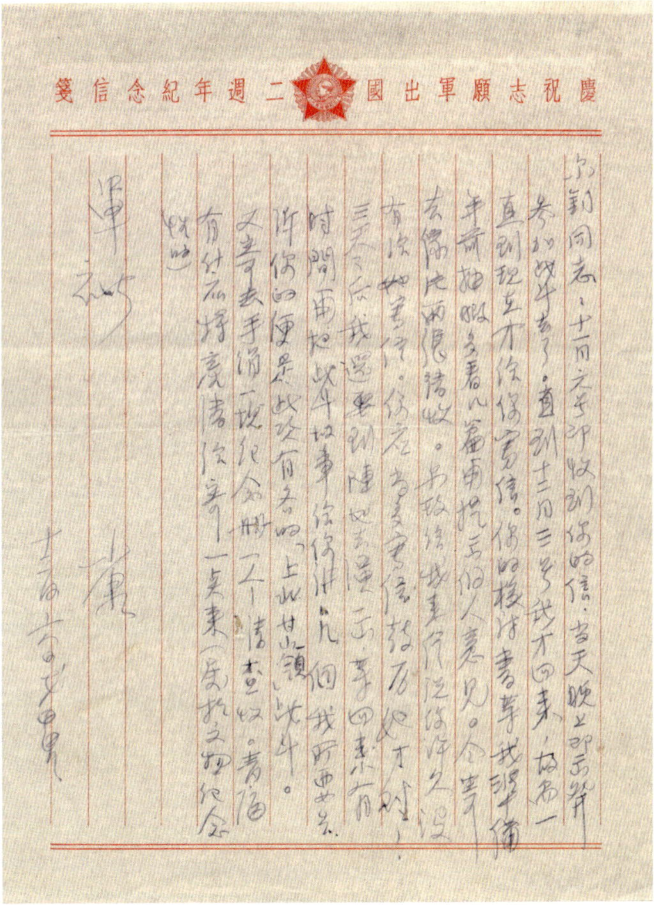

慶祝志願軍出國二週年紀念信箋

小劉同志：十一月六号即收到你的信，当天晚上即去开会，加此外去了。直到十二月三号我才回来，故而一直到现在才给你写信。你的检讨书等我[illegible]准备年前抽暇多看几篇再提出我的个人意见。今年在你处两[illegible]请收。上次给我来信说你许久没有给她写信，你在去年写信给她后她才[illegible]，三天之后我还要到陕北去[illegible]，等回来有时间再把此事好好谈谈。[illegible]你的便是此次有去吗？上次甘肃[illegible]这件。又寄去手[illegible]一本纪念册一个，请查收。青海有什么好[illegible]请你寄一点来（要找文物纪念性的）。

軍禮

[illegible]康

十二月六日夜[illegible]

第二封

1952年12月6日　少康致弟弟尔钧

尔钧同志：

十一月六号即收到你的信，当天晚上即出发参加战斗去了。直到十二月三号我才回来，故而一直到现在才给你写信。你的校对书等我准备年前抽暇多看几篇再提出个人意见。今寄去像片两张请收。尔玫给我来信说你许久没有给她写信。你应当多写信鼓历〔励〕她才对，三天之后，我还要到阵地去演出，等回来有时间再把战斗故事给你讲几个，我所要告诉你的便是此次有名的“上北甘岭”战斗。

又寄去手绢一块，纪念册一个，请查收。青海有什么特产请给寄一点来（属于文物纪念性的）。

军礼！

少康

十二月六日　戈田里

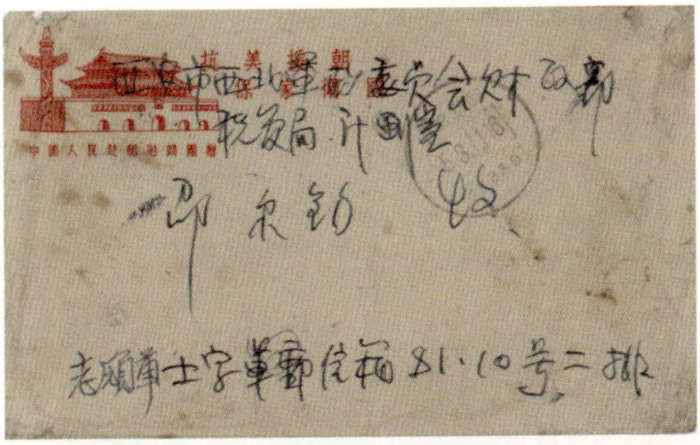
抗美援朝
保家卫国
中国人民赴朝慰问团赠

西安市西北军区委员会财政部
税务局 计画室
邱东钧 收

志愿军士字第邮信箱81·10号二排

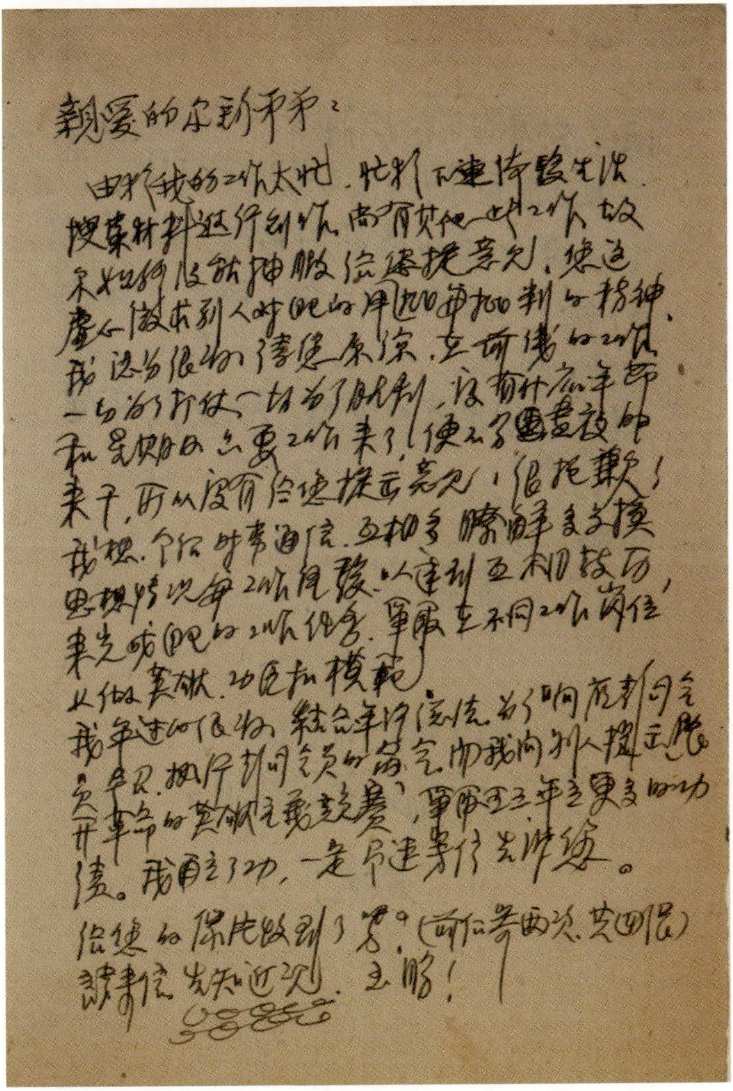
亲爱的东钧弟弟：

由于我的工作太忙，忙于下连体验生活，搜集材料进行创作，尚有其他一些工作，故未能够及时抽暇给您提意见。您这虚心诚求别人对你的批评和批判的精神，我认为很好，值得学习。在前线的工作一切为了打仗，一切为了胜利，没有什么年节和星期日之分，工作来了，便不分昼夜的来干，所以没有给您提出意见，很抱歉！

我想，今后时常通信，互相了解，更多交换思想情况和工作经验，以达到互相鼓励，来完成他的工作任务。军队在不同工作岗位上做贡献，立功和模范。

我单位的很好，结合年终总结，为了响应毛主席号召，执行祖国人民的嘱托，而我向别人提出挑战，开展革命的贡献和竞赛，军队在三年立更多的功绩。我自立了功，一定再继续努力。

给您的像片收到了吗？（前后寄两次共四张）

请来信告知近况。并盼！

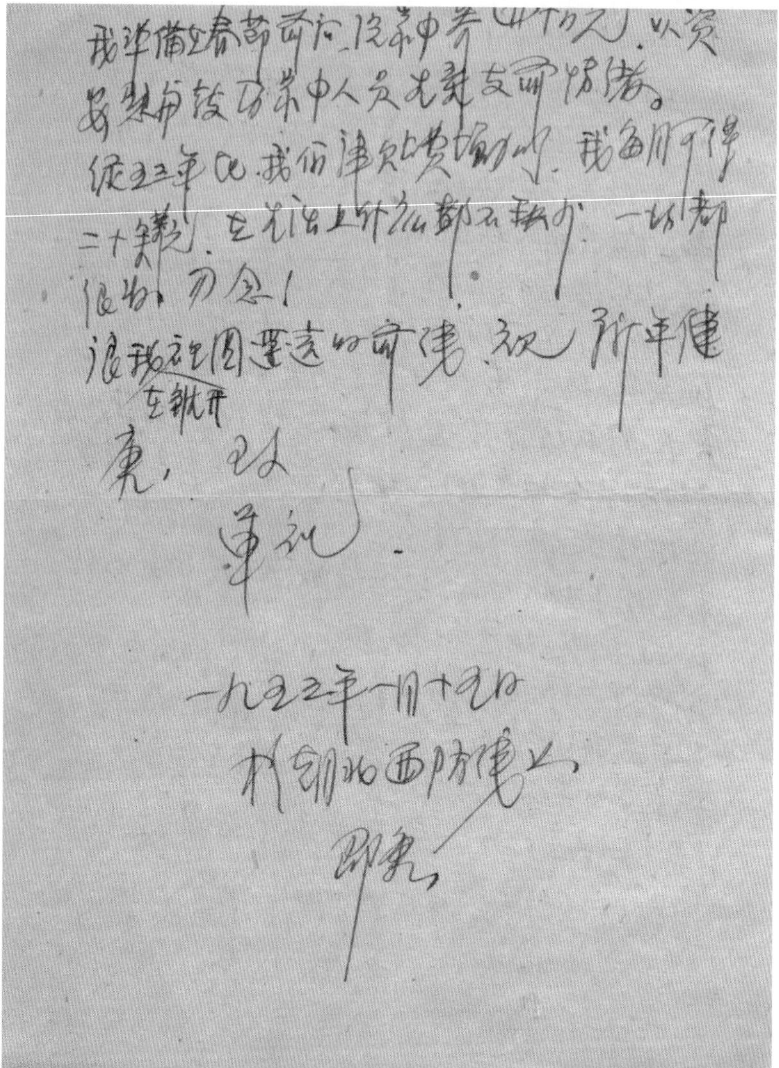
我准备在春节前后，储东冲券（四千万元），以资安慰前线防空中人员光荣支前情绪。

从五三年起，我们津贴费增加了，我每月可得二十余万元，生活上什么都不缺少，一切都很好，勿念！

从我在朝鲜祖国遥远的前线，祝新年健康、胜利！

一九五三年一月十三日
于朝鲜西防线上
邵奥

第三封

1953 年 1 月 15 日

亲爱的尔钧弟弟:

由于我的工作太忙，忙于下连体验生活，搜集材料进行创作，尚有其他一些工作，故尔始终没能抽暇给您提意见。您这虚心征求别人对自己的批评与批判的精神，我认为很好。请您原谅，在前线的工作，一切为了打仗，一切为了胜利，没有什么年节和星期日，只要工作来了，便不分昼夜的来干，所以没有给您提出意见，很抱歉！我想，今后时常通信，互相多了解多交换思想情况与工作经验，已达到互相鼓历〔励〕来完成自己的工作任务，争取在不同工作岗位上做英雄、功臣和模范。

我年过的很好，结合年终总结，为了响应彭司令员号召，执行彭司令员的命令，而我向别人提出“展开革命的英雄主义竞赛”，争取五三年立更多的功绩。我再立了功，一定尽速写信告诉您。

给您的像片收到了吗?（前后寄两次，共四张）

请来信告知近况，至盼!

我准备在春节前后，给家中寄四十万元，以资安慰与鼓历〔励〕家中人员生产支前情绪。从五三年起，我们津贴费增加了，我每月可得二十余万元，在生活上什么都不缺少，一切都很好，勿念!

让我在离开祖国遥远的前线，祝新年健康。致

军礼!

一九五三年一月十五日

于朝北西防线上

邵康

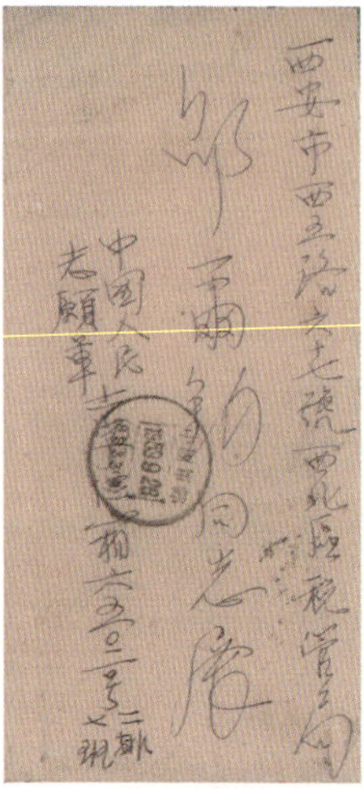

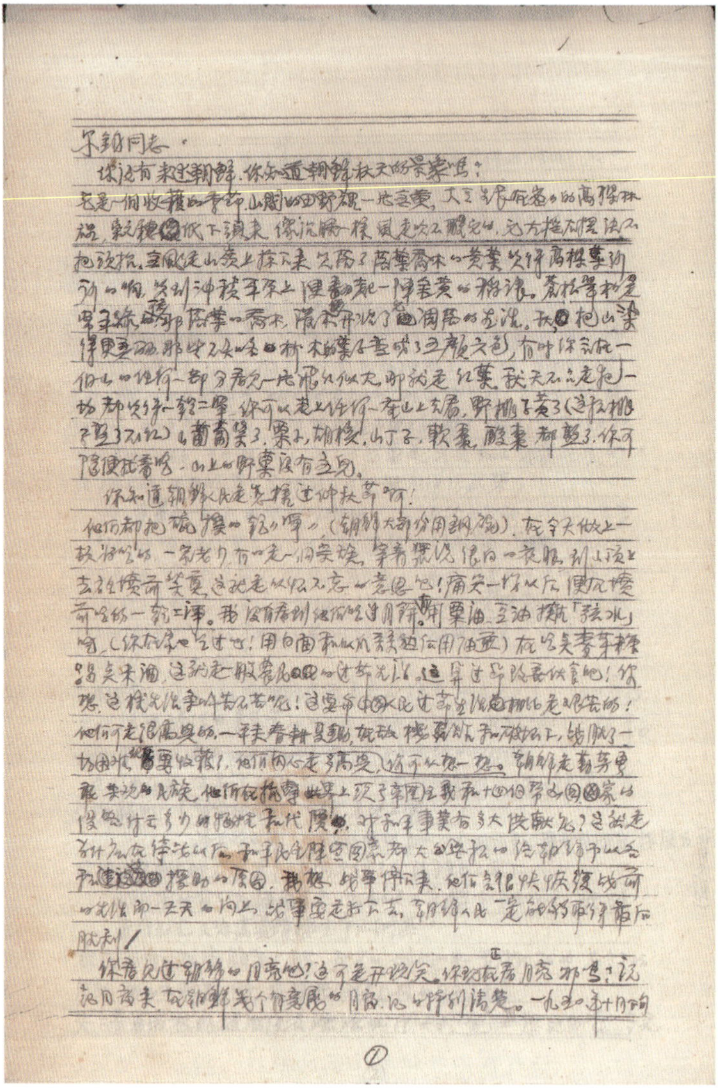

[illegible]同志：

你没有来过朝鲜，你知道朝鲜秋天的景象吗？它是一个收获的季节，山间的田野现一片金黄，[illegible]高粱林里，谷穗低下头来，[illegible]

[illegible]

你知道朝鲜人民怎样过仲秋节吗？[illegible]

[illegible]

你看见过朝鲜的月亮吗？[illegible]一九五[illegible]年十月的[illegible]

①

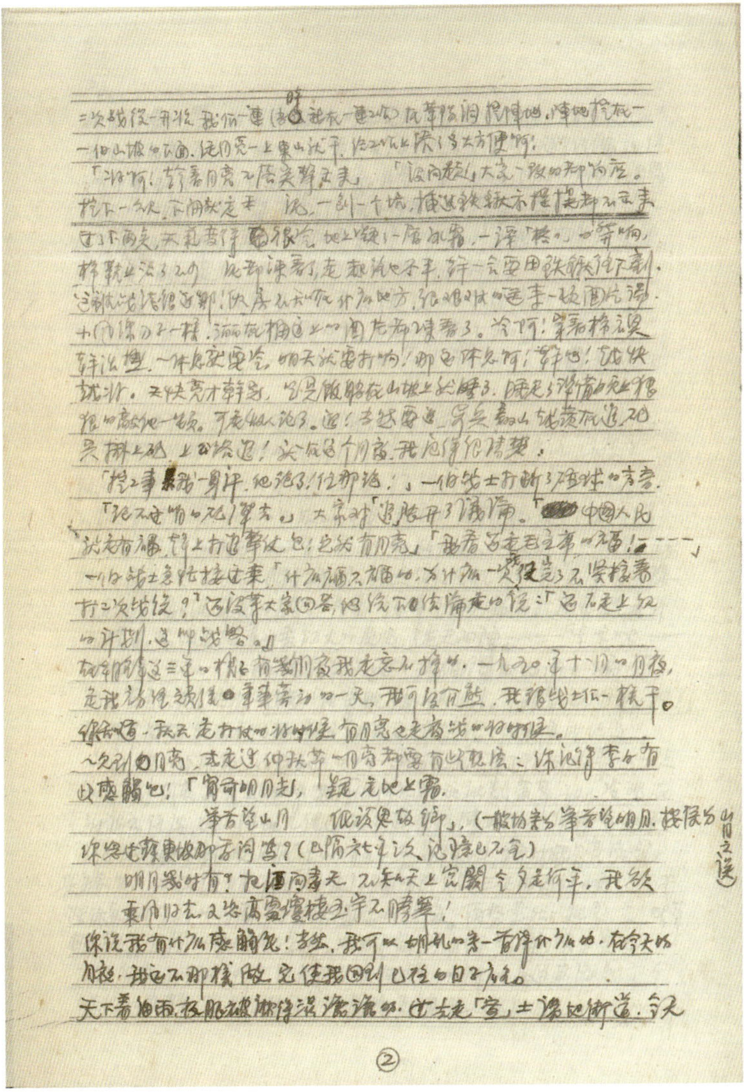
二次战役一开始，我们一连（当时我就在一连工作）在革陵洞摆阵地，阵地摆在一个山坡的下面，能同另一上东山沈平，[illegible]多大方便啊。
「冷啊！等着月亮下落突击上去」「没问题」大家一致的那样说。
摆下一会儿，下面就走来 说，一到一个坑，接着铁锹不停挖起来
过了不两天，天气变得很冷，地上铺了一层白霜，一阵「嗖嗖」的寒风响，
棉鞋上沾了土的 冻都冻硬了，走起路也不平，许一会要用铁锹往下剁。
[illegible]那！脚底不知在什么地方，很难过的还是一块圆石头
……像刀子一样，满在棉衣上的霜花都冻硬了。冷啊！穿着棉衣还
哆嗦呢，一个人就要冷，明天就要打响！那怕冷也行，等吧！快快
[illegible]。天快亮才转暖，只是腿脚在山坡上冻硬了。同志们……很
很的……可是[illegible]说了。过！当然要过[illegible]翻山就[illegible]
……上去！头顶着个月亮，我记得很清楚。
「把这事[illegible]一身汗，他说了！住那边！」一位战士打断了[illegible]的言语。
「说不定明日在冷风里着。」大家对「过」展开了议论。「[redacted]中国人民就是有福，头上打过来这么包，它给有月亮」「我看这是毛主席的福！[illegible]」
一位战士急忙接过来「什么福不福的，为什么一定要选了不要摸黑打二次战役？」还没等大家回答，他经下面接着说：「这不是上级的计划，这叫战略。」
[illegible]这三年的情况前些月夜我是忘不掉的。一九五〇年十一月的月夜，是我看过最好的[illegible]一天，我们没有[illegible]，我和战士们一样干。
[illegible]，我不是打仗的那时候，有月亮也是离战斗的那时候。
一見到月亮，就是这什么中秋节一月亮都要有些想法：你记得李白有此感触吧！「床前明月光，疑是地上霜。
举头望山月，低头思故乡」。（一般版本为举头望明月，据记为山月之误）
你总也读过苏东坡那首词吧？（已隔六七年了，记得已不全）
明月几时有？把酒问青天。不知天上宫阙，今夕是何年。我欲乘风归去，又恐高处琼楼玉宇不胜寒！
你说我有什么感触呢！当然，我可以胡乱的凑一首诗什么的。在今天的月夜，我也不那样做，它使我回到已往的日子去。
天下着细雨，夜服被[illegible]得湿漉漉的。过去是「当」士[illegible]的街道，今天

②

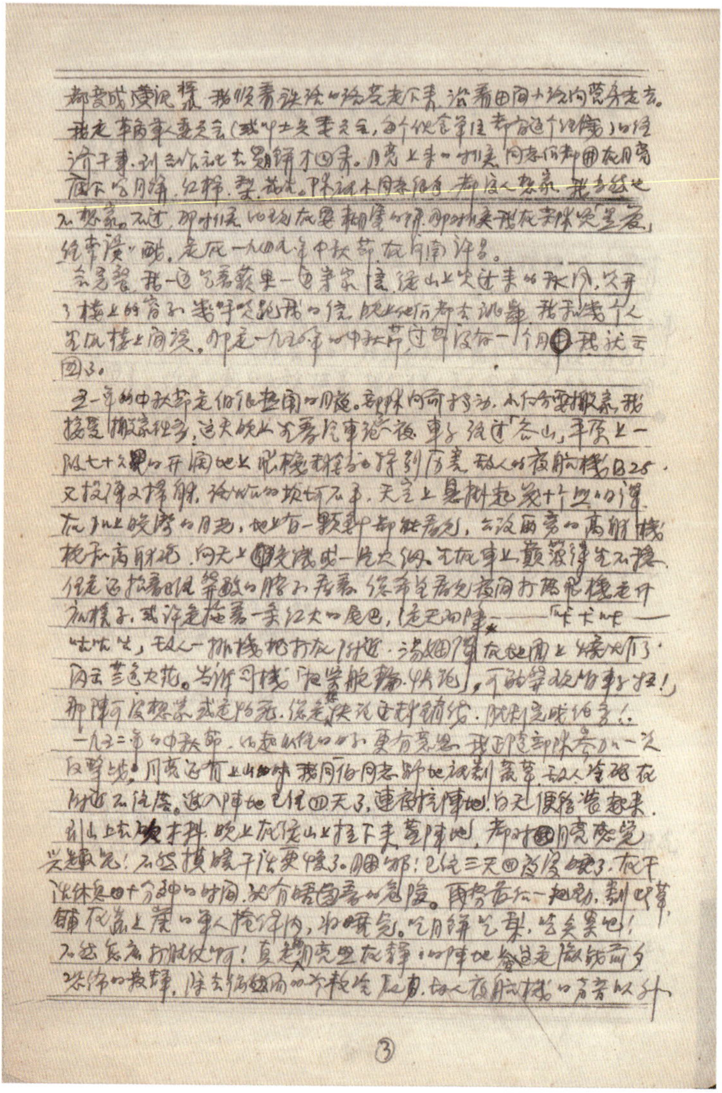

都变成了黄泥浆。我们看着淡淡的月亮走下来，沿着田间小路向营房走去。
我是军司军人委员会（战士士兵委员会，每个伙食单位都有这个组织）的经
济干事，到合作社去买月饼才回来。月亮上来的时候，同志们都围在月亮
底下分月饼、红柿、梨、苹果。除了[illegible]都没人想家。我当然也
不想家的，不过，那时候[illegible]那时候我在部队是"[illegible]"
[illegible]的。是在一九四九年中秋节，在河南许昌。
去年呢，我一边吃着苹果一边看家信。从山上吹过来的凉风，吹开
了楼上的窗子，半吹起了我的信。晚上他们都去训练，我和几个人
坐在楼上闲谈。那是一九五〇年的中秋节，过了没有一个月，我就出
国了。
五一年的中秋节是值得纪念的日子。部队向前移动，小伙子要搬家，我
接受搬家任务，这天晚上乘着汽车跑了一夜。车子经过"谷山"，平原上一
段七十多里的开阔地上，飞机轰炸得特别厉害。敌人的夜航机、B25、
又投弹又扫射，路的两边炸得不平。天空上悬挂起几十个照明弹
[illegible]的月光，地上有一颗[illegible]都能看见，公路两旁的高射机
枪和高射炮，向天上射出的火光织成一片火网。坐在车上颠簸得坐不稳，
但是[illegible]。你希望看见夜间打落飞机是什
么样子，[illegible]拖着一条红火的尾巴，从天而降——"卡卡卡——
咕咕咕"，敌人一架飞机被打落在附近，浓烟[illegible]在地面上燃起了，
开出一朵大花。告诉司机"把紧舵轮，快跑"，不能让敌机赶上！
那时可真够紧张，[illegible]！
一九五二年的中秋节，比起以往的节日更有意思。我正随部队参加一次
反击战。月亮还没有上山的时候，我同[illegible]同志就地割草。敌人炮弹在
附近不住地落。进入阵地已经四天了，连夜挖阵地，白天便隐蔽起来。
到山上去[illegible]木料，晚上在从山上扛下来修阵地，那时候月亮感觉
[illegible]！不然[illegible]更难了。同志们已经三天四夜没有睡了，在
[illegible]休息四十分钟的时间，没有暴露目标的危险。[illegible]割些草
铺在[illegible]上，[illegible]，吃月饼、梨、苹果吧！
不然怎么打胜仗呢！真是[illegible]月光[illegible]阵地[illegible]
[illegible]，除去[illegible]以外
③

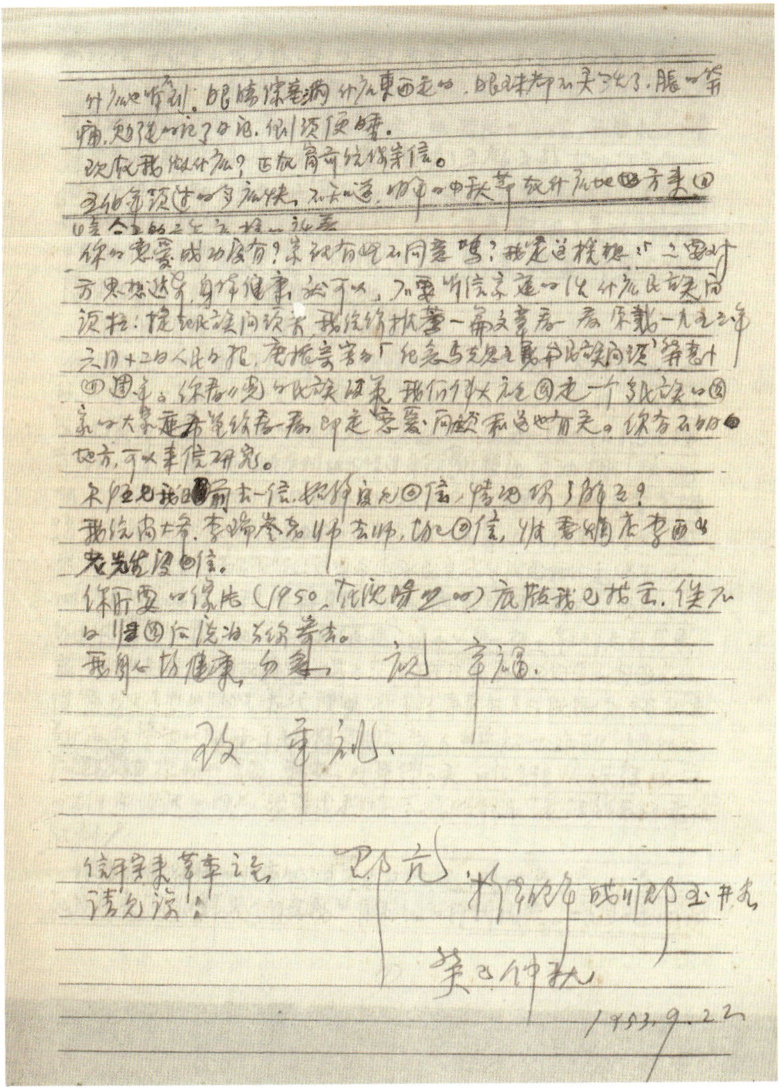

什么地方去了。眼睛像蒙满什么东西是的，眼珠都不灵活了，腰也常
痛，头脑也记不了多少，但还健康。
现在我做什么？正在写给你们回信。
~~[illegible]须过的多么快，不知道，明年的中秋节在什么地方来[illegible]~~
~~[illegible]~~
你们觉得成功没有？家里有些不同意吗？我是这样想的：一要对
方思想进步，身体健康就可以。不要听信家庭的什么民族问
题：提起民族问题，我给你抄录一篇文章看看，原载一九五三年
六月十二日人民日报，题目是「纪念马克思主义民族问题[illegible]第十
四周年。你看看民族问题，我们伟大祖国是一个多民族的国
家，大家庭[illegible]印是宝贵，问题我觉得也有关。你有不明白的
地方，可以来信研究。
[illegible]前去一信，[illegible]回信，请问你了解了？
我给尚大爷、李瑞泰老师去信，[illegible]回信，[illegible]
老先生没回信。
你所要的像片（1950、在沈阳照的）[illegible]我已找出，俟不
日[illegible]给你寄去。
再见，好健康，多多[illegible]，祝幸福。

[illegible]

信中字未写毕，
请见谅！

[illegible]

[illegible]

[illegible]中秋

1953.9.22

第四封

1953年9月22日

尔钧同志：

你没有来过朝鲜，你知道朝鲜秋天的景象吗？

它是一个收获的季节。山间的田野里一片金黄，大豆生长在密密的高粱林里，谷穗低下头来，像沉睡一样，风是吹不醒它的。它左摇右摆，决不把头抬。金风从山岭上掠下来，吹落了落叶乔木的黄叶，吹得高粱叶沙沙的响，吹到冲积平原上，便翻起一阵金黄的稻浪。苍松翠柏是常年绿的，可是那落叶的乔木、灌木便开始了它凋落的生活。秋，把山染得更美丽，那些不知名林木的叶子变成了五颜六色。有时，你会在一个山的任何一部分看见一片飞红似火，那就是红叶。秋天不只是把一切都吹得一干二净。你可以走上任何一座山上去看，野桃子黄了（这种桃子熟了不红），山葡萄紫了，栗子、胡核、山丁子、软枣[①]、酸枣都熟了，你可随便找着吃，山上的野果没有主儿。

你知道朝鲜人民是怎样过仲秋节啊？

他们都把碗擦的干干净净（朝鲜大部分用钢碗），在今天做上一顿好吃的。一家老少，有的是一个家族，穿着浆洗很白的衣服，到山顶上去祖坟前祭奠。这就是以怀不忘的意思吧。痛哭一场以后，便在坟前吃的一干二净。我没有看到他们吃过月饼。有用栗油、豆

①软枣：即野生猕猴桃。

油摊“弦水”[1]吃（你在家也吃过吧！用白面和以瓜丝然后用油煎），在〔再〕吃点麦芽糖，喝点米酒，这就是一般农民的过节生活。这算过节改善伙食吧！你想，这样生活条件苦不苦呢？这要与中国人民过节生活相比，是艰苦的。他们可是很高兴的。一年来春耕夏锄，在敌机轰炸和破坏下，战胜了一切困难，现在要收获了。你可以想一想，他们内心是多高兴。朝鲜是勤劳、勇敢、乐观的民族。他们在抗击世界上头号帝国主义和十四个帮凶国家的侵略，付出多少的牺牲和代价，对和平事业有多大供〔贡〕献呢？这就是为什么在停战以后和平民主阵营国家都大公无私的给朝鲜以各种援助的原因。我想，战争停下来，他们会很快恢复战前的生活而一天天的向上，战争要是打下去，朝鲜人民一定能够取得最后胜利！

你看见过朝鲜的月亮吧？这可是开玩笑。你现在正看月亮那〔呢〕吗？记起月夜来，在朝鲜几个有意义的月夜记的特别清楚。一九五〇年十月下旬二次战役一开始，我们一连（当时我在一连工作），在华阳洞挖阵地，阵地挖在一个山坡的下面，从月亮一上东山就干，给工作上添了多大方便啊！

“好啊！趁着月亮不落，突击出来！”“没问题！”大家一致的都响应。挖下一公尺，下面就是□泥。一刨一个坑，插进铁锹不摇晃都不出来。过了下〈半夜〉两点，天气变得很冷，地上凝了一层冰霜，一踩“格格”的声响，棉鞋上沾了不少泥，都冻着了。走起路也不平，干一会要用铁锹往下铲。这离战线很近哪！伙房不知在什么地方，很艰难的送来一顿面片汤。小风像刀子一样，洒在桶边上的面片都冻着了。冷啊！穿着棉袄干活热，一休息就要冷。明天就

①弦水：朝鲜百姓加工食品的一种方法，类似我国北方老百姓摊煎饼的做法，但是做成的食物比煎饼要厚得多。

要打响！那还休息啊！干吧！越快越好。天快亮才干完。吃完饭，躺在山坡上就睡了。睡足了，准备晚上狠狠的敲他一顿。可是敌人跑了。追！当然要追！步兵翻山越岭在追，炮兵挂上炮，上公路追！就在这个月夜，我记得很清楚。

“挖工事累我一身汗。他跑了，往那跑！”一个战士打断了碰球[1]的声音。“跑不过咱的炮弹去！”大家对“追”展开了议论。“中国人民就是有福，赶上打追击仗吧，它就有月亮。”“我看还是〈托〉毛主席的福……”一个战士急忙接过来，“什么福不福的，为什么一次战役完了，不紧接着打二次战役？”还没等大家回答，他给下结论是的说：“还不是上级的计划，这叫战略。”

在朝鲜这三年［的样子］，有几个月夜我是忘不掉的。一九五〇年十一月的月夜，是我初经顽强军事劳动的一天，我可没有熊，我跟战士们一样干。你知道，秋天是打仗的好时候，有月亮也是夜战的好时候。一见到月亮，或是〈见〉过仲秋节的月亮，都要有些想法。你记得李白有此感触吧！

“窗前明月光，疑是地上霜。举首望山月，低头思故乡。”（一般均写为“举首望明月”，按，系为“山月”之误）

你念过苏东坡那首词吗？（已隔六七年之久，记忆已不全）

“明月几时有？把酒问青天。不知天上宫阙，今夕是何年。我欲乘风归去，又恐高处琼楼玉宇不胜寒。”

你说我有什么感触呢？当然，我可以胡乱的写一首诗什么的。在今天的月夜，我还不那样做，它使我回到已往的日子里。

天下着细雨，衣服被淋得湿漉漉的，过去是“黄”土满地街道，

[1] 碰球：流行于我军部队中的一种游戏。指战员围成圈，一个人碰另一个人，碰到谁，谁反应不过来就该轮到谁表演节目或者讲故事。

今天都变成黄泥浆。我顺着铁路的路基走下来，沿着田间小路向营房走去。我是革命军人委员会（或叫士兵委员会，每个伙食单位都有这个组织）的经济干事，到合作社去买月饼才回来。月亮上来的时候，同志们都围在月亮底下吃月饼、红柿、梨、花生。队里小同志很多，都没人想家，我当然也不想家。不过，那时候比现在要糊涂的很。那时候我在乐队吹"黑管"，经常演演戏，是在一九四九年中秋节，在河南许昌。

会完餐，我一边吃着苹果，一边写家信，从山上吹过来的秋风，吹开了楼上的窗子，几呼［乎］吹跑我的信。晚上，他们都去跳舞，我和几个人坐在楼上闲谈。那是一九五〇年的中秋节，过节没有一个月，我就出国了。

五一年的中秋节，是个很热闹的月夜。部队向前移动，小后方要搬家，我接受搬家任务。这天晚上，坐着汽车跑了一夜。车子经过"谷山"，平原上一段七十公里开阔地上，飞机封锁的特别历［厉］害，敌人的夜航机B25又投弹又扫射，路炸得坎坷不平，天空上悬挂起几十个照明弹，在［再］加上皎洁的月光，地上有一颗针都能看见，公路两旁的高射机枪和高射炮，向天上交织成一片火网。

坐在车上颠簸得坐不稳，但是还抬着已经发酸的脖子看着，总希望看见夜间打落飞机是什么样子，或许是拖着一条红火的尾巴，从天而降……"咔咔咔——咕咕咕"敌人一排机枪打在附近，汤姆弹[1]在地面上爆炸了，闪出兰［蓝］色火花。〈我〉告诉司机："把紧舵轮，快跑，可能发现咱车子啦！"那阵可没想家或是怕死，总是想快跑过封锁线，胜利完成任务！

①汤姆弹：即达姆弹，俗称"开花弹"。

一九五二年的中秋节，比起以往的日子更有意思。我正随部队参加一次反击战。月亮还〈没〉有上山时，我同一个同志野地里割荒草，敌人冷炮在附近不住落。进入阵地已经四天了。连夜挖阵地，白天便伪装起来。到山上去砍木料，晚上在〔再〕从山上拉下来盖阵地，都对月亮感觉兴趣呢！不然摸瞎干活更慢了。困哪！已经三天四夜没睡了，在干活休息十分钟的时间，就有睡着的危险。再努最后一把劲，割些草，铺在靠上崖的单人掩体内，好睡觉。吃月饼吃梨，吃□果吧，不然怎么打胜仗啊！真是的，月亮照在静静的阵地上空，这是激战前夕恐怖的寂静，除去偶而的冷枪冷炮、敌人夜航机的声音以外什么也听不到。眼睛像塞满什么东西是的，眼珠都不灵活了，胀得发痛，勉强的记了日记，倒头便睡。

现在我做什么？正在窗前给你写信。

五个年头过的多么快，不知道明年的中秋节在什么地方来回忆今天的，是怎么样的活着。

你的恋爱成功没有？家里有些不同意吗？我是这样想："只要对方思想进步，身体健康就可以，不要听信家庭的话，什么民族问题啦！提起民族问题来，我给你推荐一篇文章看一看，原载一九五三年六月十二日《人民日报》，唐振宗写的《纪念〈马克思主义与民族问题〉发表十四周年》。你看看党的民族政策，我们伟大祖国是一个多民族的国家的大家庭，希望你看一看，即是恋爱问题和这也有关。你有不明白地方，可以来信研究。

尔恒[1]兄我日前去一信，始终没见回信，情况你了解否？

---

①尔恒：少康的堂兄，在北京居住。

我给尚大爷、李瑞岭［龄］[①]老师去师［信］，均已回信。惟香烛店李酉山[②]老先生没回信。

你所要的像片（1950，在沈阳照的）底版我已找出，俟不日归国后，洗好为你寄去。

我身心均健康，勿念。

祝幸福！

致军礼！

邵亢

于朝鲜成川郡玉井里

癸巳仲秋

1953.9.22

信手写来，草率之至，请见谅！

①李瑞龄（1891—1974）：号鹤筹，别号枕湖，花鸟画家。曾在荣宝斋任画师，后到河北美术学院（天津美术学院前身）任绘画系中国画教研组主任。少康曾在1942年拜其为师，学画三年。

②李酉山：少康家邻居。

赵绍闻

为了和平我们撤出朝鲜了

1953、1955 年

赵绍闻致弟弟赵绍望（两封）

家书背景

赵绍闻，1932年生，湖南省湘潭县人，中共党员。早年在家乡读初小、高小、初中和高中，1949年9月在长沙参加第46军军干校，后分配在46军后勤部工作。1950年入团，1952年9月入朝参战，1955年10月回国。1963年转业到湘潭市供销社工作。2023年去世。

这是赵绍闻从朝鲜前线写给弟弟赵绍望的两封家书，现藏中国人民大学家书博物馆。值得一提的是，其中一封家书使用的是中国人民志愿军军用邮简，信封与信纸为同一张纸，封面书写地址、姓名，封底是对一位志愿军英雄人物的图片和文字介绍，背面是信的内容。此信自朝鲜寄至武昌，错投武汉大学后又转武汉纺织工业学校，邮路清晰。

第二封家书是赵绍闻随军撤出朝鲜，回到祖国吉林省休整期间写给弟弟的，信中详细描写了撤离朝鲜的过程和感受。

1953年7月27日，战争双方在《朝鲜停战协定》上签字。至此，历时两年零九个月的抗美援朝战争结束。为了推动朝鲜问题的和平解决并进一步缓和远东的紧张局势，停战以后，中国人民志愿军即分批从朝鲜撤离，但至1957年年底，尚有数十万中国军队驻扎朝鲜。1958年，这些部队分三批全部撤回国内。这一行动，受到朝中人民的一致拥护和国际舆论的普遍赞赏。

1955年10月，赵绍闻所在的第46军撤出朝鲜。他们乘坐二十多列火车从朝鲜的满浦出境，到中国的辑安（今集安）入境。在到达满浦车站时，部队指战员走出车厢时排成纵队，着装整齐,佩带着中国人民志愿军胸章，队伍威风凛凛，尽显正义之师、仁义之师、凯

1953 年 5 月，赵绍闻（右一）与战友在朝鲜平安南道甑山郡青龙洞

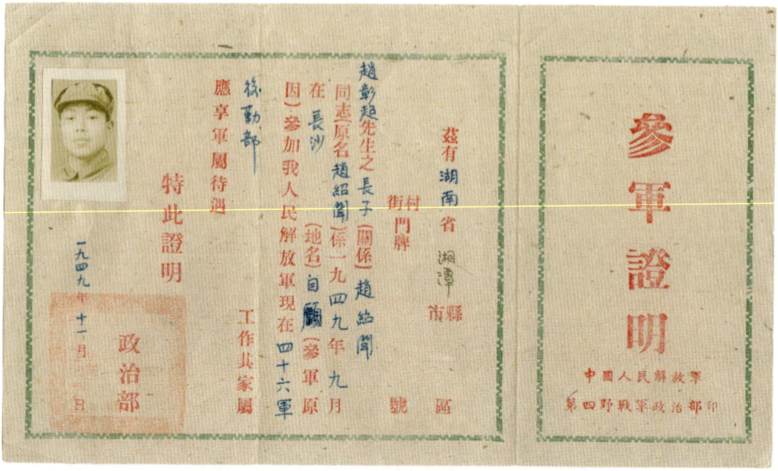
參軍證明

中國人民解放軍

第四野戰軍政治部印

茲有湖南省　湘潭　市縣　　區

村街　　門牌　　號

趙彰起先生之長子(關係)趙紹聞

同志(原名趙紹聞)係一九四九年九月

在長沙　(地名)自願(參軍原

因)參加我人民解放軍現在四十六軍

後勤部　工作其家屬

應享軍屬待遇

特此證明

政治部

一九四九年十一月　日

赵绍闻参军证明

赵绍闻立功证

旋之师的风采。在指战员重新登上车厢以前，队伍都整齐地坐在地上，唱着战士特别喜爱的军营歌曲《中国人民志愿军战歌》《进军号》等。

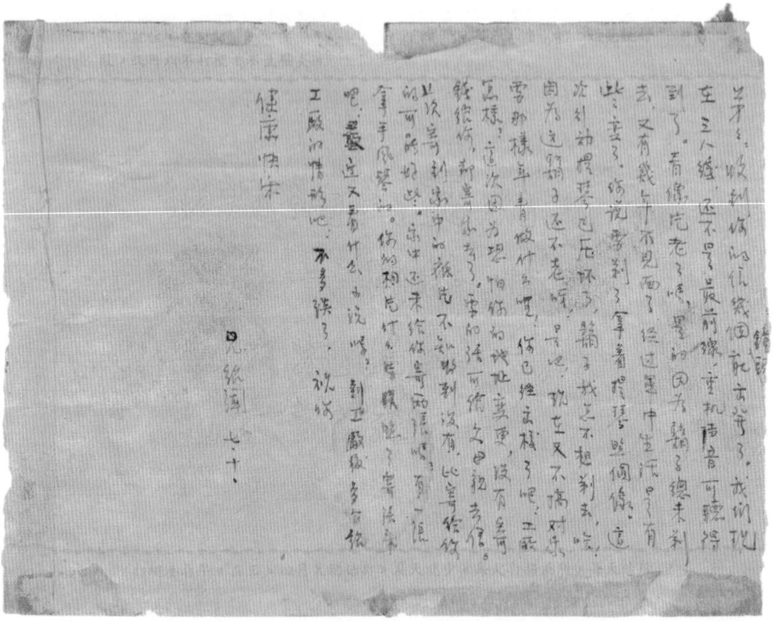

芳芳：收到你的信钱四元了。我们现在三八线，还不是最前线，重机枪音可听得到了。看像片老了吧，是的，因为胡子总未剃去，又有几年不见面了，经过这中生活是有些变了。你说要剃了拿着提琴照个像，这次补的提琴已坏了，胡子我总不想剃去，唉！因为这胡子还不老呀，是吧。现在又不搞对象，要那样美干什么呢！你已经去校了吧，工厂怎样？这次因为恐怕你的地址变更，没有先寄钱给你，却寄家去了。要的话可给父母去信。此次寄到家中的旅费不知够到没有，比寄给你的可能好些。家中还未给你寄两张吧。有一张拿手风琴的。你的相片什么时候照了寄张来吧。最近又有什么可说呢？剃工厂做多的工厂的情形吧。不多谈了。祝你

健康快乐

兄 纪国 七.十.

志願軍某部五連的英雄衞生員康漢亭同志，在中元' 戰鬥中，表現着高度的革命英雄主義，冒着敵 猛烈的炮火，在陣地上搶救傷員二十多名；且 戰鬥緊急時拿槍阻擊敵人，打退了敵人的進攻。因此戰後評爲特等功臣，並授予［英雄衞生員］的光輝稱號。

第一封

1953年7月10日

弟弟：

收到你的信几个钟头就出发了。我们现在三八线，还不是最前线，重机声音可听得到了。看像片老了吗？是的，因为胡子总未剃去，又有几年不见面了。经过军中生活，是有些变了。你说要剃了拿着提琴照个像，这次行动提琴已压坏了，胡子我怎不想剃去，哈！因为这胡子还不老呀！是吧！现在又不搞对象要那样年青做什么哩！你已经出校了吧？工厂怎样？这次因为恐怕你的地址变更，没有寄钱给你，都寄家去了，要的话可给父母亲去信。上次寄到家中的底片不知收到没有？比寄给你的可能好些，家中还未给你寄两张吗？有一张拿手风琴的。你的相片什么时候照了寄张来吧。最近又看什么小说吗？到工厂后多介绍工厂的情形吧。不多谈了，祝你

健康快乐！

兄　绍闻　七·十[1]

①据邮简正面邮戳可知，此信写于1953年。

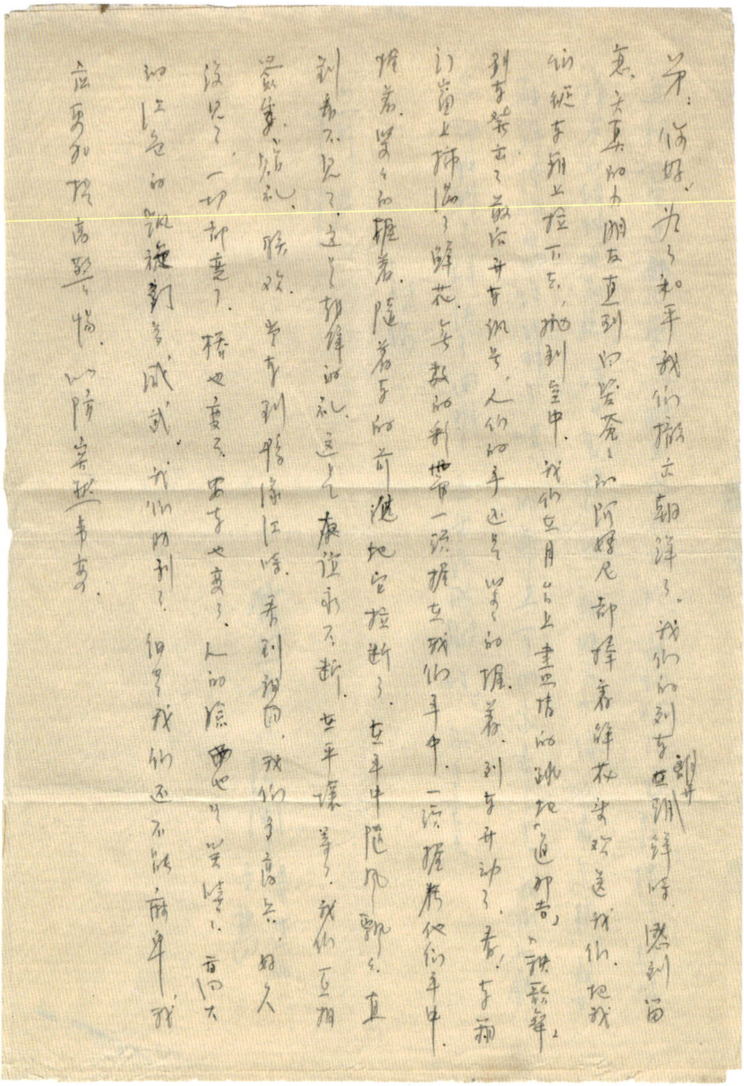

弟：你好，为了和平我们离开朝鲜了。我们的列车在朝鲜群[illegible]感到留恋，无数的朝鲜朋友直到[illegible]的阿妈尼都捧着鲜花来欢送我们，她们纵身飞上车门来，抛到空中。我们在月台上画出情的跳起《道拉吉》、《秧歌舞》。列车缓缓的开出车站了，人们的手还是紧紧的握着，列车开动了，看！车厢门窗上插满了鲜花，无数的手伸出一只只握在我们手中，一只只握在他们手中。握着，紧紧的握着，随着车的前进把它拉断了，在车中随风飘飘，直到看不见了。这是朝鲜的礼，这是友谊永不断。在平壤等了，我们互相赠[illegible]纪念礼，联欢。当车到鸭绿江时，看到祖国，我们多高兴，好久没见了，一切都变了，桥也变了，车站也变了，人的[illegible]也是笑嘻嘻，面向大的江边的欢迎我们[illegible]。我们的到了，但是我们还不能麻痹，我应更加提高警惕。[illegible]

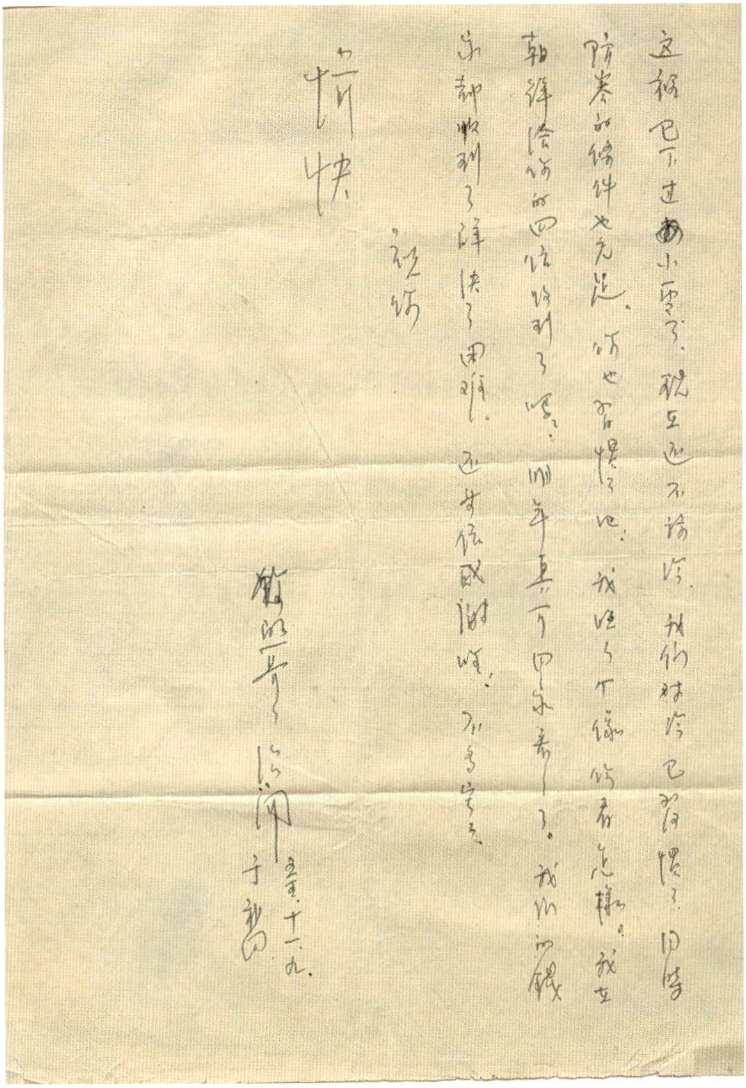

这里已下过两次小雪了，现在还不冷，我们对冷已习惯了。因为防寒的条件也充足。你也习惯了吧！我住了个楼，你看怎样？我在朝鲜给你的四信收到了吧？明年真可回家来了。我们的钱你却收到了，解决了困难。还当你感谢时，不多写了。

祝你

愉快

你的哥哥 治闻 于朝鲜 五五.十一.九.

第二封

1955 年 11 月 9 日

弟：

你好！为了和平我们撤出朝鲜了。我们的列车离开朝鲜时感到留恋，天真的小朋友直到白发苍苍的阿妈尼都捧着鲜花来欢送我们，把我们从车厢上拉下去，抛到空中，我们在月台上尽情的跳起“道那吉”“秧歌舞”。列车发出了最后开车讯号，人们的手还是紧紧的握着。列车开动了，看！车厢门窗上插满了鲜花，无数的彩带一头握在我们手中，一头握在他们手中，握着，紧紧的握着，随着车的前进把它拉断了，在手中随风飘飘，直到看不见了。这是朝鲜的礼，这是友谊永不断。在平壤等地，我们互相签字、赠礼、联欢。当车到鸭绿江时，看到祖国，我们多高兴。好久没见了，一切都变了，桥也变了，安东也变了，人的脸也是笑嘻嘻。高大的红色的凯旋门多威武，我们胜利了。但是我们还不能麻卑〔痹〕，我应更加提高警惕，以防突然事变。

这里已下过小雪了，现在还不算冷。我们对冷已习惯了，同时防寒的条件也充足。你也习惯了吧？我照了个像你看怎样？我在朝鲜给你的回信收到了吗？明年真可回家看看了。我们的钱家都收到了，解决了困难，还来信感谢哩！不多写了。

祝你

愉快！

你的哥哥　绍闻

五五 · 十一 · 九于祖国